U0446430

鸟的天空
THE CHARM OF BIRDS

［英］爱德华·格雷　著
耿丽　何艳　译

图书在版编目（CIP）数据

鸟的天空/（英）格雷（Grey, E.）著；耿丽 何艳 译. ——重庆：重庆出版社，2013.6
ISBN 978-7-229-05822-7

Ⅰ.①鸟… Ⅱ.①格… ②耿… Ⅲ.①散文集—英国—现代 Ⅳ.①I561.65

中国版本图书馆CIP数据核字（2012）第241555号

鸟 的 天 空
NIAO DE TIANKONG
［英］爱德华·格雷 著　耿 丽　何 艳 译

出 版 人：罗小卫
策 划 人：刘太亨
责任编辑：王怀龙　肖化化
责任校对：何建云
特约编辑：何滟书

重庆出版集团
重庆出版社　出版

重庆长江二路205号　邮编：400016　http://www.cqph.com
重庆长虹印务有限公司印刷
（重庆长江一路69号　邮编：400014）
重庆出版集团图书发行有限公司发行
E-MAIL: fxchu@cqph.com　邮购电话：023-68809452

重庆出版社天猫旗舰店
cqcbs.tmall.com　直销
全国新华书店经销

开本：720mm×1000mm　1/16　印张：16　字数：204千
2013年6月第1版　2013年6月第1次印刷
ISBN 978-7-229-05822-7
定价：48.00元

如有印装质量问题，请向本集团图书发行有限公司调换：023-68706683

版权所有，侵权必究

前 言 | Preface

《鸟的天空》是英国著名政治家、鸟类学家爱德华·格雷最具代表性的自然文学作品。在这部与"学院式"鸟类教材迥然不同的作品中，作者描绘了一幅幅鲜活灵动、情趣盎然的鸟儿生活场景，尤其是对一百多种鸟叫声的描写，惟妙惟肖，读后令人拍案叫绝。《鸟的天空》也因此被誉为"迄今为止在介绍鸟类鸣叫的书籍中最好的一部作品"。

爱德华·格雷是英国19世纪末20世纪初最杰出的人物之一。他曾在1905至1916年连续11年担任外务大臣，是英国历史上连续担任此职时间最长的人。他在任职期间对第一次世界大战的爆发所作的评论——"光明正在整个欧洲消失，我们在有生之年将不会看到它重现"——是人所共知的名言。显然，格雷是一个充满忧患意识、爱好和平的人，同时，他也是一个崇敬自然、热爱万物的人。在内心深处，他更感觉自己是一名乡村人，而不是什么政治家。他热爱大自然的一切，喜欢钓鱼、植树、种花……鸟儿当然是他的最爱。

在战后的和平时期，格雷居住在乡村，过着与鸟为邻的生活。在乡间的屋舍，他常常为鸟儿准备一些食物，鸟儿也因此温顺地在他跟前停落。当他过于忙碌以致忽略了某只鸟儿时，它会发出类似"温柔的责备"声以吸引他的注意，"它满怀期待地望着我，直到我把一大捧谷粒送到它面前，它才会心满意足"。有时，鸟儿甚至将他的手臂当成栖息的"树枝"，"当鸟儿那纤细的嫩足抓住我的手指时，我感到莫大的幸福"……只有拥有格雷这样的情感经历，才会在笔下流淌出如此令人动容的文字。当然，格雷也会因为鸟儿而忧伤，那少年时代常听到的鸟鸣如今已几乎绝迹，那熟悉了声音的候鸟越冬之后再也没有回来，他都会"想着就有些心痛"。

格雷是非常爱鸟的，但他的爱不是将其据为己有，束于笼中，他不愿意打扰鸟儿的生活。他对自己的要求是：在观察、了解和记录鸟儿的时候，决不能惊吓，更不能伤害鸟儿。正因为如此，格雷才能将鸟儿的鸣叫描写得生动而又充满灵性。他写鸟既不是为了学术上的研究，也不是为了给教科书补充鸟类的知识，而是将观鸟作为自己生活的一部分，是在全身心地进行心灵的创作。

在《鸟的天空》一书中，格雷详细记录了鸟儿的习性特点和生活场景，描写或提及到的鸟儿名目就有上百种，它的出现，是探秘鸟类生活书籍中的一大奇迹。《鸟的天空》在1927年出版后迅速畅销，之后多次重印，格雷也因此跻身于与W. H. 赫德逊、吉尔伯特·怀特和沃尔顿等齐名的自然科学大家之列。时至今日，《鸟的天空》的魅力也并没有因为时间的流逝而有所减弱，相反，它已成为当代人放松心情、体味自然野趣的最佳读物。

值得一提的是，本书还插入了百余幅鸟类图谱，以便读者在品读优美文本的同时，可以更为直观地感受到鸟儿的魅力。

编者　2013年3月16日

自 序 | Preface

我无意将本书写成严谨的科学专著或科考报告,因此,对那些从事鸟类研究的专家学者来说,本书中可能没有什么让他们觉得新奇的东西;对那些从不关注鸟类的人来说,他们更不可能对本书的内容提起兴致。因此,关于本书的写作动机,以及本书之所以被多次印刷出版的缘由,有必要向大家作一下交代了。

在英国,与鸟相关的书籍基本可以分为三类,其分类的依据和标准是非常清晰的。

第一类,是以向人们展示每一种鸟儿所具有的丰富特征为主要写作动机的书籍,它以图片的形式将各种鸟儿呈现在我们眼前,人们很容易就能将其辨识出来。由李福德爵士出版发行的新书就属于此类书籍。

第二类,是收录了现今英国各种鸟类相关知识的书籍,其内容准确详尽,如同教科书般权威。这类书籍的价值是无法估量的,尤其对那些从事鸟类研究工作的人而言,这类书籍简直就是无价之宝。不过就像百科全书一样,对普通人来说,这类书籍也只能作为一种参考读物,没有多少人能持续不断地将其从头读到尾。斯鲍娅、霍华德、桑德斯和考沃德等都是编写此类书籍的代表人物,苏格兰教会和托尔博恩等也编著过此类著作。这些书中,一般会穿插一些介绍性的故事,同时配有多幅精美图片。

最后一类,是作者对某些特殊种类的鸟儿,或单一鸟类的观察记录。这类书籍中最为典型的代表就是埃利奥特·霍华德的作品，还有其他一些作品，如 J. P. 布基纳的《英国鸟类》和《爱尔兰自然科学家》，以及 E. M. 尼科尔森最近发表的文章《鸟的领域》等。这些书籍或文章都对人们具有一定的吸引力，能使大多数人完整地读下去。它们不仅极大地丰富了我们的知识，同时也提供了一个全新的视角，让我们能进一步地了解鸟类的领地、求偶、交配以及亲密生活等问题。

个人的观察总能在一定程度上提升这类书籍的价值，这样的观察在本书中俯拾皆是，因此我完全可以将本书归入最后一类中。不过我想要说明的问题并不在于此。一直以来，我从未中断过对各种鸟儿的观察，当然此举的目的并不是为了积累知识或做什么学术上的研究，而只是为了消遣，为了从中寻求生活的乐趣，这也是我一直持有的一种生活态度，更何况它们还会使我的假日和家庭生活变得更加丰富多彩。从少年时代开始，我就对大自然中的鸟儿产生了浓厚的兴趣，并且不论生活中经历了什么样的事情，这一兴趣从未泯灭，一直保持到今天。这种兴趣也成为我最好的一种消遣方式，使我深深地沉醉其中。更令我激动的是，我对鸟儿产生的兴趣与其给我所带来的乐趣之间达到了完美的统一。如果一个人能将自己的快乐体验进行一次品评，并将其记录下来，那么他对这些体验的认识和感悟就会更加深刻。因为在他整理记录脑海中的影像和内心感觉的过程中，还可以再次体会到那种快乐，并估量出对自己身心的影响程度。从这个角度来说，我当初产生写这本书的冲动的原因就在于此，但是，本书后来被多次印刷出版与这一点并无多大关联。鉴于此，有一件事情，我有必要提及一下。

在观察鸟儿之初，我拜读了沃德·福勒编撰的《与鸟相伴的一年》，这本书不仅给我带来了很多快乐，也对我能更好地知悉鸟儿有不少帮助。沃德·福勒是牛津大学的一位教师，经常通过户外活动进行自然历史方面的研究。在我开始观察鸟儿之前，他就已经从事这方面的工作很多年了，而且他也认为能从中得到消遣，获得生活的乐趣。正如他书中所展现的那样，他成了引导人们认识和了解鸟儿的先行者，吸引着每一位鸟类爱好者循着他的足迹去寻求无尽的乐趣。从这一点来说，我的这本书与他的著作可谓殊途同归。

事实上，鸟类爱好者们要想就鸟儿的话题展开全面、彻底的交流是相当困难的。画家在画一种最普通的事物时，展现给大家的也只不过是该事物最能吸引他的那一面，鸟类观察者所能体现的，同样如此。对于大家都极为熟悉的一种鸟儿，有的观察者可能会被它的这一方面吸引，有的则可能被其另一方面打动。因此，当一个人认为某种熟悉的事物再无新奇之处时，总有另外一些人会令人难以置信地发掘出一两处来。

爱德华·格雷

草蜢沙鹀

草蜢沙鹀（Grasshopper Sparrow），学名Ammodramus savannarum，雀形目鹀科。其体型较小，体长约13厘米；胸部无条纹，尾部短小尖直；鸣叫声极为普遍；生活在草地中，繁殖期常在草丛中筑巢，每次产卵4~5枚；多分布于美国境内。

目 录 | Contents

前 言 / 1
自 序 / 1

Part 1
「初展歌喉」/1

它的这番努力没有白费,因为它的歌声"总能让人感到喜悦而知足"。

Part 2
「歌声渐起」/27

凝神倾听,它的叫声就如同一条小溪在布满鹅卵石的河道上缓缓流淌,最终又变成一道小小的瀑布飞流而下。

Part 3
「鸣禽回归」/43

那韵律就如同夏日的雨一般,让人感到无比舒适,并且似乎还触手可及!

Part 4
「音乐盛会」/73

这些声音听起来是那么舒适而温暖,犹如夜间光芒闪烁的琥珀一般。

Part 5
「流淌的余音」/87

　　只有格外细致地倾听，我们才能捕捉到那非常优美的音调，稍不留意，它就会从我们耳边划过。

Part 6
「夏日消逝的歌声」/103

　　大多数鸟儿几乎同时沉寂下来，仿佛是在宣告它们即将迎来一个崭新的时期。

Part 7
「寒冬中的鸟儿」/111

　　我禁不住想去抚摸它一下时，它立刻轻快地飞走了，似乎对我的举动充满了不屑。

Part 8
「鸟儿的家庭生活」/135

　　它的喙一张一合，似乎已彻底倾倒在美丽的雌鸭脚下，雌鸭好像也欣然接受了它。

Part 9
「鸟儿的卵与巢」/151

　　如果说长尾山雀那建造精美巢穴的本领让人由衷地佩服，那么黑顶林莺对材料的高效率利用的卓越技艺就值得大力推崇了。

Part 10
「飞翔中的快乐」/179

椋鸟黄昏时的飞翔是非常欢快和满足的，表达自己的愉悦似乎是那飞翔的唯一目的。

Part 11
「杜鹃与麻雀」/191

雄性麻雀的美丽在于具有强烈的责任感和感情，对于其配偶和后代都是如此。

Part 12
「我的养鸟之乐」/199

当鸟儿那纤细的嫩足抓住我的手指时，我感到了一种莫大的幸福。

Part 13
「戏水的精灵」/217

它正满怀期待地望着我，直到我将一大捧谷粒送到它的面前，它才心满意足。

Part 14
「戏水的精灵（续）」/231

一切都安静下来，水面、鸟儿背上，还有那些岸边的柳树上都洒满了阳光。

「结束语」/239

褐头牛鹂

褐头牛鹂（Brown-headed Cowbird），学名Molothrus ater，雀形目拟鹂科。其体长约19厘米；雄性体色以黑色为主，头部为棕色，雌性为棕色，较灰暗；鸣声单薄；生活环境不定，适应性较强，常在其他鸟类的巢穴繁殖；主要以草籽、昆虫为食；分布在北美地区及中美洲。

Part 1　初展歌喉

　　鸟儿的生活多姿多彩，其每一方面都有独特的魅力，常常把人们深深地吸引。它们的羽毛五彩缤纷，美丽炫目；它们恣意地飞翔在天地间，陆地、海洋，都留有它们的足迹；它们每到一处，或是暂时歇脚，或是永久定居，又或是迁移往返；它们在同类间择偶、交配、繁殖并抚育后代；它们产下的卵或温润光洁，或饰有形状各异的花纹；它们的巢穴也匠心独具，不同的鸟儿会在不同的地点搭建出结构迥异的巢穴……当然，所有这一切都没有鸟儿那迷人的"歌声"更让人陶醉。很多爬行动物、哺乳动物或昆虫，在它们交配的时节通常都会发出某种独特的声音，以此向意中人表达自己强烈的爱慕之情。然而，鸟儿的叫声不仅比它们的丰富，而且还极具音韵美，比如夜莺——人们甚至用它的声音来形容人类歌喉的美丽婉转——画眉、椋鸟等鸟儿的叫声。从动物发音的角度来看，除却人类的声音，鸟儿的鸣叫完全可以排在首位。

　　因此，我们还是先从鸟儿的"歌声"谈起吧。

　　生活在乡村的人，往往通过鸟儿的名字或外观来辨识一些常见的鸟儿，很少有人通过声音来分辨它们，孩提时的我也同样如此。我记得，小时候自己之所以开始留意鸟儿的叫声，完全是出于大人们的要求，大概情形是这样的：我当时9岁或者还要小一些，这一点可以肯定，因为如果不是这个年龄，我那时肯定不会一直待在家里，而是待在学校才对。那是一个阳光和煦、空气清新的日子，时值5月末或6月初，当时树上已缀满了绿叶，周围充斥着各种鸟儿的鸣叫声。父亲正在书房窗下看书，窗户是大开着的。他把我叫过去，并对我说："这么多小鸟都在唱着美妙的歌，你听到了吗？""是的，我听到了。"我回答。"那你以后还会忍心伤害和猎杀它们吗？"父亲又问我。我多少有点勉强地回答道："不……不会了。"我心里清楚，这是父亲想要的答案，或者更准确地说是在委婉地要求我以后不要再那样做了，而我自己其实并不是非常情愿。自从玩起弓箭后，我已经射杀过很多鸟儿。为了练就一身打得相当准的箭术，任何野生的、会跑的动物，更别提这些小鸟了，它们全都会成为我练习的靶子。我对这种"打猎"活动情有独钟，甚至到了狂热的程度。当时这种活动尚未被禁止，而且就算被禁止，对我那个年龄阶段的小孩来说也毫无作用，可能正是鉴于这种情况，父亲才会向我提出这样一个问题。

父亲生长在乡村，并且也喜欢做乡村的各种农活，像耕地、插秧、打柴等，但是他对鸟儿的叫声似乎了解得并不多。而我，则是从父亲、花匠以及我所接触的猎人那里，学会了如何通过名称和外表来辨识一些常见的鸟儿。更确切地说，这也只是常见鸟类中的一部分，因为那些林莺类的鸟儿并不在其中，那时我甚至连随处可见的柳林莺类的鸟儿也分辨不出来。"黑顶林莺"算是我最熟悉的鸟儿了，每一个乡村人对它们都同样熟悉，其实它是一种沼泽山雀。在天气恶劣时，这种鸟儿经常会为啄食野兔的尸体或为一小块肉而激烈地争抢。人们一般很少会对鸟儿的叫声感兴趣。我的父母和祖父母都曾感叹道："那画眉和鸲的叫声真好听啊！"这只是一句极为平常的感叹，他们所注意到的可能只是鸟儿鸣叫这一行为本身，而对这两种鸟儿的叫声之间所存在的差别并不了解，因此才会将它们放在一起评论。当我成年后才知道，原来它们的叫声是完全不同的：鸲的叫声柔顺而持久，画眉的叫声则持续时间较短。画眉和乌鸫的叫声，在我听来并没有什么区别，就像同一种鸟儿的声音。现在想来，这种无法辨别的情况的确很多，这在乡村生活中也极为平常。从来没听人这样说过："我今天第一次听到了柳林莺的叫声"或是"今天早晨那只燕雀究竟叫了几百遍啊，我真希望自己当时听出来了"。这些常见的鸟儿的鸣叫声一直不绝于耳，但同其他人一样，我也未曾过多留意，就在这些叫声的陪伴中长大了。

虽然鸟儿最惹人喜爱的地方就是它们的叫声，但是这方面却并未引起人们的关注和研究。原因究竟是什么呢？毋庸置疑，鸟儿身上的确有很多东西会引起人们的注意，但在观察的过程中，视觉效果总是优于听觉效果。

要想清晰而有序地将鸟儿的叫声介绍一番并非易事，最好的方法可能就是以月为序，逐月逐月地进行。为此，我足足花了半年的时间来追踪、整理鸟儿叫声的变化情况，并对自己听到各种叫声后的不同感受作了记录。

黑顶林莺

黑顶林莺（Blackcap），学名Sylvia atricapilla，属雀形目莺科，以雄鸟头顶呈黑色而得名。其体长约14厘米；上体呈淡褐色，面部和下体呈灰色，头顶呈黑色雄鸟或红褐色雌鸟；鸣叫声圆润；生活在林区边缘和树篱；分布于欧洲、西北非到中亚。

繁殖期结束后，鸟儿就开始进入一段或长或短的换羽期。这时它们就会停止鸣叫。因此，在夏季的某段时间，你会常听人们说道："鸟儿最近不叫了。"而到了夏末或秋初，鸟儿的叫声又会重新在人们的耳畔响起。

暗绿柳莺

暗绿柳莺（Greenish Willow Warbler），学名Phylloscopus trochiloides，雀形目鹟科。其体长约10厘米；背部呈深绿色，头顶颜色偏灰，有一道黄白色翼斑，下体呈灰白色；鸣叫声响亮且尖，欢快的鸣叫声以嘟嘟声收尾；夏季时常出现于高海拔的灌木丛和林地，冬季时出现于低地的森林、灌木丛和农田；属于季候鸟，于亚洲北部及喜马拉雅山脉繁殖，越冬时栖居在印度、海南岛及东南亚地区。

因此，这段时间内的某个月份应该可以被看做是第二轮鸟鸣的开始。即便如此，我还是准备从1月份开始写起，虽然这并不是鸟儿的开鸣月。一方面是由于我们都比较习惯按一年12个月的前后顺序来进行排列，另一方面则是因为任何不合常理的做法总会给人们的内心带来些许不安。比如说，如果我们将每年的4月5日作为一年中征收所得税的起始日期，而不是1月1日，那么这会不会加剧人们心中的不安呢？

1月份的时候，天往往亮得很早，早晨的时间就会显得相对较长。而到了12月中旬，天黑得则比较晚，傍晚的时间就相对长了起来。因此，1月份常会出现太阳早升晚落的情景。而且，每年冬天最冷节气的开始与结束，也都是在1月中旬，所以人们才会从1月份开始计数一天的长短和冷暖变化。虽然气温在几周内的增幅可能会比较缓慢，变化不是太明显，但是如果撇开实际生活体验，单从理论上来说的话，大家也都能接受这种变化。

那么，我就从1月份开始介绍了。关于1月份情况的介绍适用于每个正常的冬日，这一说明是非常必要的，因为我们无法将某些温暖天气对鸟类生活所产生的影响予以严格区分，或彻底排除。然而，这种影响在1月份又是极有可能发生的。

位于诺森伯兰地区东北部的佛劳顿，其土壤多为黏土，且非常坚实，这里的海拔也相当低。我依稀记得，这里很多地方都荒草蔓延。一片旷野耸立在离西部海岸大约5000米的地方，形成一处高高的屋脊。在这片旷野的周围环绕着一圈防护林带。这里还有两个水塘，水塘四周长满了茂盛的矮小灌木。这个地方总能不断地吸引鸟儿来生活，但是从中找不出任何不同寻常的地方。在英格兰北部其他一些适宜鸟类栖息的地方，我们同样也能听到和这里一样的鸟鸣声。整个1月份，这里的天气总体上来说都是霜雪天，有那么一周的时间可能还会下上几厘米厚的雪，但是水塘足有半个月的时间不会结冰，而且避光处的水温在某些日子还能达到4℃～5℃。就是在这样的天气里，鸟儿那美丽的"歌声"不绝于耳。

我先来介绍下鸲这种鸟儿。它从8月份就开始"歌唱"了，而且不论天气变化多么大，它的"歌声"都会持续到来年的7月份。我曾听W.H.赫德逊说，雄性鸲和雌性鸲都能发出叫声。这是极有可能的，因为一到秋天，每只鸲都独自留守在它们的领地内，就连伴侣入住都难以容忍，更不用说那些其他种类的异性鸟儿了。但是在鸲的每一片领地内，我们几乎都能听到它们的鸣叫。布基纳先生采用了一种给鸟儿戴爪环的方法来分辨鸟儿的性别，他也将这一方法应用到了鸲的身上。通过观察发现，雌鸲也能像雄鸲一样鸣叫。然而，我却从未听到过雌鸲在交配期间发出叫声。我曾经观察过一对鸲"夫妻"，最后发现它们之中其实只有一只鸟儿鸣叫。根据我的推测，这只鸣叫的鸟儿是雄鸲。当然，如果它们住在一起的话，一只鸟儿鸣叫时，另一只则会悄无声息地待在它的旁边。也许有人会认

鹟

鹟，属雀形目鹟科，一般体型较小，喙短而尖，尾长。图中所示，左上为黄眉林莺（Townsend's Warbler），主要分布于北美和中美。右上及中部为山蓝鸲（Mountain Bluebird），也主要分布于北美和中美。左下和右下为西蓝鸲（Western Bluebird），体型微胖，喙薄，喙基须少，腿细；生活在开阔或林间空地，在树洞或篱笆桩的洞中筑巢；分布于北美地区和中美洲。

为，雄鸟叫一段时间停歇下来后，雌鸟就接着叫，就像轮流接替一样，其实这种情况似乎并不太可能。但我们不得不承认的是，鹟这种鸟儿的确具有相当强的鸣叫能力。

鹟在春天和秋天的鸣叫是否有所不同呢？我认为答案是肯定的。它在秋天的鸣叫声较为尖细。"这是鹟儿诉苦的声调。"我的一位朋友这样评价道。到了春天，鹟的叫声听上去则充满了活力与精神。这时，如果你能悄悄地靠近一只鹟，并凝神倾听它的叫声的话，将是一件非常美妙的事情，很多优美动听的旋律将飘至你的耳畔与心间。4月份时，活跃在夏季的各种林莺类鸟儿开始鸣叫了，人们的注意力也渐渐被它们吸引过去，但此时，我们仍然能听到一两声鹟的鸣叫，只是人们往往误将其当成了黑顶林莺的叫声。当我们谈论鹟这种鸟儿春秋时节叫声的差异时，也不能忽略人们其时的心境和头脑中的影像。在秋天，暖日渐行渐远，寒风哀嚎走近。冰冷的雨滴坠落，饱受摧残的虫儿艰难爬行。同时，太阳越来越低地挂在天上，白昼的时间也悄悄缩短。不知不觉中，这些变化就发生了，因此，我们也就习以为常。鸲的叫声同样也在不知不觉地发生着细微的变化。4月份的天气温暖宜人，当草木开始复苏，我们满怀期待地准备侧耳倾听黑顶林莺的第一声啼鸣时，才蓦然发现鸲的叫声与以前是多么不同。我突然想起了一位保守党人士曾对我说过的一句话，他说："过去我们一直排斥、否定劳埃德·乔治先生所倡导的一切，而今却又开始崇拜他、敬仰他，究竟是他改变了，还是我们自身发生了变化呢？"听一听鸲在春天里的叫声，再对比一下它在秋天时的情景，我不禁也想这样问一问自己："究竟是它的叫声改变了，还是我们自己发生了变化呢？"

实际上，鸲的叫声应该是非常值得大家关注的。在我们周围各种各样的鸟儿中，它是鸣叫时间最长的，每一年的每一个月份里它的叫声都会在耳边响起。只要我们用心去倾听，哪怕在沉寂的7月和8月，也能清晰地听到它的叫声。在3月份，虽然它不是黎明时鸣叫最早的鸟儿，但却是夜晚降临后叫声最晚停歇的鸟儿，甚至比画眉还要晚得多。

下面我再来介绍一下鹪鹩这种鸟儿。风调雨顺之年的每个月份里，人们几乎都能听到它的叫声，这一点与鸲有几分相似，但它的鸣叫却比鸲更为清脆嘹亮。因此，无论何时，哪怕是在最为沉寂的月份，长久地倾听鹪鹩的叫声也可称得上是人生中难得的一种享受。然

欧亚鸲

欧亚鸲（European Robin），学名Erithacus rubecula，雀形目鹟科知更鸟种类。其体长约14厘米；头部为黑色，脸部至胸羽为红橙色，下腹为白色，翅膀与尾部是棕绿橄榄色；叫声婉转，曲调多变；主要捕食蠕虫、毛虫、甲虫，是农业上的益鸟；雌鸟在繁殖季节会在植被茂密处单独筑圆顶形巢，每次产卵5~7枚，卵为白色；生活在林地、灌木丛、公园等地。

而，由于我们常被一些烦恼和焦虑所困扰，因此有时也并不能从它的歌声中感受到应有的乐趣。7月份时，天气特别温和舒适，此时我们或许可以怀着一种良好的心境去聆听它的歌声。鸫鹛鸣叫的频率很快，而声调又拉得很长，就如同一句很长的极具音律感的诗句一样，非常有节奏地、间隔性地、一遍一遍地重复着。它要发出一声完整的鸣叫往往会花费很长的一段时间，但在这个过程的中途或发完前几个音调后，它通常就会随即停止鸣叫。这就像我们学生时代经常会遇到的典型的"讲话中断法"一样。它也如同一位身处社交场合，正与人交谈的女人一样，刚刚开口说起"但是还……"就戛然而止。但是，如果它的身体状况良好的话，就会一直"歌唱"下去，这正如时值妙龄的维多利亚皇后在巴黎的一次舞会上所言："它有权决定是否坚持叫到最后。"

只有同时考虑鸫鹛作为鸟儿的天性以及它的声音所独具的特点，我们才能更好地欣赏它的歌声。它的声音极其宏大清亮，只要想想它那娇小的模样，你不禁就会赞叹它是多么威武有力。当听过鸫鹛的叫声后，最先涌入我脑海的赞美之词就是"勇敢""荡气回肠"。在我小的时候，妈妈就有意识地教我去辨别、聆听鸫鹛的叫声，并启发我去学习它身上那种孜孜不倦的精神。事实上，它每一次鸣叫都像付出了极大的努力似的，总是不停歇地、间隔很短地重复着叫声，听不出有丝毫的倦怠之意。

在我的记忆中，也有几个关于鸫鹛的叫声的鲜活情景。

从一棵挺拔的柏树上悠然传出的鸟鸣声，很早就引起了我的好奇和注意，并且一直萦绕心头，挥之不去。1884年3月的一天，在强烈的好奇心的驱使下，我终于决定探查一下究竟是哪种鸟儿发出的这种鸣叫，于是我就挥起手杖用力地敲击树干，接着就从繁茂的枝叶间飞出了一只鸫鹛，而且它对我的搅扰还满不在乎，边往其他的栖息地飞，边重复着之前的鸣叫声。它那娇小的身躯和洪亮的叫声形成了鲜明的对比，让我当时心头为之一震，并长久地烙刻在了我的脑海中，至今仍然那样清晰。

几年后，我再次幸运地见到了鸫鹛。我们在伊特彻山谷有一间茅舍，一周忙碌的工作过后，我们都会在周六的早晨，从伦敦早早地赶到这里游

岩鹪鹩

岩鹪鹩（Rock Wren），学名Salpinctes obsoletus，雀形目鹪鹩科。其体长约14厘米；喙长而直，上体为褐色或灰色，下体呈灰色，且具黑白斑点，翅膀及尾部长有黑色条斑；叫声清脆响亮；以昆虫及蜘蛛为食；繁殖期常在岩洞或岩石缝隙之间筑巢，巢常为杯碗状，每次产卵4~6枚，卵为白色，带有红棕色斑点；分布于北美地区及中美洲。

玩放松一番。那是一个阳光明媚的上午，8点钟左右，我刚刚到达这儿，便站在门口欣赏四周的风景。虽然这只是一间茅舍，但一想到每年的这个季节，我都能从伦敦紧张的工作中暂时解脱出来，在这里度过一个轻松愉快的周末，我就感觉自己像"站立在一座金屋之前"一样。茅舍的前方有一片小小的草地，一棵高大繁茂的树耸立在大约10米远的地方。一只鹪鹩突然从繁枝绿叶间飞向天空，并快乐地歌唱着飞过我的头顶，飞过茅舍上方，飞向远方的乐土。"它的鸣叫声多像声声祝福啊！"身边的家人听到它的叫声后对我这样说道。

莺鹪鹩

莺鹪鹩（House Wren），学名Troglodytes aedon，雀形目鹪鹩科。其体长约12厘米；喙较细弱，长而直，尖端稍曲；翅短而圆，尾短小而柔软；羽毛以褐色或灰色为主色调，翅膀和尾巴有黑色条斑；善于鸣啭，雄鸟歌声洪亮；主要以昆虫和蜘蛛为食；喜欢生活在潮湿的地方，多在森林下部活动；分布于北美地区和中美洲。

华兹华斯在他的"前言"中也曾记录过一个与之类似的小插曲，虽然其意境和构思有所不同，但内容却是近似的。他在那个小插曲中，将一对鹪鹩的叫声描写得惟妙惟肖，充满活力与激情，读来让人久久难以释怀。

而与鹪鹩的第三次相遇，则是发生在最近的日子里，并且就在我所居住的绿屋附近。这里的一只鹪鹩几乎天天都从开着的窗户或天窗来回穿梭，就像在自己家一样。这一次,我注意到它的叫声比以往任何时候都要强烈,而且一直停留在屋外的树干上,一动不动。原因很明显——外面还有一只鸫鹩也在不停地鸣叫着。这两只鸫鹩似乎正在展开一场鸣叫的搏斗。当它们精神抖擞、互不相让地进行着这场比赛时,我发觉它们之间好像存在着一个约定俗成的比赛规则:它们并不是同时鸣叫的,而是一只鸟儿先叫,另一只在旁边倾听等待,然后它再用相应的鸣叫声来回应对方。现在就是这种情景。经常进出绿屋的那只鸫鹩对人的存在早已习以为常,但是它仍然不会让人离自己太近。然而,它此时正全神贯注于当下的鸣叫比赛,因此当我悄悄靠近它时,它全然不觉。就这样,我近距离地观察了它好长时间,与它相距也就半米远,可能还要近些。它们你一段我一段,不亦乐乎地持续"搏斗"着。我仔细观察、欣赏着离我较近的那只鸫鹩,当对方鸣叫时,它凝神聆听着,神情是那样平和而专注;而当它终于可以回应对方时,又是那样咄咄逼人、声嘶力竭,身上透出的那股劲儿几乎能将它整个身体的躯壳撑破。

然而,鸫鹩并不总是这样倾尽全力地鸣叫。当秋天来临,寒风劲吹时,鸫鹩鸣叫的次数明显地减少了,人们偶尔才会听到从远处传来的几声低沉的鸫鹩叫声。华兹华斯曾这样描绘过鸫鹩在这个季节发出的叫声:

　　有时,她也在风中嘶鸣,
　　声音细长,透着难以想象的疲倦。

这个时候,你绝不会相信鸫鹩的叫声曾是我们听过的最动听的鸟鸣。它的叫声是那么嘹亮、清晰,精致而不单一,极富韵律感,让人深深地陶醉其中,成为深受人们喜爱的一种鸟鸣声。虽然在鸟儿的世界中,还有很多其他鸟儿的声音也颇为动听,但由于人们对鸫鹩极为熟悉,而且它的歌声也的确给人们的生活带来了很多快乐和美好的回忆,因此人们的脑海中永远都会留有它的身影。

我们再来认识另一种会唱歌的鸟儿吧。它体型巨大,尾巴长,常常受到人们的关注,这种鸟儿就是檞鸫,在我们常见的鸟儿中它体型是最大的。从狭义的角度来说，檞鸫也只是在某些特定的场合下，才用歌声来表达自己的情感。就像其他一些鸟儿一样，只有在求偶或表达某种快乐的心情时，它才会发出愉快的叫声。这种叫声与那些呼喊或警醒的叫声完全不同，后者往往是白腰杓鹬、山鹬和棕色猫头鹰这类鸟儿所发出的叫声。

小嘲鸫

小嘲鸫（Northern Mockingbird），学名Mimus polyglottos，雀形目嘲鸫科。其体型较大，体长约25厘米；体色以灰色及白色为主，有白色翼斑，尾长；鸣声丰富多彩，悦耳，善于模仿其他鸟类和动物的鸣声；生活在多灌木的地区，常见于农场附近及公园等地；繁殖期筑巢于灌木堆等处，巢穴较大，每次产卵3~6枚；分布于北美地区和中美洲。

冬季才过去一半，人们就能听到这种鸫的叫声了。但我在这里还是将其看做是从1月份开始鸣叫的，把它的叫声的出现视为新的一年里万物复苏的标志。这种鸟儿在鸣叫之前，都会事先选好地点，摆好"姿势"，然后才开始发出叫声，表达自己的情感。它的这一特点在我们前面所提到的其他会鸣叫的鸟儿身上都不存在，那些鸟儿有的是在飞离巢穴时鸣叫，有的则是在觅食的过程中发出叫声。上文介绍的鸫，我认为应该属于前一类，而鸫鹟则属于后一种，后者还包括那些出现在夏季的林莺类的鸟儿。

槲鸫还有一个独特的习惯，那就是它常会飞到自己所能达到的最高的地方摆好姿势鸣叫，而且还会把此地当成固定的舞台，日复一日地飞来鸣唱。在它引吭高歌的时候，俨然一副大牌歌唱家的派头。

它的叫声在我听来，就像一个连接式的短语。讲到这里，我有必要先给大家介绍一下鸣禽鸟儿的另一种分类方法。有些鸟儿，如槲鸫和乌鸫，它们是用一种停顿、重复，略有变化的叫声来表达自己的情感，就像一个连接式的短语；而其他一些鸟儿的叫声则更像一个句子，其重复是有一定间隔的，重复与间隔的时间大致相当，这类鸟儿中最为典型的代表就是柳林莺；第三种则是那种每个声调都彼此独立，又极富变化的叫声，以至于人

灰嘲鸫

灰嘲鸫（Grey Catbird），学名Dumetella carolinensis，雀形目嘲鸫科。其体型较大，体长约23厘米；体色以深蓝灰色为主色调，尾长，尾基下方有栗色斑；鸣叫声丰富、多变化，因其叫声与猫叫声类似，也被称为猫鸟；生活于包括公园及花园在内的多灌木地带；广泛分布于美洲地区。

们怎么听也无法预测它的下一个声调会是什么样子的，歌鸫就是这类鸟儿中最为典型、最为人熟知的一个代表。

欣赏槲鸫叫声的最佳月份是1月份和2月份。这并不是因为它此时的叫声比其他月份更为动听，其实它在4月份发出的叫声才是最优美的，而是因为一年中的这头两个月的气氛非常沉闷，它的叫声在这个时期就显得异常清晰。它的鸣叫会带给我们一种自然、甜蜜、无畏的感觉。与乌鸫那富有弹性和令人动情的叫声相比，槲鸫的叫声虽然明显逊色不少，但仍会给我们以心灵上的震撼。当1月份狂风大作，乌鸫忙于寻找避风港而噤声时，你就会听到某个高处传来槲鸫那清晰的叫声，因此才会有经常挂在人们嘴边的"它的叫声就是晴雨表"一说。根据人们长期的生活经验，在所有的天气中，鸟儿最不喜欢的似乎就是刮风天。与其他鸟儿相比，这种天气对槲鸫的影响并不大。今年早早地就刮起了大风，暴风雨随之而来，它所驻足高歌的那棵大树也早已枯萎了，而它却依然伫立枝头鸣叫着，尽情展示着它充沛的精力，歌唱着美好的生活。每一年的这个时候，我们都应该真诚地向它致以崇高的敬意。（有一年的4月份，我在罗斯郡碰到过一只槲鸫，而它发出的叫声与我所熟悉的短语式叫声截然不同。在同一个地方，我不止一次看到过它，并聆听到它的叫声）

在1月份开始鸣叫的鸟儿中，大山雀也是不容忽视的。它在春天里经常发出的那种叫声，我们现在就可以听到了。它鸣叫的节律和拉锯声相似，但也足以表明它与其他鸟儿一样，发出的叫声大都富于变化。早年的一个错误判断才使我认识了这种鸟儿，那时我将它误认做了棕柳莺之类的鸟儿，因为它早在棕柳莺出现之前就开始鸣叫了。

这个月份里，在众多鸟儿的叫声中，大山雀的鸣叫声是最乏味的。它的叫声洪亮而清脆，那些熟悉大山雀习性的人，完全能从其叫声的尖锐程度中推测出其喙的尖细程度。同其他鸟儿相比，它身体强壮、无所畏惧，并且作恶多端。有一个事例可以说明这一点。我在家中的花园里设置了很多捕捉老鼠和其他一些讨厌的小动物的陷阱。有些陷阱就是几只笼子，入口大而明显，出口却极小且难以找到。有一次，一只林岩鹨（我借用了这类鸟儿在其他书籍中所用的名字，主要是为了避免再使用那个虽然熟悉但却不太准确的名字"篱雀"。林岩鹨虽然与某些鸟儿一样，都与树篱有某种关联，但如果从生活习性或性情来看，它又不同于那类雀鸟，亦无联系。艾米丽·博若特也认识这种鸟儿，能叫出它的名字，知道它常扮演杜鹃养父母的角色）和一只大山雀钻进了一个这样的笼子中。很可能是林岩鹨先钻进牢笼，大山雀被其吸引紧随其后也钻了进去。虽然我搞不清那只山雀是不是怀着某种可怕的企图，还是在莎士比亚所说的"瞅准了卑劣机会"的动机驱使下钻进去的，但后来的结果却是触目惊心的。当我检查陷阱时才发现，那只林岩鹨已经死了，并且死得相当可怜，它的头盖骨完全破裂，脑浆被吸食得一点未剩，而那只大山雀却好端端地待在旁边，那个凶残的"杀手"显然非它莫属。

"你打算怎样处置这只凶残的山雀呢？"

大山雀

大山雀（Great Tit），学名Parus major，雀形目山雀科。其体长约14厘米，头部和喉部呈黑色，脸侧有白斑，颈背有块斑，羽翼有白色条纹，胸部中央有一道黑色羽带，雄鸟颜色深雌鸟颜色浅；鸣声富于变化，清脆悦耳，基调类似"仔嘿 —— 仔仔嘿 —— 仔仔嘿嘿嘿"；喜欢生活在山区和平原林间，雀跃于红树林、林园以及开阔林之间；胆大喜近人，喜欢成对或小群体活动；主要分布于欧洲、亚洲大陆大部和非洲西北部。

"夫人，我想还是放了它。我认为它对此事不必承担任何道德上的责任。"

毕竟，在"杀生取食"的规则下，人类不也正在捕杀某些动物作为食物吗？

对其他一些常见山雀的叫声，我也曾有所留意，如蓝山雀、沼泽雀和煤山雀等。它们的叫声在年初时听上去似乎各不相同，却都暗示着春天正向我们走近。我最早是在一所小花园中听到蓝山雀的叫声的，并且从那以后它的声音就深深地刻在了我的脑海中。在众多山雀中，它的鸣叫声是最惹人喜爱的，从中透出一种特有的愉快的嘶哑声，而且它的外表和鸣叫时的姿态也都异常动人。然而对于柳山雀和沼泽山雀，我却始终难以将其区分开来。尤其是现在视力下降后，要想发现并找到它们更是难上加难。我曾见到过一只凤头山雀，但没有听到它的叫声。它的行为习性与蓝山雀极为相似，很有可能叫声也与之相差无几。而长尾山雀则似乎是一个例外，即使在其繁殖生育季节，它的鸣叫声也不会发生多么明显的变化。它能够发出两种叫声，而且还极为相似：一种就像山雀的呼喊声，但是音调比较高，还呈现出一种高低起伏的特点，足以与金翅雀的声音相媲美；另一种则像一种轻柔、细小的嘎嘎声，这种声音一年四季都可以听到，而且听上去就像与同伴保持联络的某种信号一样，很难让人联想到那会是什么歌声。

在结束此节之前，我有必要提一下大山雀的一种欺骗行为。我曾经近距离地观察到一只大山雀在模仿燕雀发出那种"格达——格达"的叫声，并且模仿得惟妙惟肖。对此情景我观察了很长一段时间。它模仿得那么像，若不是亲眼所见，我肯定就会认为这是燕雀发出的叫声了。至于那只山雀是雌是雄，我就不得而知了，而且我后来也没有记录下观察的时间。印象中，当时的树叶已经落光了，那只山雀是站在一棵低矮的、光秃秃的树干上表演这场"模仿秀"的。

不过总体来看，正是由于山雀能发出各种不同的叫声，因此花园里、树林中的鸟鸣声才会如此丰富，如此生动。

美洲凤头山雀

美洲凤头山雀（Tufted Titmouse），学名Parus bicolor，雀形目山雀科。其体型小，体长约15厘米，体色主要为灰色；鸣叫声清晰而洪亮，为连续的"扑吐——扑吐"声；生活在有筑巢场所的林地，繁殖期多筑巢于树洞或房洞中，一般产卵4~8枚；以种子、昆虫为食；分布于北美地区和中美洲。

Paradise of the Bird

山 雀

图中所示，左边两只为栗背山雀，右边两只为短嘴长尾山雀，下面两只为黑顶山雀。栗背山雀（Chestnut-backed Tit），头部为黑色，翼部为红褐色；鸣声带有"仔仔嘿"的音阶；繁殖期多筑巢于树洞或房洞中，常以昆虫为食；主要分布于北美地区。短嘴长尾山雀（Common Bushtit），主要分布于北美和中美洲。黑顶山雀（Black-capped Chickadee），主要分布于北美地区和南美洲。

说到这里，我就不得不提及那善于唱歌的画眉鸟了。对于它们所处的地理位置，介绍起来恐怕有些难度，究竟是在埃文河畔，还是在伊特彻河山谷，我记不太清了。不过我能确定的一点是，画眉鸟经过仲夏的蛰伏后，从每年的10月份起就开始歌唱鸣叫了。如果天气适宜的话，它的歌声会一直持续到来年的7月中旬左右。那是11月份的一个星期天，我正在英格兰的南部地区进行一次徒步旅行。循着画眉的叫声，我看到一只画眉鸟正在找寻地点准备进食午餐。

事实上，在英格兰南部地区，人们有两个月的时间是完全听不到它的叫声的，这一点与佛劳顿地区的画眉极为不同。夏季一结束，它就会飞离花园和树林。此时，你会发现大量的画眉都活动在萝卜丛中，它们之所以聚集到这里，很多人认为是被丰富的食物所吸引。然而，当这里的食物都被它们吃光，或萝卜都被拔完以后，这些画眉仍然待在此处，并没有重返花园和树林中的巢穴。

当天气恶劣时，那些靠近画眉鸟巢的胶树就成了乌鸫的栖息地。它们静静地等在那里，一旦发现有画眉从巢穴中飞出来，就猝然发动袭击，试图将其变成美味的食物。当一只画眉独自飞出来时，这种情况就更易发生了。画眉和乌鸫在春天里都是极为常见的，但是当冬天来临后，它们又去往何处了呢？后来人们发现，冬天时近海的陆地上（这种地带靠近大海，但又比较粗糙，有人可能会将其与高尔夫球场联系在一起，因为特别是那些历史悠久而又闻名遐迩的高尔夫球场，全是建在近海地带的草地上，这种联系其实是没有必要的）有大量画眉徘徊。在那里你会看到很多圆石的周围遍布着蜗牛贝壳的碎片。我想这可以说明画眉出现在该地带的缘由了吧。至于画眉在秋冬两季是否都会迁移到佛劳顿地区或其他一些与此相似的地方，我并未作过观察。不过这种地方与大海的距离长短适中，又有着极为丰富的蜗牛资源，大概正是在这些因素的影响下，画眉才会迁移到这里。出现在这种地带的画眉是否就是那些飞离花园又返回的画眉，或是来自遥远的地方的迁徙者，我一时也难以说清。画眉要比其他的鸟儿温顺许多。在汉普郡的乡村，除了每年的12月份和1月份，其他时间里人们几乎随时都能瞥见它们的身影。可能由于在这些月份中，我并未在这里居住过，因此一直没有亲眼看到过画眉，所以这并不能说明它们在这两个月的时间全都离开了。它们一般都会在这里待上三四年的时间，有一个既直接又充分的证据能证明这一点，那就是，每年人们都会发现有一些像鹁或乌鸫一样小的画眉在这一带活动。

在佛劳顿，人们秋天一般是听不到画眉的叫声的。而要等到1月份，它们重返花园之后才能听到，有时它们也许要到2月份才会回来。不过我曾在某一年暖冬的1月11日，早早地听到过画眉的叫声，因此我们可以将画眉在这里开始鸣叫的时间定为每年的这个月份。

画眉的叫声具有多种多样的变化，而且它鸣叫时的声调顺序也无规

画眉鸟

画眉鸟（Hwamei），学名Garrulax canorus，雀形目鹟科。其体长约23厘米；上体呈橄榄褐色，头顶和上背有黑色纵纹，眼圈为白色，向后延伸至枕侧，形成清晰狭窄的眉纹，腹部为灰色，下体呈棕黄色；鸣叫声悠扬婉转，悦耳动听，能模仿其他鸟类鸣叫；喜欢生活在丘陵及山地的阔叶林、针阔混交林、竹林等林下灌木层及次生林；国内主要分布于西北和长江流域以南的广大地区，国外分布于老挝和越南北部。

律可循，让人捉摸不透。在它的叫声中，我们常会捕捉到一些从未听到过的声调。这种声调是一种节律性的、短语式的，比如"它做了吗"，与其他声调相比，这种声调并不悦耳动听，因此人们一般也不喜欢，好在这种声调被画眉重复两到三次后就遗弃了，转而换作其他的声调。画眉的鸣叫方式实际上给我留下了深刻的印象：每当它要发出下一个音调前，总会试先进行一番选择和调试。它通常是先停落到树上才开始放声高歌，它飞上树的目的可能就在于此。它在那里会保持某种姿势鸣叫上很长一段时间，特别是在黎明和黄昏时。它总是固定在同一棵树上鸣叫，日复一日，毫不厌倦，它鸣叫的中途也会有短暂的停歇，似乎是在选择和调试音调。如果能将鸟儿的鸣叫当做它们向人类示好的一种方式，那么在英国现存的所有鸟类中，画眉应该是最渴望讨得人类喜爱的鸟儿。在音质方面它或许无法跻身一流行列，但排在二流的行列是毫无悬念的。它的叫声无疑也是鸟儿的世界中一种极其重要的歌声，这主要在于画眉鸟不仅数量众多，叫声持久，而且一年中的若干月份都在鸣叫。在南英格兰，人们听到最多的鸟鸣声，除了鸫的就是画眉的了。画眉似乎是在非常努力地用歌声将它们的快乐传递给人类。它的这番努力并没有白费，因为它的歌声"总能带给人们一种愉快的心情，让人感到喜悦而知足"。

画眉在某些时候还会发出一些非常奇怪的声音，这也属于它叫声的一个组成部分。很多年前，我曾在佛劳顿地区收养过一些水禽，其中有一种名叫白面鸣鸭的野鸭。尽管饲养它们并不怎么容易，但其中一只还是活了长达两年之久。并且它特别温驯，对人类表现得极为友好，碰到任何人都会发出一种口哨声式的鸣叫，以此向人们问好致意。在我们的花园里，这种叫声一段时间内成了最清晰和最为人所熟悉的声音。但是它最终在某年的1月份死去了。来年的4月份，我们又从东部回到了这里的家中。某天，一阵像极了那只鸭子声音的叫声，忽然从紧挨着水塘的高高的冷杉树上传来，原来是画眉在模仿白面鸣鸭的叫声，然而春天过去之后，就再也听不到它们的这种模仿声了。我们来度假的这一段时间，正是画眉兴致勃勃地进行模仿的时候。

我们还在埃文河山谷内的威斯佛德花园中听过画眉的另一种鸣叫方式。一年12个月份中，至少在5、6月份时，画眉有时会持续不断地发出两种不同的叫声，并且与其他月份的声调都有所不同。它们此时的叫声多少有些单调，但远比燕雀的要洪亮，而且时断时续的特点也更为明显。这种叫声是那么固执又单调，带给人们的往往只是一种冗长烦闷的感觉，但在一年四季的花园里，这种单调的叫声却不绝于耳。去年（1925年），我和妻子曾近距离地观察过画眉鸣叫时的情景，并发现它们偶尔也会发出往日那种优美动听的叫声。因此我们认为，画眉的叫声在这一时期之所以会出现这种变化，并不是由于其自身能力存在问题，而是一种反常表现。据我所知，它这种反常的行为也并不是对其他鸟儿叫声的模仿。如果仅以这种明显而熟悉的单调叫声为依据，的确可以将这种鸟儿归入"单调一族"的行列。事实上，人们在秋天或冬天从未听到过这种叫声。但是春天刚一来临，这种单调的叫声就会在人们耳畔响起，就像棕林莺或柳林莺发出的第一声讯息一样。

在北部地区，鸟类1月份的"歌唱家"行列中，还包括另外两种鸟儿，我在这里也有必要提一下。一种是椋鸟（它之所以叫这个名字，很可能就是由于它的叫声极具音律感），在整个秋天里人们都可以听到它的叫声。每当日落西山，黄昏降临，成群结队的椋鸟就会栖息在那些光秃秃的树干上，发出音调各异的叫声。这些不同的叫声中，有的是它们自己本来的声音，有的是在某种程度上剽窃其他近源物种的声音，还有的甚至是对其他鸟鸣声的完美模仿。在我听来，椋鸟的鸣叫声与男孩子们的口哨声极为相似。除此之外，它们有时发出的叫声还与其他一些鸟儿的十分相似，比如家禽的嘈杂声、麻雀的喧闹声、凤头麦鸡的哭叫声等。至于它接下来又会发出哪种声音，无人能准确地判断出来。这些叫声中，有令人愉悦的，有使人振奋的，也有旋律优美而让人沉醉的。不过若从音质的角度来说，它无疑还是远逊于乌鸫的。但它所发出的那种哨声，却与乌鸫的尤为相近，以至于我在2月份时就不止一次地驻足聆听过。起初我还以为是乌鸫在鸣叫，但紧随哨声之后所发出的阵阵喧闹声和低吟声，才让我清楚地意识到，原来那只是椋鸟变化多端的叫声中的一种而已。在春天的时候，如果某个地方有白腰杓鹬栖息，那么它的叫声就会成为椋鸟情有独钟的模仿对象。白腰杓鹬的鸣叫声非常优美动听，而且相当独特，恐怕除了它自己以外，没有任何鸟儿能发出这样的声音。然而即便如此，椋鸟仍然孜孜不倦地对其进行模仿，其中的相似之处也足以让我们对它刮目相看。从这个角度来说，椋鸟就像一部留声机，它能够有选择地录制下那些优美的鸟鸣声，并回放给大家欣赏。

我喂养了一只十分温顺的山鹑很长一段时间，它在去年（1925年）走失了，我一直都没有找到。一天，花园的一个角落里忽然传来一阵山鹑的叫声，与我喂养的那只的声音非常相似，于是我就万分欣喜地循声而去。接连两个晚上我都听到了这种相似的叫声，可在那附近翻来覆去地找了几遍，始终没有发现山鹑的任何踪迹。虽然我最终也没抓到发出这相似叫声的鸟儿，但我想这无疑是椋鸟搞的一出恶作剧（因为我同时还听到了它自己的叫声）。

在我佛劳顿的房子附近的一片草地上，孤零零地耸立着一棵古老的

PART ❶ 初展歌喉 | 23

白腰杓鹬

　　白腰杓鹬（Eurasian Curlew），学名Numenius arquata，雀形目鹬科。其体长约60厘米；上体呈淡褐色，有黑褐色羽轴纵纹；颈部与前胸呈淡褐色，有褐色细纵纹；飞羽为黑褐色与淡褐色相间的横斑纹；下腹与尾上覆羽白色；生性机警，常成小群活动，遇到危险时发出"go-ee"的鸣叫声；常以甲壳类、软体动物、蠕虫、昆虫为食；生活在森林和平原的湖泊、河流地带，以及海边、河口沙洲等湿地；筑巢多在林中开阔的沼泽湿地、湖泊和溪流附近；分布于欧亚大陆和非洲北部。

榆树。这棵榆树枝叶繁茂，粗壮庞大，几乎占据了花园大部分的空间。只是，每过一年，它就衰老一些，因为它顶端的很多树干都已枯萎了。在9、10月份，当这棵榆树上还稀稀拉拉地长有一些树叶时，树顶那些交错缠绕在一起的枯树枝，仿佛就成了一小群椋鸟最钟爱的栖息地。每当夕阳西下，黄昏降临，它们就都簇拥在那儿，而且总会有一只或几只椋鸟在那里用"歌声"交流，分享着一天里的种种经历与感受。如果能坐下来静静地聆听它们的叫声，也算得上人生的一大享受，因为那音调是如此变化莫测,那旋律又是如此优美动听。

最后我们再来介绍一下河乌这种鸟儿。人们在1月份里,最常听到的鸟鸣声中就有这种鸟儿的叫声,不管天气如何恶劣,它们都不会停歇下来。当皑皑白雪将树林覆盖,当小溪结成厚厚的寒冰,溪水沿着冰雪之间的一条狭窄的河道缓缓流淌时,人们依然能看到河乌站在小溪里的几块巨石上鸣叫。它们经常会在溪水中荡起层层涟漪,以至于它们的叫声听上去就仿佛和流水的叮咚声浑然一体。流水声似乎也成了河乌所发出的叫声的一部分,是那样甜美动人,让人不由陶醉其中。这种声音没有明显的开始或结束的标志,就这样一直持续着,简直像是一种注入鸟儿体内的"天生的、美丽的低吟浅唱",它又从鸟儿体内传送到流水中,从而演变成一种独特的小溪里的"歌声"。在佛劳顿,我曾见到过两对这种鸟儿。当时,小溪已经变得非常狭窄了,一抬脚几乎就能下到溪水中央。因此那时要想靠近这种鸟儿并不困难,人们甚至能满怀喜悦地近距离地倾听它的歌声,欣赏并赞叹它的胆识。对于它的胆识,我也亲眼目睹过。那时我正待在萨瑟兰郡,时值3月份的第一个星期,暴风雪接连不断地下着,人们只能在雪地里缓缓地徒步前行。如果人们不清除马路上的部分积

灰山鹑

灰山鹑(Grey Partridge),学名Perdix perdix,鸡形目雉科。其体长约30厘米;上体为灰褐色,间有不规则的黑褐色密纹和淡栗色横纹;头顶部为黑褐色,眉线、面部及喉偏橘黄色;下体呈灰色,至臀部变白;雄鸟的胸下方有明显的马蹄形栗色斑块,雌鸟没有斑块;喜欢生活在低山丘陵、山脚平原和高山地带;分布于欧洲、亚洲中部以及中国的新疆等地。

美洲河乌

美洲河乌（American Dipper），学名Cinclus mexicanus，雀形目河乌科。其体长约18厘米；喙窄而直；体色多为蓝灰色，喉部及胸部为青灰色，腹部、胁部为灰色，颜色较淡；羽毛短而稠密，尾短；生活在山地溪流，繁殖期在邻近的水域筑巢，巢似球形，由苔藓筑成，一般产卵4～5枚；以昆虫、小鱼为食；分布在北美地区及中美洲。

雪，汽车根本就无法开出家门，而即使清除了，新的暴风雪很快又会将其覆盖阻塞。河面上也结了厚厚的一层冰，从岸的这边到岸的那边几乎全被冰雪冻结了。大自然的一切生命，在那一刻都显得如此无助：山羊被埋在了深深的雪堆中，松鸡惊恐地在茫茫的雪地里飞奔。我和一位朋友正踏着小河上面厚厚的积雪，慢慢地向前行走，突然间听到那冻结的小溪上游传来一阵河乌的叫声。那叫声是如此洪亮，丝毫没有受到这令自然界的其他生命都感到恐惧和压抑的恶劣天气的影响，也完全没有因为这荒芜的景象而惊慌。那一刻，这形单影只的鸟儿的叫声深深地触动了我，并且从此长久地烙在了我的脑海中。

Part 2 歌声渐起

　　考虑到1月份的气候条件，在上一章中至少还有一种鸟儿的叫声未向大家介绍，即棕色猫头鹰的叫声。尽管人们在1月份就可以听到它的叫声，但真正对其予以关注却要等到秋天。

　　我们千万不能想当然地认为，百鸟齐鸣的大好时节非1月份莫属。为了便于本书的编写，我才将一些鸟儿的叫声放在了一年中的第一个月份进行介绍和描述。虽然对它们的鸣叫声已经描述得非常充分了、但事实上有些鸟儿的叫声在其他月份中也许会更为动听。

　　实际上，在1月份就开始鸣叫的鸟儿并不多，可以说这个月是一年中鸟鸣声最为稀少的月份。12月初，一些榆树和橡树上仍然挂着几片稀疏的树叶，尚留有几分秋意。然而，本月第一周内的平均气温却比3月份同时期的温度明显高出许多。（有关天气方面的资料来自《惠特克历书》）就这样，1月份里新的希望和生命正悄无声息地孕育着。乌头汁，还有那融化的积雪，正一点点渗入泥土深处。植物的芽苞也苏醒过来了，倘若我们剥开它，闭上眼睛，用心地闻一闻，再品尝一下，就会感到自己仿佛循着这种气息穿越到了夏日时节：花园里已是姹紫嫣红，黑醋栗的枝头也缀满了沉甸甸的果实。

　　在1月份，白天的平均气温几乎不会出现太大波动。到1月29日左右，日气温会从3℃上升到4℃。到2月22日左右，气温便整体上趋于平稳了，

林岩鹨

林岩鹨（Hedge Accentor），学名Prunella modularis，雀形目岩鹨科。其体长约18厘米；体色为灰褐色和棕色，羽间有暗色纵纹，嘴尖而细；喜欢生活在低地，常在树篱和常绿灌木丛中筑巢；分布于欧亚大陆及非洲北部。

尽管偶有波动，但基本保持在4.28℃左右。这时，虽然空气中仍然带有几分寒意，但却丝毫阻挡不了复苏的生命前进的步伐。脚下的大地沐浴在一日比一日充足的阳光中，站在太阳底下，你也会感受到空气中所充盈的那一缕缕温暖的气息；土壤依然领受着乌头汁和雪水的滋润，你甚至偶尔还会在花园的角落里采摘到几朵盛开的紫罗兰；那纷纷扬扬的柳絮飘落在野生金银花红褐色的小叶片上；红蜡粟丛已滋生出层层绿意。

我将2月和3月合在一起向大家进行介绍，栖居于本地的留鸟类的鸟儿，都将在这段时间里开始一展歌喉。

我先来介绍下林岩鹨和旋木雀这两种鸟儿。人们在1月份也许就已经听到它们的叫声了，而且即使在佛劳顿，可能也是如此。

然而今年（1926年），我却一直等到2月份才听到林岩鹨的叫声，而后，它的叫声才逐渐频繁起来。不论是林岩鹨的外表，还是行为举止，通常都会给人们带来一种非常安详的感觉。它比其他鸟儿更为谦和、温顺，这一点也深受人们的喜爱。我的一位朋友曾这样评论林岩鹨道："没错，就是这样。但是一看到它产下的那些五彩斑斓的卵，它给人的这种感觉就大打折扣了。"与此同时，在欣赏它的歌声的过程中，人们也会产生同样的感觉。尽管它的叫声非常洪亮，并且还洋溢着一种喜悦感，但却没有什么独特之处足以让人牢牢地记住。起初，我发现要想辨认出它的叫声并不容易，直至我完全熟悉了它的"音质"后，才开始较为准确地辨识出它的声音。其实我也只能通过"音质"来辨别不同鸟儿的叫声，并把它们逐一区分开来。每一种鸟儿的叫声中，其实都有着许多各不相同的显著特征。随着经验的积累，我越来越清晰地意识到，每当同时听到好几种鸟鸣声时，我往往正是通过其音质存在的差异，才比较容易地将它们一一区分开来。就像一个人在某种场合下，要想判断他（她）公司的同事是否在场，通常并不是凭借听到的话语，而是借助于所听到的声音的音质。

林岩鹨的鸣叫声往往充满了激情，让人听来极为振奋。它在引吭高歌时，通常都会选择那些惹人注目的地点作为舞台，比如小屋或花园高墙的顶端，若不如此，人们是很难注意到它的存在的。人们在小花园里堆放了很多豌豆秸，以备将来的不时之需，而林岩鹨就将这些秸堆当成了最佳的栖居之地，它们通常都会"隐居"其中。有人在附近活动时，它们也并不怎么害怕，还经常在房屋或花园的后面一带活动，在那里，人们不经意间就会发现它们的身影。它们的这一生活习性，既像是在炫耀它们在人前的无所畏惧，又像是在用歌声为它们所带来的打扰而致歉。

旋木雀的叫声，我在1月份就已经听到过了。它的声音特别悦耳动听，丝丝缕缕都是那么扣人心弦。最初的时候，我将它的叫声与金翅雀的混淆在了一起，并且一直认为要想将它们区分开来绝非易事。而如今，区别它们各自的叫声已经变得非常容易，几乎无需花费多少精力。原因何在，我现在也说不清楚。然而，只要听到它们其中之一的叫声，我立刻就能联想起另一种。我曾在某些书中看到过这样的观点，即认为旋木雀的叫声极少会被人们听到。我认为这种说法其实并不正确。4月份，当人们在萨瑟兰郡河边静静地钓鳗鱼时，耳边就常会传来旋木雀和金翅雀的阵阵叫声。河岸边上就是一片葱茏的树林，长满了云杉、橡树和山毛榉。旋木雀常常就驻足在那里，不知疲倦地反复吟唱，而且这种情况有时还会一连持

旋木雀

旋木雀（Eurasian Tree-Creeper），学名Certhia familiaris，雀形目旋木雀科。其体长约13厘米；上体有褐色斑纹，下体呈黄白色，嘴细长而下弯，尾长而尖且富有弹性；鸣声特殊，类似联络的"zit"声，声音响亮；喜欢生活在海拔很高的针阔混交林中；常啄食树皮下的昆虫；分布于欧洲西部，以及欧洲东部到日本的区域。

续许多天。对于旋木雀是最不牢靠的"歌唱家"这一说法，我倒是没有任何异议。因为就算是在4月份的大好天气下，你也不能确定就能听到它的叫声。但它同时又会出人意料地在或早或晚的一些月份里发出叫声，让人惊奇不已。俄国军队在1915年意外地遭受了一连串可怕的失败，很长一段时间里，人们听到的全是战败的坏消息。然而某一天，俄国人却在前线的一次战役中赢得了大规模的胜利。消息散布开后，人们都感到难以置信。有人对此还发出了这样的评论："千万不要以为俄国人不会取得胜利了。"这句话在旋木雀身上同样适用，我们或许可以这样说："千万不要以为它不会鸣叫了。"

这种鸟儿绝非是有固定场所的"歌唱家"，它们歌唱也没有明确的目的，也就是说，它们不会一直待在某个地方歌唱。通常它们都是边在树干间穿梭着寻找树皮下的食物，边发出一阵阵叫声。这样看来，它们并不是在每日的工作任务结束之后或工作的空隙里鸣叫，它们的叫声更像是其工作的附属品。我依稀记得，每当旋木雀开始鸣叫时，总会将鸟喙大大地张开。这种鸟儿的外表还

PART 2

是特别具有吸引力的：它们的鸟喙十分纤细，让人一看便知它们是酷爱唱歌的鸟儿；它们的后背上布满了漂亮的棕色花纹；从头部至尾部的整个躯体呈现出一道向上倾斜的优美弧度。它们在树干上劳作时，往往都是自下而上地进行，几乎看不到它们头朝下工作的样子。因此，每当在一棵树上劳作完后，它们就会径直飞到另一棵树的底部，继续自下而上地开始工作。一动不动地站在树上休息的旋木雀，似乎从来就没有在人们的视野中出现过。它们总是在那些粗大的老树干或树枝上辛勤工作，几乎从不光顾那些鲜嫩的枝条。根据我的观察，它们与啄木鸟不同，并不会在树上啄洞（除了筑巢时）。在佛劳顿有几棵美国红杉，它们的红树皮非常柔软，表面还布有很多凹陷进去的小窝，就像一把把小椅子似的。只要认真观察一下你就会发现，这些小窝下方的边缘处有许多鸟儿留下的细小抓痕，这表明它们曾被一些小鸟利用过。如若真是这样，很可能就是旋木雀在此驻足或休息过。

还有两种比较重要的鸟儿的叫声需要介绍一下，那就是燕雀和乌鸫的歌声。在每年年初，如果它们之中任何一个的叫声能够响起的话，那将是一件非常有意义的事情。

在佛劳顿时，我每年都会特别留意2月5日这一天，因为在这天很有可能会听到燕雀的第一声鸣叫，而今年，它的叫声却直到13日才响起。这日之后，它的叫声就渐渐多起来了，那叫声悠扬悦耳，迸发出无限的活力。沃德·福勒在他的一本书中，就曾十分贴切地描述了这种叫声，他将其比作一只板球以极快的节奏转动着奔向球门的情景。而且他还提到，燕雀在发出第一声鸣叫之后，接连几天都不会再去"推动那只板球"，就像这只板球到达球门后完全停止不动了一样。那些对燕雀叫声特别熟悉的人们，都颇为赞赏他的这一比喻。有人也曾抱怨它的叫声没有什么变化，总是几个单一音符的简单重复。对于这一点，我也不得不承认，它们表达自己幸福快乐的方式的确有些一般和琐碎。如果我们将燕雀想象成一个人，那么它在向朋友表达自己的祝福时，就只会反复嘀咕着"再会"。如果忽略人们对燕雀的微词，只用心聆听它的歌声，那也是一件非常令人愉快的

燕 雀

燕雀（Brambing），学名Fringilla montifringilla，雀形目雀科。其体长约16厘米；头顶及颈背为黑色，腹部为白色，两翼及尾部为黑色，"肩"部有白色斑纹，两翼有棕色斑纹；鸣叫声响亮悦耳；喜欢生活在平原、丘陵到山区以及各种树林中；常成对分散筑巢，巢呈杯状，多由枯草和树皮构成；分布于北欧、南欧、亚洲等地。

事情。要是一个人深受上述评论的影响，那他就很难享受到这种快乐了。这并不意味着要抑制你对鸟儿的叫声所产生的情感，而只是想让你发自真心地去欣赏它的歌声。一年中的很长一段时间里，它的叫声都不绝于耳，而在2月至7月的这段时间里，跟其他鸟儿的歌声相比，就显得特别平凡。然而，有那么一只燕雀的叫声却一直回荡在我的心中，几乎跟河乌和鸫鹩的歌声在我心中所占的分量一样。我是在圣灵降临周时的休会期间听到那种歌声的。当时大概是5月底或6月初的时候，因为每到那时我都会试图逃离毫无

"时令"变化的伦敦和国会议院，外出放松心情。那天阳光明媚，天气特别舒适宜人。在我佛劳顿的房子四周有很多护墙，有一只燕雀常常驻足在护墙顶部朝南的一个角落。自从那天我发现它以后，每当我在户外的草地上行走时，它都会将自己那热烈的歌声慷慨地献给我。在我的那个假期里，这只鸟儿成了一道亮丽的风景线，仿佛来自天堂的一个快乐天使。华

兹华斯在回忆起"一条小溪"陪伴他度过的一天时曾这样写道：

幸福的一天，久久徘徊于小溪的近旁，
在人们的眼中熠熠生辉，清晰可见。

而对我来说，在圣灵降临周期间的快乐日子里，我所获得的幸福感却长久地留存在了燕雀的叫声中。

燕雀直到6月份的最后一周还在尽心尽力地引吭高歌。之后，它们的叫声就会停歇下来了。在9月份时，人们会偶尔听到几声稀落的燕雀叫声。然而即便如此，我们也不能将其划归到秋天里的鸟儿"歌唱家"行列。

某年的5月或6月份时，我曾在伊特彻山谷中的房屋附近听到过一只雌燕雀的叫声，而且它一连鸣叫了很多天。在它鸣叫时，我通过野外望远镜清晰地观察了它好几次。虽然它的叫声并没有什么独特之处，但却非常连贯，这与雄性燕雀发出的叫声颇为相似。但从望远镜中来看，这只鸟儿没有任何雄性特征，显然不是雄鸟。与雄鸟叫声的这种相似，好像表明这只鸟儿也发生了一些生理变化。这种变化有时还会通过其他形式表现出来，比如有些雌燕雀身上偶尔会长出雄性燕雀的鸟羽。这只鸟儿叫声上的变化与此种情况非常相像，只不过它是发生在声音上，而不是鸟羽上。在我整个一生中，也只见到过一次这种情况。

我接下来要介绍的这种鸟鸣声，比燕雀的第一声鸣叫更令人激动。让我们想象一下：2月末的一天，阳光明媚、空气清新，气氛安静、祥和。一名鸟类爱好者正在一片光秃秃的树林里缓步前行，并感受着那富有活力的鸟鸣声所带来的快乐。檞鸫的叫声尤为响亮，如同四周的空气一样清新，如同头顶的蓝天一样明澈。与此同时，鸲的叫声也宛如小溪一般流入耳中。突然间，一种陌生的鸟鸣声吸引了他的注意，这种声音比檞鸫的鸣叫声更为稀有。他停下脚步，凝神倾听，这种鸟儿的叫声再次传入他的耳中。他确信，这叫声的主人就是乌鸫。我在很多地方都向人提起过西奥多·罗斯福的一个经历：在7月初的某一天，他凭借自己训练有素的敏锐

乌鸫

乌鸫（Eurasian Blackbird），学名Turdus merula，雀形目鸫科。其体长约30厘米；雄鸟上体呈黑色，下体呈黑褐色，嘴部呈黄色；雌鸟体色比雄鸟体色稍淡，但喉部和胸部有暗色纵纹；其鸣叫声嘹亮，且富于变化，善于模仿其他鸟儿的叫声，有"百舌"之称，春日鸣叫声尤其好听；常以蚂蚁、昆虫幼虫为食；巢大多筑于乔木树梢，每巢产卵4～6枚，卵呈浅绿色，有淡紫色和栗褐色斑纹；分布于欧亚大陆、北非。

听觉，将乌鸫的叫声从他所听到的所有鸟鸣声中辨识了出来。后来他便把乌鸫的叫声看做众多鸟鸣声中最悦耳动听的"歌声"。至于乌鸫的叫声为何比其他鸟儿的更为动听，又为何会带给我们许多不同的感受，似乎很难解释清楚。在我听来，它的叫声中的确含有某种特殊因素，姑且将其称之为能够带来亲密关系的因子。其他很多鸟儿的叫声虽然也会带给我们快乐或愉悦的感受，但乌鸫的叫声却具有一种我们无法抵抗的吸引力，更能激发我们内心的情感。所以，它的叫声就是我最为喜爱的5种鸟鸣声中的一种（其他4种鸟儿是夜莺、黑顶林莺、白腰杓鹬和欧绒鸭）。它的叫声就像一连串的短语，有间隔性地、一遍又一遍地重复发出。这种鸟儿通常会将一个窝点作为它放声高歌的舞台，但有时也会更换窝点，有时还会在更换窝点的过程中放声鸣叫。当一只乌鸫从花团锦簇的山桂树丛飞向其他地方时，仿佛是在向人们表明，这丛山桂树已盛不下它那快乐的歌声了。在5月中旬和煦的微风里，它欢快地奏响着那醉人的歌声，这一时刻是值得我们永久回味的。

乌鸫所发出的叫声，其类型都是基本相同或相似的，但不同的鸟儿又会由于个体的差异性而发出较为独特的声音。正是通过对这种独特叫声的辨别，我们才能够分辨出乌鸫的每一个不同个体。此外，只要鸣叫的时节不结束，它的叫声就会日复一日地持续下去。

每当乌鸫的叫声要结束时，总会带出一种较为低劣的尾音，这尾音与一种吱吱声十分相像。在约翰·莫利的《回忆录》中，有一段关于他和他的一位朋友到瑞纳参观的描写，从中我们应该可以学到一些唤起老年人兴趣的方法。事情的经过是这样的：莫利和一位朋友原本打算去观看一场歌剧，但在瑞纳的所见所闻严重影响并大大降低了他们的兴致，因此最终也没有去看歌剧。事后莫利还专门解释了他们之所以没有观看歌剧的原因，其中一个理由就是他必须得收拾行李。乌鸫的叫声中最后所出现的这种吱吱的尾音，就与此有几分相似，从一种悦耳动听的音调变成一种吱吱声，就像从一个故事的高潮急转到了低谷一样。

一年之中，乌鸫的叫声只在短短的4个月里能够听到。它一般在3月份才开始鸣叫，并且在6月份结束前就早早噤声了。它们从那时起就开始进入换羽期，身上显得不是很整洁，让人顿生怜悯之心。但是假如我没记错的话，当7月份我去圣詹姆斯公园时，还曾听到过乌鸫的叫声，而且一直持续到了该月更晚的时间。要想推测出其中的缘由似乎不太容易。有可能那只乌鸫刚从一只鸟笼中逃脱，还没有进行交配，因而避开了繁殖期，精力仍然非常旺盛，换羽期也得以延迟。对乌鸫叫声持续的时间问题，我清晰地记得自己在一段时期内还相当愤慨过。因为我当时认为，在这种鸟儿的叫声即将停歇之前，伦敦的各个公园应当想办法将它的鸣叫期再延长几个星期。我想通过这种方式让那些无法出城的人们，多享受一下它那优美的歌声。

对于乌鸫的叫声，我还要说最后一句：在5月份时，那些渴望了解它价值的人们，都去听一听黎明前鸟儿的和鸣吧！群鸟的歌声就像伴随启明星升起一样，每天日出前的半个小时都会准时响起。那个时刻，你一定要用心去聆听，去体味乌鸫在群鸟叫声中所展示出的音质音色。其中有很多鸟儿的叫声，你可能无法一一分辨清楚，而乌鸫的叫声却很容易就能辨识出来。

在这一时期，鸟儿的"歌唱家"行列中还会出现一些其他的鸟儿。在本章中我也会对它们进行相应的介绍。在众多鸟儿的叫声中，黄鹀的叫声也颇具韵味，在那些称得上是优美动听的鸟鸣声中占有一席之地。它发出叫声的时间，比英国其他一些近亲的鸟儿要早一些。人们所熟知的，对黄鹀叫声的一个形容就是"没有奶酪的面包屑"。黄鹀在开始鸣叫的最初几天里，总是很难发出一连串完整的叫声，总是在发出前面一部分声音后就戛然而止，这一点与燕雀有些相像。我们倒不妨将这种情况解释为，它在那些日子里还尚未调制好适合自己口味的"奶酪"。黄鹀最常光顾的地方就是路边的树篱，它经常在那上面驻足高歌。它们在树篱上歌唱的一幕，是我们在乡间的小路上最常看到的一幅美景。今年2月的最后一个星期里，我有一天就刚好从两只黄鹀之间走过。当时这两只黄鹀就像在激烈地进行比赛一样，昂首竞相高歌着。它们发出的叫声真是动听极了。

黄鹀的叫声在夏季持续的时间很长，甚至直到8月份还未停歇。它的叫声无论如何也称不上强劲有力或旋律优美，但它的价值主要体现在以下两个方面：一是其鸣叫的频率，二是人们对它的熟悉程度。当它伫立在树篱顶端时，人们的注意力往往就会不自觉地被吸引过去。透过望远镜去观察它，你会发现，它头部的黄色羽毛异常明艳，后背上的棕色花纹极为精致，让人不得不为它的美而赞叹不已，在人们的印象中，只要是成熟的雄性黄鹀几乎都非常"风流倜傥"。

大约在5月份的一天，我和两位朋友一起徒步前往新佛斯特观赏过这种鸟儿。我们那次遇到了一个绝佳的机会，得以清晰地看到了它的色彩。我们潜伏在一片旷地上的金雀花丛中，在我们周围的灌木上恰好栖息着一只黄鹀、一只朱顶雀和一只石鹂，而且与我们距离不远。它们都已经长大并且发育成熟了，披着一件绚丽多彩的羽衣。机会真是太好了，我们赶快调好望远镜，一只接着一只欣赏下去。看着这每一只鸟儿的神韵，我们不

PART ❷   歌声渐起 | 37

由得连声赞叹。

　　我下面将要介绍的这种鸟儿的叫声，相比众多其他鸟儿的叫声，更为人们所熟知，那就是云雀的叫声。它的美名在一定程度上与其鸣叫方式有着某种联系。不论在它一飞冲天之时，还是在它俯冲而下的过程中，它的叫声都从未停歇过。就像在告诉人们，它正在进行一次快乐而伟大的飞行。我从未亲自观察记录过单只云雀的鸣叫规律，但我从别人口中得知，云雀每过两分钟才会发出一次叫声。并且听到它叫声的同时一般还会看到它的身影，因此人们一般不会将它的叫声与其他鸟儿混淆。它还是文人们赋诗、作词时的绝好素材，没有哪位诗人会无视云雀的存在。我

黄　鹀

　　黄鹀（Yellow Hammer），学名Emberiza citrinella，雀形目鹀科。其体长约18厘米；体色以黄色居多，头顶、眉纹、颊部均为黄色，喉部和胸部为鲜黄色；身上间有其他杂色，背部为栗黑色，羽翼和尾部为暗褐色，外侧尾羽有白斑，体侧有锈栗色纵纹；喜欢生活在林间、荒地、耕地；以植物种子为主食；分布于欧洲东部到西伯利亚中部、哈萨克斯坦、蒙古北部、日本和中国。

年轻时非常喜欢吟诵描写云雀的诗歌，尤其是雪莱所写的，而不太欣赏华兹华斯的。然而华兹华斯后期的作品《你辉煌光芒中的秘密》，却在最近几年里博得了大家的一致好感。诗中对云雀的描写要比雪莱诗歌中的更为生动可感，让人回味无穷，尽管他们二人的诗歌都极富形象性。

　　罗斯金在《当代画家》一书中，曾详细阐释了"幻想"与"想象"的区别。他认为后者的重要性是毋庸置疑、无可比拟的。他借月莎士比亚的

日本云雀

日本云雀（Japanese Skylark），学名 Alauda japonica，雀形目百灵科。其体长约17厘米；上体为褐色，眉纹为白色，腹羽呈三角形肩斑；下体为白色，胸部有黑色纵纹；鸣叫声高昂悦耳，喜欢在高空中鸣叫；常以植物性食物为主，也吃部分昆虫；喜欢生活在干旱平原、草地、泥沼；主要分布于日本，常在中国南部及东部沿海越冬。

一句歌词来作为"想象"的典范："巢燕未敢来，水仙已先至。"歌词大意是这样的：燕归前黄水仙花绽放，像个美人一样点缀在3月的和风之中。对于"幻想"，他则以弥尔顿的一句"紫罗兰令人产生的兴奋，喷涌而出"来予以说明。在这两种描写手法中，究竟哪一个更能激发出我们对于花儿的喜爱与热情呢？答案不言自明。我在对比了雪莱和华兹华斯关于云雀的描写后，也感同身受。雪莱诗歌旋律的优美和典雅为人称道，而更能激发我们对这种鸟儿的感情的却是华兹华斯的诗歌。

我曾读过一名空军飞行员在战争期间所写的一本短篇诗歌集。我们找不出他曾看过华兹华斯描写云雀诗文的任何迹象，但是他却对自己在空中翱翔的感觉进行了形象的描写，并认为那是人生中最幸福和最辉煌的经历。华兹华斯在创作这首《你辉煌光芒中的秘密》时，完全融入到云雀的角色中，真实地体验着飞翔的感觉。虽然他并不能与这种鸟儿进行任何交流，无法直接获得它的感受，但他却将其飞行和歌声同人类的感觉紧紧联系在了一起。这是诗歌创作中的一个巨大飞跃，人们后来将这种手法称为"幻想"——故事是美满动听的，可现实生活中却并不存在。

在乡村生活中，观察云雀是一个极具特色的部分。在某一年4月份的一个晴好天气里，我在一名老守林人的陪伴下，去森林里进行考察。当我们穿越一片草地时，发现头顶上方盘旋着一群放声高歌的云雀，那位老守林人大声说道："云雀的数量今年又增加了不少呢，它们的叫声就没停过。"他说话的声音特别大，但听起来又不像是对我说的，更像是他一个人在自言自语。云雀俨然成了他生活的一部分。这位老守林人尽管相当聪慧睿智，但在生活中却总是表现得沉默寡言、态度冷漠，他的一些行为举止也非常怪异，因此不太容易接近。跟他相处几日后我偶然得知，他还从未去过伦敦，后来我就邀请他到伦敦游玩了一个星期。"噢，人真够拥挤的呀！"他一看到那些马路和大街上熙熙攘攘的人群，就一个劲地嘟囔着这句话。他对在伦敦的所见所闻都感到非常新鲜和有趣。他在这儿度过了一周的快乐时光。但是当他返回家乡以后，我们又有机会一起走在那乡间的大道上时，他又向我抱怨道："城市里的生活真是让人难以忍受啊！那里的大街上没有一棵挨着一棵的大树，抬头向天上看去，也根本看不到任何东西。"如果他知道那些城市里的居民之所以在乡村待个一两天就逃走，是因为那些在他听来颇为激动或兴奋的"声音"让他们难以忍受，毫无疑问，他肯定会对此感到无法理解。而对那些习惯了城市生活的人而言，他们同样也无法理解，为什么那些乡村人被带到城市生活一段时间后，就会产生苦闷、压抑，甚至厌恶的感觉。

我从来没跟树林中的那些云雀一起生活过，对它们那有限的认知也只是来源于屈指可数的几次旅行。我曾到一些因云雀而闻名的地方旅行过一两次，并且似乎

草地鹨

草地鹨（Meadow Pipit），学名Anthus pratensis，雀形目鹡鸰科。其体型纤细，体长约15厘米；头部有黑色细纹，背部有粗纹，下体呈黄色，尾部呈褐色；喙细长，内侧飞羽较长，腿细长，后趾有长爪；鸣叫声较轻，但声尖，似"sip-sip"声；喜欢生活在针叶、阔叶、杂木等树林或水域附近的草地；常以昆虫为食，也吃苔藓、谷粒、杂草种子等植物性食物；分布于欧亚大陆及非洲北部。

每次都是为了去聆听它们的歌声。因而，它们的叫声在我听来，仿佛就是对我这名游客发出的热情欢迎。可令人遗憾的是，我却无法与它们近距离地亲密交谈。每次见到它们时，它们都展翅高飞，沉浸在自己无比快乐的翱翔中。它们飞得其实并不高，而且它们的飞翔似乎总带有某些其他目的，比如寻找新的栖息地或发出鸣叫声等等。当它们在树上栖息时，虽然也会偶尔鸣叫几声，但总的来说，它们的叫声更属于翱翔。云雀外形上还有一个明显特征，那就是尾巴非常短，这极易让人联想到在空中飞行着的蝙蝠。它们优美的歌声、动人的音色以及活动行为都是那么惹人喜爱，我有时不禁会为自己没有和它们生活在一起，失去了这笔珍贵的财富而感到遗憾。这种鸟儿似乎更容易在那些有树，或开阔地带（比如荒地）生存下来。可是，为何在环境相当舒适的乡村，它们的分布也有一定的地域性呢？这个现象的确令人极为困惑。

　　草地鹨的叫声十分细小，它是天生就会发出这种叫声的鸟，而且把这种特点的叫声发挥得淋漓尽致。它飞得并不算太高——大概也就6米或者稍高一点，而且飞起后又像一架滑翔机一样从空中滑落。在它滑落的过程中，就会响起那种细小的鸣叫声。这种独特的叫声仿佛是在释放它飞翔的快乐。早春时节，当人们来到乡村垂钓时，草地鹨总会给大家带来很多乐趣。尽管时光短暂，但它仍然为我们一天里的快乐心情点缀了些许色彩。在荒芜的乡间野外，草地鹨只是一种极为寻常的鸟儿。它那细小的声音在其生活中并不重要，它所具有的最明显的特征就是其身上所散发出来的一种强烈的气味。这种气味对鼻子灵敏的猎狗而言是相当浓重的，就像弥漫在整个荒野中一样。当草地里的松鸡越来越稀少，猎狗在执行主人追踪松鸡的命令时，这种气味常会将其错误地引向草地鹨。猎狗往往会非常执著而坚决地循着这种气味一直追踪下去，仿佛"松鸡"就在的前方。在主人的牵引下，它高度警惕地向前搜索着。突然间，一只草地鹨鸣叫着从荒草丛中飞了起来。猎狗先是一惊，随后它那始终绷紧的神经就松弛下来了，它摇动着尾巴，就像在乞求主人原谅它开的这个小小的玩笑。然而，它日后还是会继续跟主人开这样的玩笑。对那些依靠猎狗捕获松鸡的人而言，这种情况简直就是家常便饭。正是由于草地鹨在高山猎捕中所制造的一个个小插曲，才使它更为清晰地留在了我们的记忆里。

在本章的最后，我来介绍下英国鸟类中最小的一种鸟儿——戴菊鸟。如果不是熟悉了戴菊鸟的叫声的话，我可能还不知道它的叫声其实是极为常见的。它最喜欢出没的地方就是冷杉林，但它的活动范围也不完全局限于此。事实上，只要是有冷杉的落叶林都可以吸引它。在佛劳顿的花园里，长着一棵古老的银色冷杉；在威斯佛德的一片草地上，又有一棵香柏。这两棵树上至少都居住有一对戴菊鸟。就像我们大家所听到的那样，它们的叫声简直可以说是呼喊声，音调极高，如同针尖那样尖细。但它们的音量很小，只是如果天气晴好的话，在离它们较远的地方也能听到。凝神倾听，它们的叫声就如同一条小溪在布满鹅卵石的河道上缓缓流淌，最终又变成一道小小的瀑布飞流而下。人们也许会对我根据它们的叫声所描绘出来的画面心生怀疑，更甚是觉得匪夷所思，但是当我与它们接触过若干次以后，这种影像就会在我脑海中越来越清晰，因此我觉得这样描述再形象不过了。对于那些习惯于将鸟儿的叫声幻化为画面的人们

红冠戴菊

红冠戴菊（Ruby-crowned Kinglet），学名Regulus calendula，雀形目戴菊科。其体长约10厘米；身体呈暗绿色，下部颜色较淡，翼纹明显；雄性头顶为猩红色，但不明显；鸣声微弱，不易察觉；生活在森林中，多分布在加拿大南部及美国大部分地区。

来说，这种描述其实是相当有趣的。它的叫声与这种画面相伴随，更能使人产生一种身心的愉悦感，并且这也许会更有助于人们去辨识它。同时，在我将它的叫声与旋木雀的进行区分时，这种与其叫声相联系的画面也能起到非常关键的作用。

人们之所以很难观察到戴菊鸟，并不是因为它羞于见人，这种鸟儿并不属于害羞的那种类型，而是由于它的活动地点很不固定。要说起来，它的性格也并不温顺，甚至根本没把人类这种庞然大物放在眼里，就如同那些弱小的昆虫对人类的漠视一样。记得有一次在新佛瑞斯特，我正蹲在灌木丛中观察别的鸟儿，一只戴菊鸟非常坦然地走到了我的面前，而且离我相当近，我当时的第一感觉就是，它想让我细细地欣赏或品读一番。

Part 3 鸣禽回归

在前面的两章中，我们已经从1月走到了3月，我也介绍了这段时期出现的许多鸟儿，想必你现在已感到耳畔响起阵阵鸟鸣声了。当然，在春天的这个时候，还有很多其他的鸟儿也在鸣叫。尽管我尚未提起，但它们的歌声也是非常重要的，如林鸽的低语声、白腰杓鹬和凤头麦鸡带来的春天的讯息、沙锥鸟的叫声等等。我们也可以说它们的叫声同样具有"歌声"的特质，但前提是我们必须赋予"歌声"更宽广的含义，而且也只有这样，人们才会将其当做歌声来接受和理解。因此，这些鸟儿将是我们下面几章中所要重点介绍的对象。

即便鸟儿的叫声在艳阳高照的3月里已经相当嘹亮，我们也不能断然认为，3月是鸟儿鸣叫声最为响亮的一个月份。乔治·梅瑞狄斯在他的一本书中曾这样描写道：2月的西南风奏响了鸟类交配的序曲，而3月的东北风则挟来了鸟类的沉寂。歌德曾将3月份里的许多日子称为"扼杀生命"的刽子手。在那些日子里，寒风肆虐，就像要把已经复苏的生命全部毁灭。比起一年中的其他月份，2月和3月的基调最为暗淡。鸟儿对生活环境是有一定要求的，特别是湿润度，而2月和3月的平均湿度却明显低于其他月份。在不列颠岛，不同地区的降水量也存在很大差异。每个月份的干旱和湿润程度，许多资料中的描述也不尽相同。但总体而言，一年中最为干旱的月份应当是4月份，在许多地方2月份的干旱度都会排在4月份之后。

棕榈林莺

棕榈林莺（Palm Warbler），学名Dendroica palmarum，雀形目森莺科。其体长约13厘米；头顶长有红色羽毛，具有摇动尾部的习性；主要以昆虫为食，也食用种子；每次产卵4～5枚，在地面或近地面处营建巢穴；生活在沼泽、废弃的农场以及灌木丛附近；主要分布在加拿大东南部及美国东北部地区。

然而，非常有趣的一点是，人们往往又会将与潮湿有关的描述用在这两个干旱的月份，比如人们常说的"二月沟河满"，以及四月雨阵阵。"二月沟河满"这句谚语常常为人们所引用，尽管这句话在某种程度上有误导之嫌，但它还是有一定道理的。因为那个时候，处处井水满溢，秋天的雨水和冬天融化的霜雪正缓缓地渗入到土壤之中，沟河里的水随之也就充盈起来了。然而，如果只凭此种情形就认定2月份的天气是潮湿的，难免有些刻板了。这个时期的天气还是非常寒冷的，而且风也又干又冷，不光那些正在复苏的生命，就连鸟儿的求偶行为都受到这种天气的影响和抑制。虽说如此，但在3月份，或说得更早些，在2月里，还是会出现一些较为舒适的天气。在这样的天气里，春光灿烂，空气温和而湿润，与其他时候的天气对比鲜明。这时鸟鸣声四起，既向人们昭示着生命的复苏，又向大家证明着生长和繁衍后代的本能是无法抑制的。夏日时节此时正悄然从南方向我们走近。那些飞到温暖的非洲以躲避寒冬的鸟儿，也开始陆续返回了。石䳭静悄悄地回到了我们身边，嘀咕鸟又开始在汉普郡和南方乡村的上空盘旋，这所有的一切都那样熟悉，就像整个冬天它们从未远离过这里一样。灰沙燕是燕子类鸟儿中的一种，它出现的时间要比其他鸟儿早些，人们一般在3月末以前就能看到它的身影了。并且，这时我们也能听到棕林莺的叫声了。

对那些凭借鸟儿的叫声来判断一年时节的人而言，棕林莺的第一声鸣叫就意味着一个新阶段和一种新气象的开始。我们迄今为止所提及的鸟儿，基本上都是那些一整年都留守在我们身边的。但是对于棕林莺这种鸟儿，它们的第一声鸣叫，不仅表明它们已经开始新一年里的"歌唱"了，而且也是在告诉我们它们又回来了。从去年我们最后一次听到它们的歌声到现在，算起来它们已经完成了两次长途旅行。一次是秋天时节从我们身边飞走，第二次则是经过长途跋涉，现在又飞回到我们身边。在所有每年都要回归的鸣禽中，会使我们从3月份起就开始翘首以盼的就是棕林莺，我们真诚地期待着它们的归来。然而，由于路途遥远，它们要在4月份时才能最终抵达这里。它们的叫声是众鸟"歌声"鹊起的前奏。因此，它们一来，树林、草地和花园里的鸟鸣声愈加丰富起来，音调更加变化多端，音质也越来越甜美动听。在每年的春天里，当我们听到棕林莺的第一声鸣叫就会变得激动万分，其原因也许正在于此吧。仿佛这一声啼鸣就是一种回归的象征，一份承诺的兑现。

棕林莺这种鸟儿长得娇小玲珑，外表非常独特。对于"鸣禽"与"鸣唱"这两个词，我并不打算下什么明确的定义，唯一肯定的是，人们早已习惯将那些会"鸣唱"的鸟儿归入到"鸣禽"的行列，虽然并没有这样的判断标准和规定。对于"鸣唱"这一概念的范围，人们同样也没有给出一

棕柳莺

　　棕柳莺（Chiffchaff），学名Phylloscopus collybita，雀形目莺科。其体长约10厘米；体色以褐色为主，略带绿色，眼纹呈灰白色；以生活于树上的昆虫为食；常在近地面处筑巢，巢顶为圆形；分布于欧洲至非洲北部，在赤道以南的非洲和印度过冬。

个明确的界定，因此，我也不清楚是否可以将棕林莺的叫声囊括进来。从一个较为宽泛的角度来说，如果所有鸟儿的叫声都可以称为"鸣唱"，那么毋庸置疑，柳林莺的鸣叫声也不会是个例外。棕林莺与柳林莺的亲缘关系最近，人们常会将它们划归到同一个家系之中，因此棕林莺应该也属于"鸣禽"的一种。这两种鸟儿的外表、习性、觅食、栖息以及筑巢方式都是极为相似的。也正由于它们所具有的这种亲密性或相似性，其叫声中的差异性才突显了出来。从棕林莺鸣叫的方式和时节来看，它们就像是在竭力为我们献唱一样。至少在我看来，不论在何种情况下，这一点似乎都是如此。

当然也有人对此持不同看法，他们认为棕林莺的叫声只不过是一种啁啾声而已，并不赞同我对它们的评价。事实上，棕林莺的叫声中含有两种不同的声调，而这两种声调却传达出一种相同的神韵，那就是它们竭尽全力想把这种声调升华为"歌声"。在这两种声调反复变换的间歇里，你就能感受到此种神韵。但凡用心聆听过它们叫声的人，肯定都会体察到它们的这一良苦用心。同时，它们又是如此勤勉地鸣叫着，就像织布机上不停歇地运转着的梭子一样。单从这一点来说，棕林莺真可谓是韧劲十足、鸣叫不辍的典范。在威斯佛德的花园里，就生活着一对以上的这种鸟儿，它们的叫声总是频繁地回响在人们的耳畔，几乎成了花园中人们最为熟悉的一种声音了。如果不仔细观察的话，你很可能会认为整个花园里到处都有棕林莺的身影，而实际上，这种声音只来自于某一个区域。在4、5月份，这种叫声听上去虽然缺少些底气，也不那么富有生机和活力，但它们还是会毫不气馁地反复鸣唱下去。当棕林莺致力于哺育后代时，也会同其他鸟儿一样，暂时陷入一段相对沉默的时期。但是在6月末的某段时间里，它们又会整日地"鸣唱"起来，就像除此之外毫无他事可做一样。棕林莺接下来就会进入换羽期，从而将一直噤声到9月份。当精力完全恢复后，它们又开始精神抖擞地放声高歌。它们的这种声音此后就会像一种平静的告别一样，一直持续到它们离开这里，长途跋涉飞向南方的那个时刻。

棕林莺的名字其实与它所发出来的叫声有着极大联系。它的名字之所以很容易被人们记住，就是因为它的鸣叫声非常独特。而和它亲缘关系最近的另一种鸟儿，也就是柳林莺，其名字就没有这么"幸运"了，人们通常称之为"柳鹪鹩"。这种鸟儿一般总在4月初的时候出现在人们的视野中。人们用"柳鹪鹩"这个名字来称呼它其实是很不合适的，这样就会不自觉地对它产生一种厌恶或庸俗之感，就像用"篱雀"来称呼林岩鹨一样。其实这种鸟儿并不属于鹪鹩类。鹪鹩这类鸟儿具有极为鲜明的特点，因此它才能在英国众多的鸟类中独享其名，而其他鸟儿都无法与其共享这一殊荣。有些通俗的说法其实是人们对鸟儿的一种误识，就像将戴菊鸟称为"金翅鹪鹩"。之所以会将柳林莺称为"柳鹪鹩"，可能是因为鹪鹩经常会在柳树间活动，这一点与那些将活动地点集中于大树和灌木丛的鸟儿明显不同。但是我曾在一些没有柳树，甚至没有适于柳树生长需要的潮湿土壤的地方，观察到很多"柳鹪鹩"在活动。既然已经存在"柳林莺"这样一个概括性的名字，我认为就没有必要再为这种鸟儿创造出另外一个新名字。虽然这个名字并不能很好地区分开这两种鸟儿，但我觉得继续使用下去也无妨。据我观察，在夏季的鸣禽之中，这种鸟儿的分布是极其广泛的，我尚未发现在英格兰的哪个地方没有这种鸟儿出没。在佛劳顿树林里的鸟类中，它们的数量更是不可小觑，以至于我往往还没有注意到这种鸟儿的时候，它们的叫声就已在我的耳畔响起。在整个5月份和6月初，当我漫步在树林中时，柳林莺的叫声接连不断，此起彼伏，不绝于耳，几乎日日如此。如果说有谁在那时没有注意到它们的叫声的话，那真是让人难以置信。虽然我很早就听到了这种鸟鸣声，但知道它们的名字却是后来的事，那时我自己给它们起名叫"永恒鸟"，因为在我的记忆中，它们的叫声似乎就没有停歇过。

在4月份的第一个星期里，英格兰南部的人们就开始期待着柳林莺的叫声了。它们发出的叫声细腻柔和，且相当连贯，组合起来就像一个非常完整的"句子"，它们总是以极为短暂的间隔反复鸣唱。这种鸟儿的叫声也大都不具有什么目的性。它们在灌木丛中飞翔时会发出叫声，在寻找昆虫时也会发出叫声。它们所发出的叫声的音质非常动听，既像在诉说着某种哀怨，又仿佛在向上帝祈求帮助。当我凝神倾听这种叫声的时候，脑海中立刻就会涌出这样一个句子：那种韵律就如同夏日的雨一般，让人感到无比舒适，并且似乎还触手可及！在其他一些鸟儿的叫声中，我们有时会听出某种虚张声势、洋洋自得或发起挑战的意味，但在它们的叫声中，丝毫体会不到这种感觉。任何一个能从鸟儿的叫声中汲取快乐的人，只要在每年的春天里听到柳林莺传来的第一声鸣叫，都会欢腾雀跃。夏季的换羽期，它们跟其他鸟儿一样，也会变得"沉默寡言"起来。而到了9月份，它们的"歌声"又会再度响起。但是这一时期，它们的鸣叫就没有往日那样频繁了，而且听上去还显得非常微弱。在这重新响起的"歌声"中，似乎隐藏着某些能够引起人们沉思，以及追忆往事的东西。无论在何种情形下，它们的"歌声"总是能带给我们这样的心境。柳林莺往往在我们不经意之间就悄然离去了，它们经过一段艰苦的长途跋涉后，去到另一块大陆——非洲，它们将在那里躲过寒冷的冬天。

人们由棕林莺和柳林莺还会联想到另一种鸟儿，即林莺。它与上述这两种鸟儿最大的不同之处就在于行为习性上的差异。当然，人们仍然能在它们身上找出许多相似之处。"林莺"（正如前面所提到的原因，相比什么"林中鹟鹩"，我还是更加喜欢这个名字）这个名字也极易被人们熟记。这种鸟儿完全在树林中长大和生活，在花园或灌木丛中轻易见不到它们的身影，这一点与棕

橙胸林莺

橙胸林莺（Blackburnian Warbler），学名Dendroica fusca，雀形目森莺科。其体长约13厘米；雄性的喉部及胸部为鲜艳的橙红色，雌性也具有这一特征，但颜色较浅；鸣叫声与"嗡嗡"声类似；每次产卵3～5枚，巢穴通常建在针叶林中，位置较高；广泛分布于北美洲、中美洲和南美洲。

林莺和柳林莺是相同的。大树是它们栖息和活动的最佳场所，尤其是那种山毛榉树和橡树的树干。灌木丛对它们没有任何吸引力，它们钟情的是地面光秃秃的树林，就像我们常见的山毛榉树林。

　　林莺羽毛的颜色比柳林莺的更为艳丽，而且身体看上去也更加健壮。它们的翅膀特别宽大，因而愈发突显出了尾巴的短小。虽然这种身体结构让它们少了几分纤巧，却多了几分活力。

　　林莺的叫声极为鲜明。实际上，它们能够发出两种不尽相同且特征明显的叫声，因此我们有时根本不用近距离观察，就能听出由一只鸟儿发出来的叫声中的不同之处。更为幸运的

白颊林莺

　　白颊林莺（Blackpoll Warbler），学名Dendroica striata，雀形目森莺科。其体长约14厘米；主色调为黑色，有明显条纹，雄性顶部为浓黑色，雌性颜色较淡；鸣叫声不明显，容易被忽略；生活在森林中，在针叶林中尤其常见；主要分布于北美洲及南美洲。

是，我们常常很容易地就能瞥见它们的身影。它们比较喜欢在大树的顶端活动，但有时也会降落到一些低矮的树枝上，这些树枝离我们也就一两米远。它们在那里捕食、鸣叫、嬉戏。当它们聚精会神地从事着这些活动时，似乎完全不在意有人在旁边观察，表现出一种极度的自信和安全感。这时大树虽然向四周伸展开来，但交错缠结的树枝并不能遮挡住人们观察的视线，反倒是在观察其他一些鸟儿时，视线不时会被与大树生长在一起的灌木丛遮挡。在5月初去观察林莺和聆听它们的叫声，是最合时宜的。那个时候，山毛榉的叶子刚刚长成，还非常纤嫩，鸟儿那黄色与浅绿色相间的羽毛，与树叶的颜色相得益彰，煞是好看。它们在枝间的跃动与那欢快的歌声，更为那嫩绿的山毛榉林平添了几分妙趣。这幅画面的和谐美丽简直难以言表，而林莺那略带颤音的咝咝鸣叫声更令人陶醉。然而，只有当我们亲眼目睹了它们鸣叫时的样子，并充分体会到它们那叫声中所饱含的快乐后，才会真正地去欣赏它们。也唯有如此，我们才能将其深深地刻在脑海中，才会在想起的时候，随时重放品赏。

　　林莺的另一种叫声是一种清晰而又回响强烈的音调。它们通常情况下都会连续不断地重复9～10次这种音调。同其他鸟儿一样，它们显然也是在通过鸣叫来表达自己的情感。但是对倾听者来说，这种音调哀怨而凄惨，似乎饱含着苦涩的泪水，常会带给人们一种强烈的悲伤感。林莺有时会毫无间隔地持续发出这种叫声。不过，在大多数时候，我们听到更多的还是它们那正常的音调。对于这种正常的音调，它们往往会一遍又一遍地不停重复，每个音调之间的间隔极其短暂，以至于它们叫声口那种哀怨的音调几乎完全被掩盖住了。如果我们只注意到它的正常音调，那么对林莺的印象就会是不完整、不准确的。因为只有当两种对比鲜明的叫声同时清晰地传出来时，这种鸟儿才会显得更有特色。在所有鸟类中，叫声具有这种特点的鸟儿其实并不多见。

　　沃德·福勒曾在他的一本书中讲到，他在认识了解林莺的最初阶段，也曾因它们的叫声而产生过困惑。他当时认为自己遇到的肯定是两种不同种类的鸟儿，而绝非是同一种。我在听到林莺的叫声之前，早已了解了这方面的知识。因此当我第一次听到它的叫声时，就清晰地意识到自己正经历着沃德·福勒所描述的那种困惑。然而，我并不觉得这两种音调上的差异是什么难解之谜，这只不过就是它用来表达情感的一种方式而已。

在这里，我还有必要向大家介绍两种高音阶的鸟鸣声，那就是黑顶林莺和园林莺的叫声。这两种鸟儿在习性、叫声和筑巢等生活方式上具有很多相似性，以至于它们看上去似乎都在嫉妒着彼此。在我汉普郡的茅舍附近有一处白垩坑，坑的四周蔓生着一片片黑刺李、荆棘、野玫瑰和接骨木，而且还有一些橡树、梣树和榆树也高高地耸立于此。我一直密切地观察着这个白垩坑，坚持了近33年的时间。我发现，每年春天都会有一对黑顶林莺在此筑巢。后来的几年时间里，每到5月初，我还能听到园林莺在这里鸣唱。不过，几天后这种鸟儿就销声匿迹了，只留下黑顶林莺独自在那里鸣唱。之所以会出现这种情况，我猜测很可能是这对园林莺被此处宜人的环境所吸引，试图在这里建立属于自己的新家园，但是黑顶林莺早已"驻扎"于此，它们不会坐视敌人来抢夺自己的地盘，因此就竭力阻止园林莺在此"安营扎寨"，并最终将其赶走。然而，在这里其实还居住着一些其他的鸟儿，像柳林莺、芦林莺、夜莺，有一段时间灰林莺也在此栖息过。因此我推测，黑顶林莺所排斥的是某些与它们非常相像的鸟儿（比如园林莺），而对于那些与它们差异很大的鸟儿，它们是能够容忍对方在自己的领地内活动的。这一情况说明，那些具有非常相近的物种关系的鸟儿，是不会允许对方与自己共同生活在一个领地内的。在棕林莺与柳林莺之间是否也存在这种互不相容的情况呢？大家不要忘记，这两种鸟儿在外表上的相似程度要远远超过黑顶林莺和园林莺之间的相似度。另一方面，二者在鸣叫声上也存在着相似之处，这种情况还是比较罕见的。如果将其扩展来看的话，我个人认为，这种情况在众多的英国鸣禽中发生的可能性是较为普遍的。因此，并不是因为鸟儿在外表或习性上存有相似性，而激发了它们之间的仇恨和排斥，而是由于这些鸟儿的叫声中存在某些相似之处。

黑顶林莺与园林莺在外表上还是存在很大区别的。虽然它们的体型和大小颇为相像，但是黑顶林莺中的雄鸟和雌鸟却身披不同的羽毛。而在众多林莺类的其他鸟儿身上就很难见到这种情形。虽然淡灰色是它们的主色调，但雄鸟的头部却都是黑色的，而雌鸟的头部顶端则呈现出些许较深的棕色，它们的外表都显得格外优雅又富有品味。相较之下，园林莺与柳林莺的颜色几乎是一样的，都是深绿色和黄色相混杂。园林莺的外观其实与那种没有眼部条纹的大柳林莺相似，只不过它的雄鸟和雌鸟的颜色是相同的。

黑顶林莺那甜美动听的歌声在我耳边回旋之际，我脑海中同时响起了乌鸫和夜莺的叫声，因此我无法不将它们同时归入英国鸣禽中的第一流"歌唱家"的行列。黑顶林莺的叫声音量特别大，但听起来却格外甜美，洋洋盈耳。虽然每一声鸣叫都不算长，但总是锲而不舍地重复着。不过它们的音调较为单一，缺少变化。当然，对

黄腰林莺

　　黄腰林莺（Yellow-rumped Warbler），学名Dendroica coronata，雀形目森莺科。其体长约14厘米；顶部、腰部及胸部两侧的黄色斑块是它的明显特征；鸣叫声缺少生气，类似干枯的"吱吱"声；以昆虫及浆果为食；每次产卵4～5枚，巢穴搭建在距地面较近的常绿林中；主要分布在美国北部及加拿大南部地区。

庭园林莺

庭园林莺（Garden Warbler），学名Sylvia borin，雀形目莺科。其体长约14厘米；体色呈橄榄褐色；分布于欧亚大陆、非洲北部和中南部地区。

于任何事情，我们都无法苛求它能达到绝对的完美，至少在它的叫声中，没有哪个音调会让我们听后兴致大减。其实我很早以前就听人说起过黑顶林莺这种鸟儿，它就像站在城堡门前的顽皮的孩子一样，全然不顾周围的环境，完全沉浸在自己那"倾情的哼唱"中。

园林莺的叫声也是非常动听的，在某些方面甚至超过了黑顶林莺的歌声。它的每一声鸣叫都更为持久，只是不如黑顶林莺的叫声纯净、嘹亮而婉转有致。园林莺的叫声与黑顶林莺的叫声中所飘动的音符有几分相像，以至于有时我听到它们都在鸣唱时，总会产生一种疑惑——我所听到的究竟是哪种鸟儿的叫声呢？园林莺的叫声尽管能持续很长一段时间，但是听上去却像放不开嗓门的腼腆女孩一样，远远没有黑顶林莺那种大展歌喉倾情鸣唱的豪放。说得更准确点，园林莺的叫声的音高，在到达黑顶林莺所在高度的某一点时就戛然而止了。

在对这两种鸟儿进行完至关重要的对比后，接下来就如前文所说的那样，我要将其放在一起来描述，就此结束对它们的介绍。在我们所熟悉的鸣禽中，除却夜莺，黑顶林莺和园林莺的个头可以算是较大的了，而且它们的鸣叫声也要比其他鸟儿的更为嘹亮。这两种鸟儿就像柳林莺一样繁多，因此它们的分布地区也非常广泛。在我居住过的几处乡村里，几乎每个时节都能或多或少地瞥见它们的倩影。虽然这两种鸟儿的叫声也存在一些差异，但是对于那些酷爱听鸟鸣声的人而言，哪怕只是听到它们中一种鸟儿的歌声，也会感到无比激动与快乐。

在4月份时，又会有很多鸟儿陆陆续续回到我们身边。它们的回归，为英国的乡村风情和绚丽多姿的生命界又平添了几分野趣。那些喜欢在山谷的小溪里垂钓的人们，也许对这两种鸟儿——水蒲苇莺和芦莺尤为熟悉。最先注意到它们到来的，可能就是这些人了。不过，要想听到芦莺的叫声，得耐心地等到5月份。

要想准确地描绘出水蒲苇莺的模样，就不得不运用一些形容人的辞藻或表达手法。之所以将这种表达手法运用于此，主要是为了使人们对鸟儿的外表和行为所产生的印象更直观，而并不是要对鸟儿的性质和特点

水蒲苇莺

水蒲苇莺（Sedge Warbler），学名Muscicapidae Acrocephalus scirpaceus，雀形目莺科。其体长约12厘米；橄榄色顶冠上有黑色纵纹，白色眉纹上方有黑色条纹，上体呈褐色，有近黑色纵纹，下背至尾有栗色覆羽，下体呈白色，胸部及两胁带有褐黄色；头部很平，喙短而尖；鸣叫声是沙哑与甜美的混合，夹杂模仿叫声；举止行为有趣可爱；栖息于长着高草、芦苇以及矮丛的沼泽地带；在欧洲、西亚和中亚繁殖，迁徙时至伊朗和非洲。

进行什么文学上的描述和勾画。在鸟儿的世界中，水蒲苇莺就像一位喜剧小品演员一样，它眼眶周边的一圈条纹赋予它一副滑稽的外表，它的举止和行为又十分乖巧有趣，任谁见了都会心生爱意。它们那与生俱来的叫声听上去跟芦莺有几分相似，不过它们的声音要显得尖细些。而且这种鸟儿还会模仿其他种类的鸟儿的叫声。沃德·福勒在他的一本书中（本书前文已有所引述）描写过他所耳闻目睹的水蒲苇莺模仿其他鸟儿鸣叫的情景：仿佛是在嘲弄乌鸫，使这些原本就很紧张的鸟儿受此惊吓，慌张乱飞，四处逃散。我们经常会看到水蒲苇莺从小溪边繁茂的菅茅丛中飞出，几乎是从垂钓者的脚底下飞过。这种情景很容易让人误以为它们的巢穴就在其飞出的那片芦苇荡里面。我们有时也经常看到它们在芦苇丛中出没，就像是在以某种方式支持和帮助芦莺一般。但是，在一些离水源较远的、比较干燥的灌木丛中，我们有时也会发现它们活动的身影。这种鸟儿好像是在告诉我们，它们并非只能生活在与水毗邻的环境中。而我们起初却以为这种鸟儿是不会轻易离开水源的。它们整日都精神十足，并活灵活现地叫个不停，即便是在深夜也能听到它们的鸣叫声。如果你喜欢在野外露营的话，那么夜晚你就会听到一些鸟儿发出的叫声，尤其是夜莺和黄莺的，就连林岩鹨偶尔也能发出一些美妙动听的片段。但除了夜莺和黄莺，我们听到最多的也许就是整个夜晚都不停歇的水蒲苇莺的叫声。它们的叫声中尽管少了些和谐的韵律，但是它们的出现，仍会让人感到快乐而充满活力。

　　芦莺的名字尤为简单，基本没有什么想象力，甚至会给人一种单调乏味的感觉。它们的活动范围完全局限在有芦苇生长的河床内，比如在诺福克地区那片广袤的芦苇荡里，就栖居着很多这种鸟儿。只要有芦苇的地方，都会有一对或两对这种鸟儿活动的身影。据说即便是在远离芦苇荡的一些地方，有人也曾见到过这种鸟儿。它们所居住的芦苇荡里生长的都是那种茎秆细长的非常普通的芦苇，而菅茅或其他某些与之相近的芦苇都不会令它们满意。它们身上的色彩总能带给人们一种静谧舒适的感觉。虽然其叫声的音调缺乏变化，略显单调，但却比水蒲苇莺的叫声更具韵律，也更吸引听众。它们总是隐没在芦苇丛中，鸣叫时也往往牢牢地站在芦苇的茎秆上，如果与它们之间的距离不够近的话，你根本就不要奢望会看到其身影。周围的一点风吹草动都能够引来芦莺和水蒲苇莺的阵阵鸣叫声。记得有一次，我和一位朋友走在一架穿越伊特彻河的浮桥上，这架木板浮桥连接在两片草地之间，其中有一段正好穿过一片芦苇荡。我的这位朋友并不熟悉芦莺的鸣叫声，因此很想在这里听到它的叫声。而在离我们也就不到1米的地方，恰恰停落着一只正在鸣唱的芦莺，我们不仅可以听到它的叫声，还可以清晰地看到它的身影。然而，正当我们凝神倾听时，它的叫声却突然停了下来，但它并没有飞走。

厚嘴芦莺

厚嘴芦莺（Thick-billed Warbler），学名Acrocephalus aedon，雀形目莺科。其体长约20厘米；体色为橄榄褐色或棕色；嘴粗且短；尾长且凸；鸣叫声响亮而饱满，可模仿其他鸟叫；常生活在河流、湖泊、水塘岸边的芦苇草丛和灌木丛中；以蝗虫、甲虫等昆虫和蜘蛛、蚯蚓等无脊椎动物为食；分布于欧亚大陆、非洲北部、印度次大陆、中南半岛、中国的西南地区和东南沿海地区。

"你还想听到它更多的叫声吗？"我问朋友。

"当然想了。"朋友回答道。

于是，我随手捡起几粒小石子用力抛向那只鸟儿所在方向的芦苇丛中，它的叫声霎时就响了起来。我的朋友却对我这一举动感到相当愤慨，而且时至今日他还责备我当时差点伤到那只鸟儿。

芦苇荡自有其独特的韵致。在2月份或3月份，当阳光明媚，微风吹拂时，那里的景致尤为迷人。那个时候，芦苇荡还在为复苏酝酿着，身上仍然披着去年就穿上的淡黄色的衣装，裁剪春天的绿装的使者姗姗来迟。芦苇茎秆顶部的羽毛状苇叶已经有点发黑了，但是在阳光的照耀下仍然发出闪亮的银色光芒，每当一阵轻风吹来，那苇叶就像飘动的羽毛一样在风中翩翩起舞。那时虽然还没有任何鸣禽到来，芦苇荡中一片沉寂，但仍然散发着独特而别致的风韵。让我们畅想一下这番风景吧：在诺福克地区，天朗气清、艳阳高照，这里的芦苇荡沐浴在温暖的阳光中，米黄色的芦苇丛中像洒落了一层闪耀的星光，清澈充盈的河水在蓝天的映衬下显得格外轻灵湛蓝。有谁看到如此美丽的画卷而不为之深深陶醉呢？

当5月走近时，芦苇开始长出嫩绿的茎叶，成群的芦莺也飞抵这里，附近的人们又能听到它们那熟悉的鸣叫声了。如果你想听到它们最动人的歌声，那么就在6月份里选个天气晴朗的日子吧。在那样的日子里，阳光普照，微风拂动，芦莺连绵不绝的叫声和着风中的芦苇丛发出的簌簌声，让人听来无比舒畅。只有在这样的时刻，我们才能真正了解芦莺所生活的家园，并深切地感受到它那叫声里的神韵。

接下来说说灰林莺。灰林莺分为两种，一种是人们较为常见的，另一种则不轻易在人前现身，但它们出现的时间一般都是在每年的4月份。这两种灰林莺的体型大小基本相同，但是在色彩上却有所差异，那种较常见的灰林莺远比另一种不常见的要艳丽。较常见的灰林莺色彩非常醒目，而且其习性与举止也极为可爱，因此与那种较少见的灰林莺相比，它更能吸引人们的注意力。如果你认真听过它的叫声就会发现，它的声音显得非常急促，一如它平日的做派：总是行色匆匆，或者跟谁怄气似的。有时，它发出的那种声调和表现出来的那副神情，好像是在训斥惹恼它的人似的。道路两旁那爬满繁茂的绿色植物的树篱是它们最喜欢的一处落脚点，它们总是停落在那里高声鸣唱，人们想不注意它们都难。在那些长满荆棘

灰林莺

灰林莺（Srenter Whitethroat），学名Sylvia communis，雀形目莺科。其体长约14厘米；上体呈灰褐色，喉羽蓬松为白色，胸部、两肋有黄色；下体偏白，外侧尾羽和尾下羽为白色；鸣叫声为连续的颤音；喜欢隐蔽的环境，常生活在高大的灌木丛和矮树丛中；分布于温带地区，越冬时迁至非洲。

的树丛和林子中，你也会瞥到它跃动的身影。对于这种鸟儿的叫声，我在前面已有所提及，在这里我不得不补充的一点就是，它最吸引人的地方其实不在于它的叫声，而是它的活力四射与娇憨可爱，带给人们激动与欣喜的心情。只要是灰林莺栖息的地方，就肯定是一道令人愉悦的、极具特色的风景。

较少见的这种灰林莺的外表与前一种虽然非常相似，但它们在习性上却存在极大的差异。它有着一种较为孤僻的性格，不怎么引人注目，很少有人看到它在路边树篱上驻足的身影。不过，在那些特别僻静的角落里，你说不定会发现它的影踪，我就曾在废弃的白垩坑旁的树丛中看到过它。这种鸟儿似乎更喜欢将大树当做栖居之处，与那种常见鸟儿的选择截然不同。它们搭建巢穴的原料多是一些灌木枝，这一点也与那种常见的灰林莺不同，后者在筑巢时更倾向于收集一些荨麻或其他草木枝叶之类的东西。根据我的观察，似乎只有在6月份或7月份的一些比较温暖的日子里，这种鸟儿才愿意放声鸣叫。它的叫声其实非常单调，往往就是一种声调的不断重复，而且每当它重复鸣叫一阵后，就会停下来歇上一阵。概括地说，这两种灰林莺，一种充满生机与活力，另一种散发着安静祥和的气息，各有其鲜明的特点。

这种较少见的灰林莺好像偶尔还会发出类似常见的灰林莺的叫声，我就曾经听到过一次，不过起初我并未多加留意。随后当我听到它发出的另一种叫声——它自身所具有的那种单一声调的重复鸣叫时，我才开始留心起来。这些情况都是我在汉普郡观察到的，当时恰好就有一对这样的鸟儿住在离我的房屋不远的地方。对于这种不常见的灰林莺，我基本上都是在南方的一些乡村里观察和认识的。但是，我在佛劳顿居住的那段日子里，也曾听到过它的若干次鸣叫。不过，在这里栖居最多的灰林莺还是较常见的那种，这一点与其他地方的情形大致是相同的。

还有很多其他种类的鸟儿，也会在4月份时陆续回到我们身边。秧鸡和杜鹃应该是这些鸟儿中最令人瞩目的。

它作为鸣禽，按说在本章中是不应当进行介绍的，但是下面这4种鸟儿，我想有必要在这里就开始提醒人们对其多加关注。

　　与草地鹨的叫声相比，树鹨鸣叫的频率要更高一些。这种鸟儿最主要的活动处所就是树上，它的名字其实就已清楚地告诉我们这一点了。它们常常从大树的顶端振翅飞向高空，而后又像一架滑翔机一样慢慢滑落下来，人们对这种情景早已相当熟悉了。当你听到它的鸣叫声时，只要抬头一看就会发现，它正从一棵大树飞落到另一棵上。它的叫声异常嘹亮，就连叫声中的最后一个音调都那么掷地有声。这种鸟儿有时并不飞离大树，只是驻足枝头发出鸣叫。最近几年来，树鹨似乎越来越频繁地在这种状态下鸣叫了，当然这只是我个人的一种观察结果。如果它以后一直这样鸣叫下去的话，就真的太可惜了，因为鸟儿的鸣叫只有与其在空中的快乐翱翔相伴随，才会生发出更为动听的旋律，才会更深刻地撼动听众的心灵，它们歌声的独特韵味就在于此。虽然我在这里，为了这种鸟儿没有将它的叫声融会到它那自由快乐的翱翔中，没有让人欣赏到它最优美动听的歌声而抱怨，但是那些酷爱树鹨的人们却认为，它完全有权利选择自己

非洲秧鸡

　　非洲秧鸡（African Crake），学名Crex egregia，鹤形目秧鸡科。其体长约11厘米；体呈深褐色，背部有黑色花纹，腹部有黑白相间的横斑纹；头小，颈短，嘴粗且短，翅较宽，尾短呈方形或圆形，腿与趾细长；选择栖息在湿地、草地、森林和灌木丛等地；以无脊椎动物和植物的种子、核果、嫩枝等为食；常在稻田的秧丛和谷茬中筑巢；分布在非洲北部、非洲中南部以及亚洲西部。

树 鹨

　　树鹨（Olive-backed Pipit），学名Anthus hodgsoni，雀形目鹡鸰科。其体长约15厘米；上体呈橄榄绿色或绿褐色，眉纹呈棕黄色，下体为灰白色，胸部有黑褐色纵纹；性机警，受惊后高飞并发出尖细的"chi-chi"声；主要以小型无脊椎动物和苔藓、谷粒等植物性食物为食；繁殖期间多生活在山地森林和高山森林地带，迁徙期间多生活在低山丘陵和山脚平原；分布于欧亚大陆及非洲北部，在中国繁殖于东北、内蒙古、河北、甘肃、四川、西藏等地。

喜欢的鸣叫方式。

　　在鸣禽的行列中，还包括这样一种鸟儿——人们习惯上称之为蝗莺。由于它有着与其他鸣禽截然不同的特点，因此只单纯地将其当做一种鸣禽来介绍是很不准确的。这种鸟儿也是在4月份出现，其叫声与蚱蜢的叫声存在一些相似之处，但它的叫声更为嘹亮和粗犷，与卷线筒轻轻转动时发出的声音有几分相像。且不论它发出叫声的方式，抑或其鸣叫的动机与意图，也不管它所表达的是何种情感，传递的是什么信息，总之，它的叫声听起来就像一首美丽动听的歌。进入繁殖期后，虽然它的叫声也会自然而然地沉寂下来，但只要进入鸣叫期，它就会不遗余力地将整个身心都投入到鸣唱中去。它的鸣叫声能够持续相当长的一段时间，连续不绝，整个过程听上去好像都没有换过一次气。柳林莺和林莺在树间飞翔时，是间歇性地发出鸣叫声，并不像蝗莺这样将全副精力都投入到"歌唱事业"中。为了安心地鸣唱，蝗莺常常将那些矮小的柳树枝当做舞台，一动不动地站在上面放声高歌。这种鸟儿在鸣唱时虽说身体总是不动，可它的头却很灵活，不时从身体的一侧转向另一侧，就像舞台上的"歌唱家"在向四周的观众致意一样。

黑斑蝗莺

黑斑蝗莺（Grasshopper Warbler），学名Locustella naevia，属雀形目鹟科。其体长约13厘米；体呈橄榄褐色，遍布黑色纵纹，夏季上胸有黑色斑点；鸣叫声较生硬；喜欢隐匿在浓密的地表植被下面，较少飞行；繁殖时栖息在西欧至蒙古西北部，越冬时在西班牙、北非和印度。

当夏日悄然走近，夜晚愈加温暖起来的时候，蝗莺的夜间"演唱会"就拉开序幕了。在威期佛德地区靠近河边花园一带，有一片贫瘠的沼泽地，几乎环绕了花园一周。1922年我再一次来到这里时，无意中发现，在沼泽地里的一棵低矮的柳树上停落着一只正在鸣唱的蝗莺，而且它的叫声直到深夜也没有停歇。当这种鸟儿在鸣叫时，人类在它眼中似乎都渺小起来，它是不会害怕你的。如果你想在白天细细观察它一番，那么就大胆走近它吧，即便与它相距只有几米远，它也不会受到干扰，那时你就能领教到它那心无旁骛、兢兢业业的精神了。向伊特彻河山谷里行进大约2000米的样子，有几处高低起伏、荒草蔓生的小山坡，有时也会有两三对蝗莺在这里活动。在6月份和7月份时，当鸣叫了一整天的其他鸟儿随着日落渐渐停歇下来时，蝗莺们就纷纷登场"献唱"了。因此我才会将日光的暗淡和白昼的结束，自然而然地与它们的鸣叫声联系在一起。我对蝗莺的每一寸领地都极为熟悉，并且每年都热切地期待着这些鸟儿的到来。每当傍晚降临，暮色笼罩着房前那片静谧的树林时，我就祈祷蝗莺的鸣叫声快快响起。当它们正在河岸边的树上鸣唱时，如果你恰好穿着一双防水靴走来，那踩在柔软的草地上发出的轻微的簌簌声，就与它们的歌唱交融在一起，别有一番韵味。这种鸟儿身体娇小，披着一身乌黑的羽毛，如果不是听到它们的鸣叫声的话，是很难发现它们的存在的，尤其是在黄昏和夜晚，那时它们简直就像藏身在繁茂的荒草里的老鼠，它们似乎偏爱这样的栖息地。只要认真听它们的叫声，你会感觉到其中带有一丝干涩，就像是鸣唱太久，口腔中的水分流失了似的。实际上，这种怪异的声调正是它用来吸引人们注意力的一种手段，而不像其他众多鸟儿，往往以自己那优美动人的歌声来博取关注。蝗莺其实是一种习性上偏于安静的鸟儿，然而它之所以让人们记忆深刻，是由于它那叫声的持久，仿佛它也在竭尽全力用"歌声"向人们表明，它是快乐的、自由的。

红尾鸲和夜莺这两种鸟儿，在4月份的鸣禽里也是比较重要的，接下来我就逐一介绍它们。

在鸟类的"歌唱家"行列中，红尾鸲的声名虽然并不显赫，但是当众鸟齐鸣时，我能从中辨识出它的叫声，那也不失为一种小小的成就。而且当我们漫步于静谧的树林中时，耳畔忽然响起它的叫声，也会让我们无比激动与快乐。不知出于什么原因，像白垩河那样的山谷对这种鸟儿没有多大的吸引力。它们几乎从来就不到伊特彻的房屋附近，以及埃文河山谷的威斯佛德地区活动。而在佛劳顿，每年飞来这里生活的红尾鸲都不少于4对。今年，我曾特别嘱咐一位朋友一定要聆听它的鸣叫声，因为在此之前他竟然从未听到过这种鸟儿的叫声。他遵照我的建议用心聆听了一段时间后，感觉到这种鸟儿叫声的前半段声调与苍头燕雀的叫声有些类似，并把这一发现告诉了我。而那时从不远处正好传来一阵苍头燕雀的鸣叫，我们就凝神倾听着这种鸟儿的叫声，试图分辨两者之间是否真有相似之处。在进行了一番对比后，我发现它们的叫声完全没有相似之处：苍头燕雀的叫声刚劲而豪放，红尾鸲的叫声则悠长缥缈，带有几分婉约，而且收放自如，听起来充满了活力。它叫声前半段中的一些声调很容易就释放出来了，而在发出最后几个声调时似乎颇费气力。在遥远的北方地区的萨瑟兰郡，某年的4月末里我也

赭红尾鸲

赭红尾鸲（Black Redstart），学名 Phoenicurus ochruros，雀形目鸫科。其体长约15厘米；体呈深红色，雄鸟上体呈黑色或暗灰色，下体呈棕色，雌鸟上体呈灰褐色，下体呈浅棕褐色或乳白色；鸣叫声响亮有颤音，收音时粗哑，常在清晨或夜晚鸣叫；主要生活在高山针叶林和高山灌丛林地，也会在高原草地、河谷等地生活；主要以鳞翅目、膜翅目昆虫，小型无脊椎动物，以及植物种子、果实和草籽为食；主要分布于欧洲、北非和西亚，在中国分布于西北、西南等地区。

欧亚红尾鸲

欧亚红尾鸲（Common Redstart），学名Phoenicurus phoenicurus，雀形目鹟科。其体长约15厘米；身体色彩浓艳，雄鸟上体有灰色和黑色，与白色的额与眉纹对比鲜明，翼呈褐色；雌鸟体呈褐色，腰部及外侧羽呈棕色，眼圈、腹部及尾部呈黄色；鸣叫声清亮而忧郁；分布在北欧、北非、贝加尔湖、外里海地区及阿尔泰山等地，中国的新疆也有其栖居地。

曾听到过红尾鸲的叫声。

此外，红尾鸲身上还有一些不同于4月份出现的其他鸣禽的特征。很多在这个月份到来的鸣禽，它们的羽毛基本上都是灰色的，并不怎么艳丽（除了黑顶林莺），而且雄鸟和雌鸟的羽毛也都是同一种颜色，即便度过了生育繁殖期，其羽毛色彩的变化也并不明显。然而，雄性的红尾鸲这时却已身披极为艳丽的羽毛，成为万众瞩目的焦点。实际上，将其称为我们所见到的世界上最美丽的鸟儿之一，也毫不为过。它进入繁殖期后，羽毛的颜色会稍有淡化，但一段时间的蛰伏期结束后，它那羽毛的色彩又如昔日般光彩照人了，而且丝毫不逊于雌性红尾鸲的色彩。所有红尾鸲的尾巴下方都掩盖着一块浅红色的羽毛，而且这小片羽毛的颜色始终不变，显而易见，它也就由此得名了。

下面我们再来聊聊夜莺，它在众多鸣禽中可谓最负盛名，人们对它更是耳熟能详。从古至今，诗人从不吝啬对它的赞美之词。但是，大家却并不一定全面深入地了解它，所以我试图较为详尽地去描述介绍这种鸟儿。也许有人会觉得这是件可笑的事，就像某些人把"自娱自乐的诗人"这样一个封号冠在霍默头上一样。而且，如果你在描绘夜莺时忽略它的一些独特之处，又会让人觉得过于平庸，甚至对你嗤之以鼻。但是，在任何一本介绍或品评鸟儿的书中，大家又根本不可能绕开夜莺这个重要角色。如果不想让自己对它的描绘陷入平庸，最好的一种方法就是从其他方面来贬低它，这是人们在谈论一个极受欢迎的、焦点似的人物时的惯常方式。但是，不能否认的是，由这种方法得出的一些与众不同的见解，在很大程度上是与事实不符的。因此，即使我们采用这种贬抑的方式来评价夜莺的叫声，也不能忽略一些重要的事实。而且我要强调的是，我决不会为了哗众取宠，非要提出一些新奇的见解，而给夜莺罗织出什么缺点。不管什么时候，对夜莺的赞美与歌颂都是主旋律。对此，我也会竭力践行下去。

　　人们在形容某些人或鸟儿时，经常会用"难以置信"这个词，在这里，我们同样也可以用它来形容夜莺的歌声。我们不妨来想象一下这样一个画面：在5月末，橡树林中已是枝繁叶茂，树林的地面上蔓生着浓密的荆棘、悬钩子与榛子，金银花的灌木丛也生得密密匝匝。一位酷爱聆听鸟鸣声的鸟类爱好者，悠闲地在这片树林中漫步，并敏锐地侧耳倾听着四周的声音。这时，鸟儿们争先恐后地鸣唱起来，有画眉鸟、乌鸫、园林莺，也有柳林莺、黑顶林莺、灰林莺，还有一些其他的鸟儿。它们的鸣叫声是那么熟悉，不由得让人感到分外亲切。他怀着一种享受大自然的心情静静地聆听着这些天籁之音。突然间，一种声音从中迸发出来击中了他，几乎使他浑身震颤起来。这种声音中充满了无限的生机与活力，转瞬间就彻底压过了其他的鸟鸣声。这种叫声先是一系列音调的不断重复，而后是短暂的停歇，接着又是一系列不同于先前的音调的重复。这与画眉鸟鸣叫的方式有几分相似。但是，究竟是在发出哪个音调后出现停顿的呢？我一时也无法分辨清楚。夜莺最常发出的一种颇具代表性的音调就是"喳哥——喳哥——喳哥"，但是声音的洪亮、清晰与持久才是它那叫声的最大特色，它的歌声每次响起，都会久久地萦绕在空中，挥之不去。形象些说，如果夜莺的叫声的音高能达到10度的话，那么乌鸫或黑顶林莺等其他一些鸟儿发出的叫声的音高，最多只能达到5度，而且它们的歌声在人们耳畔响起后，随之就会消逝。而夜莺的歌声却极富渗透力，能够使听者完全沉浸其中，以致失去了感悟力，仿佛对其彻底臣服了。

　　还有哪种鸟儿的歌声能够带来这样的神奇呢？我实在想不出。白腰杓鹬的叫声也非常洪亮、持久而带有一种震颤力，或许可以与夜莺的歌声一较高下。有些人总是标榜自己对夜莺的叫声是如何熟悉，但他们其实并未真正体验过这种美感，让人不得不为之感到遗憾。不论你身处何方，只要有夜莺在歌唱，就停下你那匆匆的脚步侧耳倾听吧，它一定会带给你一种难以想象的愉悦与感动。

　　夜莺更喜欢在夜晚放声高歌。根据我的观察，当夕阳西下、暮色降临，其他的鸟儿开始鸣叫时，它还极有耐心地保持着沉默。当然，这并不代表其他鸟儿的歌声让它害怕、退缩，它极有可能是不屑于与它们和鸣。当最后一只画眉鸟噤声返回树上的巢穴、最后一只鹁也停止了鸣唱，此后大约一个小时，夜莺才开始鸣叫，嘹亮的歌声在广袤的夜空中飘荡回旋。如果你想近距离地聆听它的歌声，一点都不难，在浓重的夜色和林中树木、草丛的掩护下，你可以很容易地接近它。我和朋友的一次经历就是最好的证明。

　　我有两位极好的朋友，一位是英国人，一位是美国人，他们也和我一样喜欢鸟类，并对其有一定的了解。某年的5月下旬，我们曾一起在汉普郡度过了两周的假期。我们这次前往，主要就是为了去聆听众多鸟儿的歌声。我比他们提前一周到达，那些天里，在房子附近寻找、倾听夜莺的鸣叫几乎成了我每日例行的任务。房子的不远处有一个白垩坑，那附近曾经居住着一对夜莺，而且待了很多年，但这次我却始终没有发现它们的身影。在它们消失前的一段时间里，那只雄性的夜莺曾夜以继日地鸣唱着，丝毫不见停歇。然而，在5月中旬的一个夜晚，它的叫声却戛然而止，此后我就再也没有听到过。我后来猜测，这件事的罪魁祸首肯定是那只鬼鬼祟祟的可恶的猫。那一年里，它常常在那处白垩坑周围的树丛中活动。我真后悔那时没有预先将它赶走。除了夜莺，还有一只对我非常信任的画眉也同时杳无影踪了，那只画眉特别温顺，偶尔还会飞到我的房间里，我们相处了足有4年的时间。因此，我现在要想再听到这类鸟儿的叫声，就只能到远些的地方了。走出村庄一段距离后，我听到附近有两只夜莺在鸣叫，一只距离村庄大约400米远，另一只就稍微远一些。我的两位朋友一星期后也陆续到达了这里。可令人失望的是，村庄附近几乎没有任何鸟儿发出鸣叫声。我们只好继续在离村庄较远的地方寻找，但直到晚上10点钟左右，仍然没有夜莺的叫声响起。也许是对我们的补偿，也许是对我们的嘲笑，居然有一只水蒲苇莺飞出芦苇丛，放声高歌起来。虽然村庄的住宿环境不是很令人满意，但由于我们都已筋疲力尽，我的两位朋友不得已决定在一个简陋狭小的房间里歇息一夜。但我却还未死心，而且也不想一直被这种失望的心情所笼罩，于是等他们住下后，我独自一人到了离村庄更远些的没有猫活动的地方去探寻夜莺的踪迹。

夜 莺

夜莺（Nightingale），学名Luscinia megarhynchos，属雀形目鹟科。其体长约15厘米；羽毛呈赤褐色，尾羽呈红色，腹羽颜色由浅黄至白；以雄鸟的鸣叫声高亢明亮、婉转动听而著称；以虫为食；喜欢生活在低矮的树丛中，多分布于欧洲和亚洲的森林。

不知走了多久，几乎在我将要放弃的时候，耳边突然响起一只夜莺的叫声。出现夜莺的这个地方有必要特地说明一下，那是一个开阔的野生公园，许多橡树耸立其中，而且树下蔓延着成片的荆棘。于是第二天晚上我们又来到了这处公园，让我欣慰的是，那只夜莺仍然在那里鸣唱着。我们放低脚步，屏气凝神地悄悄向它靠近，比害怕被人发现的盗贼还要小心好多倍。最后我们终于成功地接近了它，于是就蹲伏下来倾听它的歌声，那时月亮也渐渐升上了夜空。四周一片静谧，仿佛只有那只夜莺的歌声能表明，我们身处在一个充满生命的世界里。那只鸟儿不知疲倦地鸣唱着，中间只短暂地停歇了几次，我们也静静地聆听了好长一段时间。后来我的那位美国朋友建议道："就让它在这里自在地鸣唱吧，我们还是悄悄地离开吧。"于是我们就小心翼翼地撤走了，就像之前靠近它时一样悄然无声，而那只鸟儿自始至终都沉浸在它歌唱的世界里。与其他夜莺相比，也许它的歌声并不出彩，但这个场景却深深地刻在了我的脑海中。第一天晚上怀着失望的心情辛苦地寻找它，第二天晚上它令人欣慰地出现在了眼前，而且我们在丝毫没有惊扰到它的情况下成功地接近了它，还有那轮升起的明月、静谧的树林，当时四周的整个环境与气氛都是那样自然祥和，我们这次所听到的夜莺的歌声是最为美妙的，它将永远萦绕在我们心头。

在古代，有很多关于夜莺的传说，后世的文人们常会从这些传说中汲取素材，于是夜莺在他们的笔下就渐渐变成了一种满怀忧伤的雌性鸟儿，它们那持久的歌声也被描述为一种哀鸣，它们将胸脯紧贴在荆棘上的动作，也被理解为以使自己的叫声显得更为悲切。但现实中的夜莺与这种描绘是截然不同的，而且华兹华斯诗歌中的夜莺形象也有别于众人的：

噢，夜莺！你的心一定是火热的，
那悠长的叫声——穿透，再穿透；
饱含着喧嚣，传递着愤怒！
你唱着，仿佛你已成为酒之神的情人；
歌声中有几分嘲笑，虽然黑夜依旧阴暗、迷茫和沉寂，
还有一丝勇敢的快乐，伴着全部的热忱，
如今都在这静谧的树林中沉睡下去。

也许这首诗中所描述的才是夜莺的真性情。夜莺的歌声虽然优美动听，却不是人们最为喜爱的鸟鸣声，个中缘由或许就在于此。

夜莺的身影有时也会出现在佛劳顿北部更远一些的地方。然而，在威斯佛德的花园中，人们却从未看到过它的身影，也就更不可能听到它的歌声了。我们一直热切地期待着它的到来，它的爽约虽然让我们感到非常失望，但是如果有人说："就让乌鸦代替夜莺吧。"那么，我肯定会不假思索地回应道："不！"

夜莺的歌声不仅婉转有致，在夜空中经久回荡，而且还饱含着一股神奇的力量。它能将我们的注意力完全吸引过去，让我们惊叹不已。不过，它那跌宕起伏的叫声有时持续的时间又过于漫长，人们心绪不佳时可能就

会觉得有些吵闹。因此，它的歌声不适宜长时间地享受，而只能倾听须臾。华兹华斯在他的一首诗（上文中已引述过该诗）中也曾表达了同样的感受。他在诗中表示，相比夜莺的歌声，林鸽的低语声更加让他欣赏。下面是诗歌的节选部分：

> 它没有停止，而是继续低语，
> 再低语；
> 在某种程度上就像一副沉思者求爱的模样。
> 它的歌声中传递出爱意，交织融合，
> 轻轻开始，永无结束
> 怀着虔诚，内心中是无比的幸福和感动，
> 这就是它的歌声——为我而唱！

原 鸽

原鸽（Rock Pigeon），学名Columba livia，雀形目鸠鸽科。其体长约32厘米；体呈石板灰色，颈部和胸部呈金属光色，翼和尾具黑色横纹，尾部为白羽；鸣叫声如家鸽，喜欢结群活动和盘旋飞行；常生活在山区；分布在欧洲西部、非洲北部、中东到印度。

有一点我有必要说明一下，即华兹华斯虽然在诗中将这种鸟儿称为原鸽，但是从他的描述来看，他所描绘的其实是林鸽的低语声。

我曾经将济慈所作的那篇《夜莺颂歌》看做我读过的所有诗歌中最上乘的佳作，但后来读到他的《秋天颂歌》后我又否定了这一观点。华兹华斯歌颂夜莺的诗篇虽然也非常精彩，但济慈却彻底超越了他，并最终登上了他所企及的高峰。不过对照夜莺的实际情况来看，这首颂歌存在一些偏离实际的地方。纵观他所描写的夜莺的整体特点及行为，显然还忽略了它的一些活动，比如它对敌人的防御等等。但是单纯地从诗歌的角度来欣赏的话，这的确是一首相当优美的诗，因此想改动诗里的任何一个字词都无

异于画蛇添足。

  我们谈了文学作品中对夜莺的种种赞美，也提到了人们对夜莺的很多不满，那么我们究竟该以何种态度来看待夜莺的歌声呢？这不禁让我想起了人们对待莎士比亚的态度，我想这同样也适用于夜莺——当所有的缺点暴露出来并得到承认后，留下的就唯有精彩和美妙了。

Part 4　音乐盛会

　　5月份，是万物肃杀的严冬与生命蓬勃生长的夏日的一个过渡月份。在这个时候，季节的轮转更替表现得尤为明显。4月份的天气虽比3月份暖和很多，但依然会让人觉得有些寒冷。在本月，人们最大的期望就是那些阴暗地方的最高温度能上升到20℃左右，然而这样的天气实在不多见。而且即便这种温暖的天气真的出现了，也不见得会引起人们多少重视，这就像把一盘诱人的佳肴端给一个忍饥挨饿好几天的人一样，对他来说，它只有一样功能——充饥，纵是美味，也无心咀嚼品味。其实，人们在4月份里的生活一点都不单调，因为有落叶松、山楂树、栗树等众多树木抽枝吐叶，等着我们去欣赏，有那么多含苞待放的各色花儿在我们眼前晃动，还有一群群随时都会到来的夏鸟需要我们迎接。当季节慢慢向前行走时，我们紧紧追随着它的脚步，享受着大自然的美好。当5月份来临，我们就彻底臣服于大自然了。那个时候，每一个角落都变成了一片绿色的海洋，灌木上也点缀着五颜六色的花儿，花园中、野地里也到处绽放着艳丽的花朵，所有的这一切都让我们应接不暇。众多鸟儿也都在这个时候放声高歌，人们几乎能听到我在本书中所介绍的每一种鸟儿的叫声。不论是我们的眼睛还是耳朵，面对此情此景都难以招架，只觉身心舒爽。但是，我们只能有所选择地去欣赏这大好的美景了，比如去观赏一番山毛榉那嫩叶的盈盈绿意；去深情地闻一闻金雀花、蓝铃花所散发的怡人的芳香；

红背伯劳

红背伯劳（Red-backed Shrike），学名 Lanius collurio，雀形目伯劳科。其体长约19厘米；上体呈红褐色，雄鸟两胁有粉色，头顶至尾部颜色由灰色向栗褐色过渡，外侧尾羽有白斑；鸣叫声为粗哑的喘息声；喜欢生活在平原和荒漠原野的灌木丛、开阔林地；以昆虫为主食；分布于中国新疆东北部、英国、欧洲西部到亚洲中部。

去长满金凤花的野地里沐浴温暖的阳光等等。正当我们感受着大自然的美丽与神奇时，一种生命易逝的感觉隐隐浮上心头。时间就像一剂催化剂，在不断加快世间万物的生长。树叶的绿意越来越浓，而且依然繁盛如初，但人们却再也无法找寻到它昔日的那种柔媚与娇嫩的美了；山毛榉那新发绿叶的娇嫩只能保持很短的时间，在阵阵微风的催促下，它不得不快快离开。早春时节，我们盼望它赶快离开；5月份时，我们对它的期盼却是"请留步！你是那么的美丽"。而它却并不会停下那匆匆的脚步，仍然"如浮云一样飘然离开"。

而此时，榉木树的芽苞依然是黑色的，要再过些时候才会绽放；胡桃树也没有追赶那些早已生出绿意的树木，浑身上下仍旧光秃秃的。我们不得不感激其缓慢的节拍，因为它们唤起了我们对昔日风情的记忆，给了我们再一次重温新绿的机会。总会有那么一两种树木的生长节奏比其他树木慢，同样，总会有一些鸟儿会较晚回到我们身边，当其他鸟儿早已归来时，它们尚未启程。这些鸟儿当中有4种是我们较为常见的，它们分别是雨燕、红背伯劳、斑鸠和斑点翔食雀。有的书上在介绍红背伯劳时，说它的叫声如歌，然而我却未听到它发出鸣叫。在我房子旁边的白垩坑附近就一直居住着一对这种鸟儿，但是多少年来，我从来没有观察到它们有表现出鸣叫的举动，更没有听到它们的任何叫声。我也曾细致地观察过斑点翔食雀，这种鸟儿倒是经常鸣唱。我房子的一侧长满了一些爬藤，这种鸟儿几乎每年都会来此栖息。它们总是在每年的5月份飞来这里，因此每到这个时候人们就满怀期待。飞抵这里的斑点翔食雀每年至少有一对，其中有一只鸟儿，可能是雄性，它来到这里两个星期后，我就会经常发现它停落在屋顶四周或巢穴旁鸣叫的身影。它的叫声非常细小，但听起来却像是在竭尽全力地鸣唱，它鸣叫时的表情、神态以及动作在望远镜中都能看得非常清楚。在此基础上聆听它的叫声，我们才能更好地感受到它所传达的情感。

根据我的观察，斑点翔食雀完全以捕食空中的昆虫为生，所以那些枯死的树干和光秃秃的木栏杆是它倾心的栖息地，这种居所的最有利之处就是，视野非常开阔，能够不受任何阻碍地顺利起飞。雨燕以及燕类的鸟儿与它的捕食方式相同，它们都是在持续的飞翔中完成每一次的捕食过程。每一只昆虫都是斑点翔食雀展开一次飞行并进行捕杀的目标，因此，飞行对它们来说就成了一种生存的技能。人们有时也会看到其他鸟类采用这种捕食方式，比如戴菊鸟就会这样来捕食美味的蜉蝣。不过，这种捕食方法对戴菊鸟来说好像并不是特别顺手，根本不是它们与生俱来的一种生活习性，只是偶尔为之罢了。

斑点翔食雀的雄鸟和雌鸟的羽毛没有什么不同，都显得比较灰暗。人类并不会让它们感到害怕。我们在很多花园里，经常会看到它们在飞翔中捕食昆虫的身影。在它们的生活中，这是一个必不可少的组成部分，而且是多么快乐的一部分啊。当斑点翔食雀的幼鸟学会飞行后，它们的队伍就明显壮大了。在花园的防护墙等一些比较便利的地方，常会停落着几只幼鸟，它们在那儿等着父母给它们送来食物。当幼鸟学会飞行后，成鸟就会发出一种不同于平日的鸣叫声，我想这极有可能是种警报声，因为一旦有人靠近时，它们就会不停地发出这种叫声。这并不代表它们害怕人类，更像是在告诉人们，当它们在全身心地养育子女、照顾家庭时，很不乐意受到外人的打扰。一对翔食雀曾在佛劳顿花园门口附近的一些爬藤上栖居，

Paradise of the Bird

一天清晨,幼鸟从它们的巢穴中出来活动,却不幸被球网缠在了网孔里面。

斑点翔食雀的歌声和羽毛虽然都没有什么特色,但人们只要走进它们曾经活动过的花园中,就会自然而然地想起这种鸟儿。

在5月份,当夏季的所有鸟儿都陆续回到我们身边时,当它们选好领地,争相安营扎寨时,声音的世界里就即将迎来最为壮观和动听的旋律了,那就是黎明前众多鸟儿的和鸣声。然而,这种壮观的场景每日只能持续一个小时,极为短暂,而更为遗憾的是,那时人们不是还在梦乡中沉睡,就是根本没有意识到它的价值。沉睡中的人们是无法听到这种美妙的和鸣的;而那些意识不到它的价值的人,更不懂享受这种倾听和鸣声的幸福。对于这种和鸣的意义,华兹华斯有一个清晰的见解,在他那首关于"睡眠"的著名诗歌中就有所体现:

翔食雀

翔食雀(Flycatcher),雀形目鹟亚科。其体长约14厘米;体呈灰褐色;体羽具有条纹;鸣叫声细小,类似"嗞嗞"声;喜欢生活在开阔林地和园林中;分布于亚洲地区。

然而还是躺下,
了无睡意!不久传来了鸟儿的歌声。
一定要听,从我的果园里传来了第一声鸣叫,
还有,听到了杜鹃那第一声哀号。

在我的印象中，华兹华斯笔下的杜鹃大都是非常欢快的，他常将它的叫声形容成是在呼喊"我找到快乐的栖居地了"，或是"我听到你那快乐的声音了"。然而，在那些久久难以入睡的失眠的人们听来，它的叫声是多么"哀伤"啊。如果我们不考虑睡眠问题的话，那么清晨的可贵之处究竟是什么呢？对于夜晚世界里充斥的某些声音，我们早就习以为常了，比如，当我们正沉睡在梦乡时，老鼠在房间里到处穿梭发出的轻微响动就会将我们惊醒。然而，在伦敦的白日里，即便窗外早已人声、车声鼎沸，人们依然在酣睡。同样，在乡下黎明前鸟儿们的和鸣声里，人们也正睡得香甜。不然，如果人们那时能够醒来并认真聆听鸟儿的叫声的话，那么，倾听的渴望与浓浓的睡意就不会存在冲突了。鸟儿黎明前的和鸣声最为美妙的时刻，是在每天凌晨的3点钟至4点钟，可那时人们的精力正好处于最低潮，神经活动受到强烈地抑制。不论春秋还是冬夏，一定的睡眠对人们来说是必不可少的，如果没有充足的睡眠，人们的一切活动都会受到极大影响。但是，鸟儿和人类却很不相同。这些小鸟在仲冬时节会从黄昏一直睡到第二日的黎明前，足有15个小时之久；而到了仲夏时节，它们的睡眠时间又大幅度地减少到只有6个小时。然而，夜莺和水蒲苇莺的睡眠时间却并不容易判断。鸟儿们睡醒后，其精神和活力都变得无比饱满，你只要听听它们捕食前所发出的阵阵洪亮的鸣叫声，就

布谷鸟

布谷鸟（Cuckoo），又叫杜鹃，学名Rhododendron simsii Planch，鹃形目杜鹃科。其体长约16厘米；身体呈黑灰色，尾部有白斑点，腹部有黑色纵纹，羽毛呈鲜绿色；地栖杜鹃呈土灰色或褐色，有的身上有红色或白色斑纹；喙粗壮结实，略向下弯曲，尾巴较长；鸣叫声洪亮却带有凄凉之感；繁殖采取巢寄生的方式；喜欢生活在热带和温带地区的树林中。

完全能够理解了。

下面的这部分文字出自我妻子之手,是她对黎明前群鸟和鸣的景观所作的描绘。我引述于此应该也算恰当:

每天,早醒一会儿也自有其意义所在,那就是我们能够听到黎明前鸟儿们合奏的乐章。在这场合奏音乐会中,画眉鸟最先发出它那低沉的鸣叫声。山雀第一个被唤醒,并用自己的鸣声作出了回应。尔后,其他鸟儿陆续加入了鸣唱的行列。鸟儿们的叫声都各不相同,其音调有拉锯式的,有银铃般的,有嘲笑腔的,还有那种从遥远的天际传来的缥缈的声音。

但是,当花园中的所有鸟儿都参加到这一盛会后,要想清晰地分辨出它们每一只的叫声是很难的。在群鸟的鸣叫声中,画眉那甜美嘹亮的歌声仿佛自远方飘来一般,与之相伴随的还有那黑鹂的鸣叫声。这些声音听起来是那么舒适而温暖,犹如夜间光芒闪烁的琥珀一般。大自然中的一切声音都融汇到了这"歌声"中,像一股洪流涌向人们。

鸟儿黎明前的和鸣声

红翅黑鹂

红翅黑鹂(Red-winged Blackbird),学名Agelaius phoeniceus,雀形目拟鹂科。其体长约24厘米;雄性肩翅为鲜艳的红色,边缘为黄色,雌性条纹浓密,呈棕色;鸣声清澈、尖细;生活在沼泽中,繁殖期常在草丛、香蒲、风箱树中筑巢,位置较低,一般产卵3~6枚;以昆虫、草籽、谷物为食;分布在北美地区和中美洲。

仿佛就是一块声音绣成的绚丽的花毯。花毯上图案的主景就是槲鸫、乌鸦和画眉鸟的鸣叫声，也许猫头鹰那圆润婉转的声音也包括在内；而上面那浓密的背景就是其他鸟儿的声音了。不过鹪鹩的叫声还要排除在外，在众多鸟儿发出的音调中，它那种弥散回旋的声音也极具统治力。

然而，伴随着鹪鹩的鸣唱，场景突然发生了变化，那"正拔地而起的声音的大厦"开始沉落下去。此刻，仍然竭力鸣唱着的鸟儿似乎只剩下一两只画眉了，而绿翅雀却变换了音调。在这个过渡时刻，也许还会发出一段连接式的音调，然而此时，绿翅雀的叫声已经愈发清晰了。接着，太阳渐渐升起来了，阳光洒落在水草地上，沙锥开始发出阵阵击鼓似的声音……碧绿的草叶几乎被冰冷的露珠压弯了腰，但仍然顽强地抗争着。

在夏日的夕阳西下之前，鸟儿的叫声听起来并没有黎明前那样多，但在黄昏时分鸟儿的和鸣中，主旋律常常是那些留鸟的叫声，特别是黑鹂和画眉的声音。静静地聆听、品味一番鸟儿傍晚时的和鸣也是一种美好的享受。在傍晚的一段时间里，很多鸟儿的叫声都会停歇下来，只有画眉鸟和鸲依旧在鸣唱。随后，画眉也停止了鸣叫，只剩下鸲独自歌唱着，直到这一天彻底结束。

5月时，在花园中和乡舍附近的地区倾听鸟儿的歌声也别有一番乐趣。留鸟在早春时节的鸣叫声，是新一年里万物开始复苏的象征。我们所提到的夏季候鸟在4月里发出的第一声鸣叫，则预示着它们的归来，尽管有些鸟儿也许那时才踏上漫漫的回归路。不过到了5月，如果你听到有鸟儿在某个地方日复一日地不停鸣叫，那么很明显，这只鸟儿已在此处划定了自己的领地，寻到了配偶，搭建了巢穴。每当新的一年来临，我们都热切地期待着往年栖居在附近的黑顶林莺、园林莺，或是其他种类的鸟儿能够再次飞来，继续在此安居乐业。在威斯佛德的花园中有一个角落，曾有一只黑鹂在那里栖息，而且后来它几乎一到每年的4月份就飞回那里，到5、6月份时，人们又会听到它那熟悉的叫声了。在一个小果园中，一对柳林莺每年也会飞来筑巢居住。当我们在乡间漫步时，并不能常常听到黑顶林莺和柳林莺的叫声，而在我们的屋舍旁却不时有黑鹂和柳林莺的鸣声传来，这给我的家庭生活带来了很多乐趣，而且，在我汉普郡的家中也常有鸟儿叫声的点缀。所以每到5月，我就会激动不已，当然并不是因为期待什么独特的鸟鸣声响起，而是因为我又可以如愿以偿地聆听到那些熟悉的鸟儿的叫声了。也许有人会觉得我只是沉浸在某种自我满足中，但这种细致观察野外生命的活动，的确会带给我一种独特的人生体验，压力也因此而得到了释放，从中获得的放松与解脱感令人无比满足。那些与我有着相同感受的人们，也都懂得走进花园，走向野外，去寻找快乐，享受真正的生命乐趣。而那些从未有此体验的人，无论如何也理解不了这其中的真意。然而，那些寻找到这种乐趣并对其相当重视和珍惜的人们，却极易陷入投机主义的圈子。在我们身边生活过的那些可爱的鸟儿，对其曾经栖居过的那片领地也许会一直情有独钟，但是它们在长途跋涉中总免不了要遭遇一些不幸，甚至当它们就在我们身边快乐地生活时，其生命也时刻受到一些邪恶"精灵"的威胁。在佛劳顿有一个小池塘，从池塘四周那块崎岖不平的坡地上，时常传来一只园林莺、一只灰林莺以及一只水蒲苇莺的鸣叫声。过去，我们只有在花园外面才会听到水蒲苇莺的

短嘴沼泽鹪鹩

短嘴沼泽鹪鹩（Sedge Wren），学名Cistothorus platensis，雀形目鹪鹩科。其体长约11厘米；眼眶上方有条纹，颜色较暗，背部有不明显白斑，尾下方有棕色羽毛；鸣叫声清晰而洪亮，雄性的歌声为高亢的颤音；生活在潮湿的草甸中，以昆虫和蜘蛛为食；每次产卵5～8枚，球形巢穴与地面距离较近；广泛分布于美洲地区。

锈色黑鹂

锈色黑鹂（Rusty Blackbird），学名Euphagus carolinus，雀形目拟鹂科。其体长约23厘米；春季时，其羽毛呈蓝黑色，至秋季，其羽毛边缘又会变成锈色，具条纹；尾较长；具有与其他黑鹂栖居在一起的习性；主要分布在加拿大南部及美国北部地区。

黑头鸥

黑头鸥（L. ridibundus），学名Larus melanocephalus，鸥形目鸥科。其体长约30厘米；头部呈暗色，腿部呈深红色；喜欢在田野间觅食，喜食植物性食物、甲壳类动物和其他小动物；常将巢筑在地面上，每次产2~3枚卵；生活在北美地区，繁殖于欧亚大陆和冰岛，于印度和菲律宾越冬。

叫声。这只水蒲苇莺大概是在3年前飞来这里的，后来它喜欢上了这个地方，每年的5月份都会如约而至，而且它的歌声也无比洪亮而持久。然而，有一天我却发觉它的叫声突然停息了，并且此后再也没有响起过。这也许是一个不祥的征兆，因为飞鹰那时正在大肆捕食，一只只幼小的水鸟就是它们的猎物，那只水蒲苇莺很可能就被它们捕杀了。那只园林莺和灰林莺，每年仍然会飞回这里生活。我坐在窗前倾听着它们的歌声，眼前却不禁浮现出那只曾与它们共同栖居于此的水蒲苇莺的身影。

自每年3月的第三个星期末到5月的第三个星期末，这短短两个月的时间里，大自然就发生了翻天覆地的变化。很多夏季鸟儿虽然在这段时间之前就已飞回我们身边，但是此间的变化仍然相当明显：寒冷的天气开始转暖，夏季的所有鸟儿都已回归，那光秃秃的灰色枝条也披上了绿装。想想3月那恶劣的天气，再看看眼前的景象，我们不由得会感叹5月时节是多么美好，给人们带来了多少快乐与激情。要想真正对此有所体会，我们不妨来听一个春季钓鱼的故事。有一位钓鱼人非常热爱和擅长垂钓，不管天气怎样恶劣，他钓鱼的兴致也丝毫不会受影响。某年的3月里，这位垂钓爱好者已在舍贝河待了一个星期的时间，在此期间他度过了非常特别的一天，那天也清晰地留在了他的记忆中。那天风雪交加，下午3点钟左右，他突然产生了一种外出垂钓的强烈冲动，于是就带上渔具来到了一条非常宽阔的河边。他此前从未到过这么远的地方钓鱼。风雪越来越大，凛冽刺骨的寒风裹挟着冰冷的雪花抽打着他的脸，他的眼睛几乎睁不开了。周围的树木依然是光秃秃的，在这样寒冷的季节中，众鸟早已停止鸣唱了，因此几乎听不到林中鸟儿的叫声。除了河乌，也就只有黑头鸥和蛎鹬还在严寒中竭力鸣叫。蛎鹬的叫声非常嘈杂，而且在树林中也常会见到它们的身影。它们那聒噪的叫声让人不由联想到这样的画面：有两只鸟儿正玩得尽兴，忽然另一只鸟儿飞来扰乱了它们，于是两只鸟就一起奋力驱赶这个外来者。人们之所以对这两只鸟儿的叫声感到厌烦，也许就是因为那只陌生鸟儿的捣乱，而蛎鹬，无疑就是那个外来者。因为蛎鹬的雌鸟和雄鸟有着相同颜色的羽毛，所以我至今也无法判断那只鸟儿是雄性还是雌性。这种雄性鸟儿有时也会互相打斗，但我一直没有亲眼见过。

　　以上就是3月份那个风雪交加的午后的真实写照。到了5月末的时候，那名垂钓者又到这里来钓鱼了。之前，他已经深切地体验到了3月份时的恶劣天气，而5月里的天气却截然不同，相当地温暖舒适。相比3月时节，河水并不太充盈，但河面仍然宽阔而平整。这个时候其实并不怎么适合垂钓，但他却兴致勃勃。有一次，他还是沿着那条河流向前走，而且走到了比以前更深更远的地方。与3月份那糟糕的环境比起来，此时这里简直就是天堂，大自然的美丽与神奇让他震惊。和煦的阳光温暖地照在他的身上，身后还有一大片旷野，那里遍地是金雀花、荆豆、野生的悬钩子和一些其他野外灌木。有几只水蒲苇莺和

蛎 鹬

　　蛎鹬（Oyster Catcher），学名Haematopus ostralegus，鸻形目蛎鹬科。其体长约45厘米；嘴长而扁，为楔形呈橙红色，体羽由黑、白花构成，腿粗呈深绯红色；主要以软体动物为食；常在地面筑巢，每次产2～4枚卵；广泛分布于世界各地的沿海地区。

林莺在这片灌木丛中飞进飞出,还不停地高声鸣叫着。各种野花也享受着这明媚的阳光,金雀花的花骨朵含苞待放,荆豆花却早已大朵大朵地盛开,四周都弥散着它的芳香。缕缕轻风也裹挟着花儿的香气不时地迎面吹来。整个空气中都弥漫着醉人的芬芳,那香气仅是荆豆花散发出来的吗?新收割的青草或豆地里的花儿有时也会发出阵阵清香,给人们带来别样的喜悦,但是比起荆豆花带给人们的美妙感觉,它们都要略逊一筹。这样说来,荆豆花完全称得上是花中的皇后。它的花香异常浓甜,不由让人想起杏树带来的感受,除了这种芳香,它似乎还在竭力献给人们另一种感官上的更为美好的感觉。不管怎样,这种情感的确蕴含在它的芳香与果实之中。在烈日当空的炎夏,这些花儿中的每一种,都给我们带来了格外美妙的感觉。荆豆在温度不怎么高的环境中就能开花、结实并孕育种子,因此英国的气候条件很适宜它的生长。在凉爽的夏日它能正常生长,但极为寒冷的天气它就无法忍受了。因此,它们更喜欢那些温和的冬天,所以墨西哥暖流对它们而言就显得尤为重要了。当你为采摘不到各种带刺的花儿懊恼时,你不妨去灌木丛中探寻,也许那些散落的荆豆花儿(据说曾经有位热爱乡土风情的人,为了证明自己非常喜欢户外事物,而习惯于捡荆豆花)会带给你意想不到的喜悦。等到了5月份,荆豆花就更为绚烂多姿、明艳动人了,并且每一株都各有风情。在夏末时节一些温暖的日子里,成片的

白嘴端凤头燕鸥

白嘴端凤头燕鸥(Sandwich Tern Sterna albifrons),学名Thalasseus sandvicensis,雀形目燕鸥科。其体长约38厘米;喙长,喙尖部呈黄色;鸣声响亮而尖利,很刺耳;生活在沙质海滩、邻水地带中,繁殖期在沙地中筑洞穴产卵,一般为1~2枚;常以小鱼为食;多分布于美国东南部、中美洲,也有出现在中国台湾东北部地区的记录。

荆豆丛中偶尔还会传来一阵阵细小的噼啪声，那是干燥的豆荚开始爆裂了。

　　似乎说得有点偏离主题了，要想始终沿着一条主线去描绘户外那美丽的景色，对谁来说都不容易。况且，鸟儿的世界远没有那么简单，就连罗伯特·路易斯·史蒂文森都这样评价："它更是众多事物的一个集合。"不过，我也该言归正传了。5月份时，蛎鹬尽管还活动在河面上，但与3月份时相比，它们明显要安静许多。因为产卵期到来了，它们常常将卵产在河边那片宽广的圆石滩上，就像是要将卵掩藏起来似的，虽然并没有迹象表明它们有此意图，但是它们将整个圆石滩作为隐藏卵蛋的场所，还是让人觉得特别诡秘。

矶鹬

　　矶鹬（Common Sandpiper），学名Actitis hypoleucos，鸻形目鹬科。其体长约18厘米；上体呈褐色，下体呈白色；眼圈和眉纹均为白色，飞羽近黑色，胸部有细细的黑色纵斑；喜欢生活在沿海滩涂、沙洲以及海拔较高的山地稻田和溪流、河岸；以昆虫、海螺类食物为主；常在河边沙滩的草丛中筑巢，每次产卵4～5枚；分布于欧亚大陆、非洲北部、非洲中南部、印度次大陆及中国的西南地区、中南半岛和中国的东南沿海地区等。

　　说到在河边生活的鸟儿，我又想起两种比较常见的——燕鸥和矶鹬，我觉得有必要在"5月"中向大家介绍一下。燕鸥飞翔时的身姿特别优美，动作也十分轻灵，总是给人一种逍遥自在的感觉，而且也能给予人们某种视觉上的享受。只是它的叫声比较尖细。矶鹬不管干什么都是成双成对的，并一直不停地快乐地鸣叫着，仿佛它们是世界上最般配、最幸福的鸟儿。因此，它们总是给人们一种幸福快乐的感觉。我依稀记得这两种鸟儿都能"歌唱"，尽管我一直这样认为，但是至今还没有足够的证据可以证明。提起这点，我突然产生了这样一个念头：要对此特别观察一番，以一探究竟。

　　如果要将这时的情况再描绘得更全面些，就不能缺少了林中鸟儿的叫声。当刚刚披上绿装的落叶树，还有那雪白花朵缀满枝头的甜樱桃树，都生机勃发地展现在我们眼前。白腰杓鹬那悠长婉转的叫声也应景般地响起在我们耳畔，在它们生命的早期，一切都是那么鲜活稚嫩，但它们身上散发出无比的自信。随着季节的推移，它们也渐渐步入暮年，经历过大自然的风风雨雨之后，它们的自信又多了一份深沉的魅力。战争的阴云之所以会让人感到恐惧，我们在此就能找到答案。它们带给我们的快乐，也常会被生活中一些突发事件、疾病的降临，以及健康的衰退等各种问题所破坏，我们害怕这一切会永远地消逝。当它们再一次出现在我们面前时，我们就会不由得生出更强烈的感激之情。也许正是由于它们在这一时期所留给我们的美好回忆，早已悄然融入了我们的生活之中，才使我们在以后的岁月中能够坦然面对每一个时节的万千变化。每年的5月份，当那优美的景色重现、那动听的声音重回耳畔时，"我们会再一次沐浴在那美妙的时光中"。

Part 5　流淌的余音

　　上一章对5月份里的一些鸟儿的介绍，可能相对有些简单，因为许多鸟儿的歌声虽然在5月份时最为迷人，但是我在前面几章中已经描述过了。虽然说6月份是属于夏季的月份，但是从平均气温来看，我们并未真正迎来夏季那温暖的天气。

　　如果关注一下有关天气变化的数据统计分析及研究的话，我们就会发现人们在这方面的一些传统认识并不准确。天气由冷到暖的变化过程不怎么具有规律性，留意下这个过程也很有意思。进入1月份后，北半球开始慢慢靠向太阳。但是直到2月中旬，天气变暖的迹象仍不明显。2月底时，相比1月中旬最冷的时候，气温仅升高2℃左右。到3月份时，气温会进一步升高，增幅约有4.5℃。4月份里，气温的上升幅度仍然保持在4.5℃的水平上。与其他月份相比，5月份时的气温变化是最为明显的，因为在这个月里平均气温能够升高近8℃。到了6月份时，气温的上升速度又有所下降，开始像以前那样缓慢，增幅基本上保持在4.4℃的水平。因此，如果仅从气温上升的幅度来看的话，6月份时的情形与3、4月份极为一致，这个月就显得更像是春季中的月份，而且在6月的中上旬，鸟儿的鸣叫声也非常优美动听，丝毫不逊于春天里任何时候的鸟鸣声。事实上，当夏季还没有完全到来时，或者说自6月份之前的一段时间以来，很多鸟儿的鸣叫声就开始慢慢停息了。这时夜莺也进入了繁殖期，为了哺育幼鸟而无暇歌唱。夜莺的叫声在6月份的第一个星期结束后,就会极为迅速地降下来。黑鹂也会在6月份结束前停止鸣叫。1926年,当我在6月11日这天离开佛劳顿的时候,还能听到黑鹂那频繁的叫声,它们的鸣叫声在每一个傍晚几乎都充满了生机与活力,因此你很难想象它们随后就要停止鸣唱了。当我6月26日又回来时,在花园的每个角落都寻觅不到黑鹂的任何叫声了。后来曾偶尔听到过它们的叫声,也就一两次,还是从附近的树林里传来的,那时它们的叫声听起来无精打采,了无生气。不过,这完全是大自然的规律所致,如果你去翻看那些相关的鸟儿的书籍,就会发现这的确是一个普遍而必然的现象。但是也有很多热衷于观察和聆听鸟儿叫声的人,并不完全相信这一规律,他们为了推翻它,经常会更努力地观察鸟儿,力图找出一些个案。他们的努力最终不会白费,正如我在前文提到的,有时候直

红翅黑鹂

红翅黑鹂(Red-winged Blackbird),学名Agelaius phoeniceus,雀形目拟鹂科。其体长约24厘米;雄性肩翅为鲜艳的红色,边缘为黄色,雌性条纹浓密,呈棕色;鸣声清澈、尖细;生活在沼泽中,繁殖期常在草丛、香蒲、凤箱树中筑巢,位置较低,一般产卵3~6枚;以昆虫、草子、谷物为食;分布在北美地区和中美洲。

到7月份还有黑鹂在鸣叫,这是个再合适不过的例证了。但是黑鹂在7月份一般都进入了换羽期。在这期间,即便以前人们见过的最整洁的雄性黑鹂,也会变得不修边幅,甚至有些邋遢,看到这种情形,人们心里就会明

白，此时它们无论如何也不会发出什么动听的歌声了。

然而，我还留意到这样一个情况，6月底时有些鸟儿又会恢复鸣唱。曾有一对黑顶林莺住在汉普郡的白垩坑附近，每年它们都会飞来筑巢。它们的叫声在5月底或6月初时就会明显减少，而且会持续一段时间，因为它们此时也许正忙着哺育自己的幼鸟呢。如果真是这样的话，在幼鸟离巢前后的很长一段时间里，估计它们都没有太多时间或精力来"歌唱"了。到6月底时，有那么一阵子，我们耳边从早到晚又会响起白垩坑附近那对黑顶林莺的叫声。与此同时，我还发现，这种歌声由消失到复活的情况，在鹪鹩和棕柳莺身上也存在。

当鸟儿将整个身心都投注在哺育幼鸟的工作中时，其歌声有所迟滞也是情有可原的。一旦幼鸟不再需要照料，成鸟就彻底"解放"了，此时，它们就又恢复了往日的生机和活力。特别是那些无事可做的雄鸟们，也只有在一旁引吭高歌来打发自己的无聊。直到鸟儿的换羽期来临，它们的精神与活力才再一次衰退下去。

关于这一点，据我对栖居于白垩坑附近的黑顶林莺的细致观察就完全可以证明。当你刚刚听到它的叫声在耳畔响起时，其实它的巢穴就早已搭建好了。建筑巢穴的工作大部分都是雄鸟完成的，但是这项任务并没有分散它太多的精力，其歌声也没怎么受到影响。它的巢穴搭建在野玫瑰的灌木丛里，在筑巢的过程中，这只雄性鸟儿在卖力工作的同时也会寻找放松的机会，它每次外出寻找"建材"前，都会驻足在野玫瑰树枝上高歌一曲。雄性的鸟儿同时还承担着孵化卵蛋的任务。当它在巢穴中兢兢业业地从事着这项工作时，人们就几乎听不到它的叫声了。（一名英国的鸟类学专家告诉过我，他曾亲眼目睹并听到过一只园林莺在孵化卵蛋时发出鸣叫声。而且，我还听说，有人在北美对其他种类的一些鸟儿进行观察时，也发现了与此相同的情况）在幼鸟孵出之前，它的歌声又非常欢快地响起来，但是随后，它似乎就陷入了沉默之中。一天清晨，我在卧室里听到那只黑顶林莺又开始不停地鸣叫起来，那时幼鸟已经孵出有一周左右的时间了。我猜想，可能发生什么不祥的事情了。它们的巢穴是无人把守的，幼鸟还要等一段时间才能飞行，它们此时只能无奈地静静待在巢中。而今天早上，它们很可能不幸被什么凶残的动物，比如寒鸦，残暴地掳去了。

　　雌性鸟儿在幼鸟哺育期前后所受的影响，表现得倒不是很明显，而对于雄鸟的变化，人们则很容易发现。它仿佛从此获得了彻底的解放，精神也升华到了更高的层次。在"鸟儿的卵与巢"那一章里介绍这种情况或许更为合适，但是，为了说明雄鸟在结束哺育幼鸟的工作后，又重拾昔日歌声的情形，也完全可以在此处先行描述。然而，鸟儿的歌声在此时重现生机，并不是因为6月末时受到了某种抑制，而要在这时做出一些补偿。

　　在6月份里观察鸟儿，其实远不如5月份容易。在5月初，很多树木还没有完全长出叶子，那些已经长出来的树叶也还比较稚嫩，有些依然光秃秃的。但此时，夏季的所有鸟儿几乎都已经回来了。我们较为熟悉的那些鸟儿，在此期间也全都出现了，而且大多数都可以观察到了。而在那之前的一段时间里，树木虽然也是光秃秃的，但有一些种类的鸟儿尚还缺席；而到了盛夏时节，它们的身影又会被浓密的树叶和密密匝匝的树篱遮挡住。在汉普郡的房前耸立着一排杨树，距离房屋大约十几米远。这些杨树长叶都较早，并不是那种较晚才生叶的意大利黑杨。一棵老胡桃树和一棵幼梣树突兀地耸立在这排杨树中间，而且恰好从正中将其分成了两排。那些隐藏在枝繁叶茂的杨树上的一只只鸟儿，也常常飞落在胡桃树和幼梣树那光秃秃的树枝上，就像在炫耀自己一般。因此，在5月初，只需坐在花园的门口，举起一副望远镜，就能清晰地欣赏到自己所期盼的美景。望远镜在那段时间就大有用武之地了。而到了6月份时，夏日时节的气息就已扑面而来，"大自然中的绿色已格外浓重"。鸟儿的歌声虽然还不时在我们耳畔响起，但它们的身影却难得一见。迄今为止，对于来去的幼鸟的数量，我仍未观察清楚。在这些鸣禽身上，此种情况表现得尤为明显，因为幼鸟学会飞行以后，它们羽毛的色彩几乎与成鸟是一样的了，难以辨认。

　　到了7月份，大多数鸟儿都渐渐停止了鸣叫，但这时总还有一些鸟儿仍不知疲倦地放声高歌，细细欣赏品味它们的歌声也非常有趣。我们在此前的几个月份里已经熟悉的云雀、鹪鹩和黄鹂，这时也依旧鸣唱着。还有些鸟儿虽然几周以前才刚刚展开歌喉，但我们这时却有充分的时间去关注、欣赏它们的"歌声"了。

我下面要介绍的这3种鸟儿都属于鹀类，它们鸣叫的时间要比黄鹀晚些。其中，歌声最为动听的就要属环鹀了，这种鸟儿在某些地区是极为常见的。它的歌声有点类似于黄鹀歌声中的起始部分，但声调要更高一些，却不如黄鹀的歌声丰富，缺少变化。在我听来，它的歌声与皂子铃发出的那种欢快的声音相似，听起来显得有些单调乏味。关于它的叫声，还有一个令我难忘的小小的插曲。那天我正骑车从泰斯特返回伊特彻山谷，当时我还带上了望远镜，主要是为了一路上可以随时观察鸟儿。我是从泰斯特的斯托克布里奇出发的，当时已经骑到了勒斯顿一侧的一个转弯处，在这个地方有条通向海尔司道克的捷径。但就是在这个转弯处，我突然发现望远镜不见了。我知道一定是遗落在斯托克布里奇的餐馆里了。这个地方离那个餐馆有几千米路，而且道路还崎岖不平。折回去寻找望远镜，然后再返回，来回的路程有数十千米，怎么想都让人非常沮丧。这又能怪谁呢，只能怪自己太粗心大意。我不禁深深自责起来，越发不愿跑这一遭冤枉路。可一股非要拿回它的强烈冲动突然涌上心头，就像要通过惩罚肉体来使健忘的大脑多长点记性似的。于是，我就掉转方向往回骑。我边骑边不停地对自己说要快点赶回那里，因此速度不由得越来越快，反而忽略了耗费时间的代价以及此事带给我的恼怒。我中途一次也没停歇地一路骑回了斯托克布里奇。到那后，我很快找到了自己的望远镜，拿起它就转身原路返回。再次从斯托克布里奇出发后，我又沿着温彻斯特路一刻不停地往前骑行。恰恰就在同一个地方，也就是我发现望远镜丢失，并决定折回去寻找的那个拐弯处，一种稀有的鸟鸣声突然在耳边响起。我以前从未听到过这种鸟儿的叫声。于是，我赶紧停下了车子。这时望远镜派上了用场，那只鸟儿正停落在一棵紫杉树的顶端，透过望远镜，我才清楚地看到那只鸟儿原来是一只环鹀。我曾在书中看到过它的图片，对它的外观已经非常熟悉了，再加上它头部那一圈柠檬黄和巧克力色的羽毛，我就更加确信自己的判断了。我在时间上的损失，完全可以和这只鸟儿的出现相抵消。这种鸟儿的身影出现在这个地方，并还热烈地高歌着，仿佛是对我在此处做出折返决定的一种奖赏，尽管我是为了惩罚自己的健忘才如此劳累地来回骑行数十千米的路程，并没有资格获得这样一番奖赏。后来我了解到，这种鸟儿经常出没于这一地带，W.H.赫德逊在《汉普郡日志》中已经对它做过一番介绍了。

雄性的芦鹀相当迷人。在水草地以及生长有芦苇和菅茅的地方，人们常会见到它们的身影。在威斯佛德，由于花园和水草地紧相毗邻，俨然就是一个整体。因此，我就把它们看做是生活在花园里的一种鸟儿。它们的外表尽管相当优雅，但叫声却没有可称道之处，颇为庸俗。根据我的观察，它们似乎是在展翅飞翔的过程中逐渐发出鸣叫声的。它们前半段叫声中的两三个音调听起来显得较为低沉，而后半段中的几个声调就变得轻快起来了。在5月份及6月初的那段时间里，这种鸟会频繁地鸣叫。进入7月份，它们的叫声就渐渐停息了。栖居于白垩坑附近的芦鹀要晚些

棕肋唧鹀

棕肋唧鹀（Rufous-sided Towhee），学名Pipilo erythrophthalmus，雀形目鹀科。其体长约20厘米，胁部为棕色，身体色彩极为醒目；此鸟为吸引同类注意，常用力搔抓干树叶；鸣叫声清晰而响亮；生活在灌木丛中和靠近灌木丛的地面；多分布于美国东部地区，在加拿大也可见。

时间才会停止鸣叫，有一次我就很幸运地在那细细品味了一番它们的叫声。这一次我惊奇地发现，它们的歌声中透着一种恭敬之情，可见我们之前对它们的关注和认识是多么不足，而且它们的歌声还会让我们体验到一种快乐的感觉。芦鹀总是喜欢得到关注，因此它们经常停落在人们极易发现的地方。当它们开始鸣唱并展现出各种不同的身姿时，透过望远镜欣赏一番，也能获得很多乐趣。

对于谷鹀这种鸟儿，其实我也不太有把握能把它的外表及鸣叫声真实地展现出来。虽然大多数鹀类鸟儿并不属于苗条的类型，身材都倾向于粗壮型，但是谷鹀却是这类鸟儿中体型最为庞大的一种。它有一个独特之处，那就是短距离飞行时，不像其他鸟儿那样将双脚收起来，呈现出一种漂亮的身姿，而是任由双脚向下悬着，似乎觉得这样要省事很多。这就使得它的身

芦 鹀

芦鹀（Reed Bunting），学名Emberiza schoeniclus，雀形目鹀科。其体长约15厘米；雄鸟头部呈黑色无眉纹，颈圈和颚纹为白色，上体是带有黑色纵纹的栗黄色；雌鸟的区别在于头部呈赤褐色，有眉纹；鸣叫声多变，多以颤音结尾；一般生活在平原沼泽地和湖岸低地的草丛和灌木丛中；性情时而活泼，时而怯疑；杂食性，以水生草本植物、各种昆虫、软体动物等为食；主要分布于欧洲、北亚、东亚、中亚和印度西部。

体看起来更为肥大。在这4种鹨类鸟儿中，它的体型虽然是最庞大的，可这种鸟儿的羽毛却要逊色许多。某些其他种类的雄性鸟儿，其羽毛通常都会点缀着一些漂亮的色彩。可雄性谷鹨对衣装的色彩却似乎没有什么要求，它伴侣身上那种颜色灰暗的羽衣就让它感到很满足了。事实上，与鹨类鸟儿中的其他雌鸟相比，雌性谷鹨的色彩也要暗淡很多。（当然这种"灰暗"是相对而言的。如果人们能细细观赏各种羽毛的色彩的话，那么即便在颜色最灰暗的鸟儿身上，也能发现它的美丽之处）电话线或防护线，是这种鸟儿最为中意的栖息地。当乡间那绿色的树篱、哨所以及栏杆，逐渐被可恶的线缆所取代时，最高兴、最满意的肯定就是谷鹨了。我甚至能想象得出，那种有铁刺的栅栏对它们也一定相当有吸引力。谷鹨停落在线缆上时，常会无缘无故地发出阵阵"噪音"，这也许就是它独特的"歌声"吧。这种声音听起来就像是两块坚硬的鹅卵石在互相碰撞一样。它的"歌声"没有一丝音律可言，更听不出什么快乐的情感。电话线缆以及日益增多的防护线缆遍布于汉普郡和威尔特郡的高地，夏季过半的时候，人们在这里根本不用担心会看不到谷鹨的身影，或是听不到它们的"歌声"，它们仿佛总是在刻意地吸引人们去关注它们的一举一动。我有时甚至会想，它们之所以会有这种主动性的行为，很可能是由于其地位比较低下，就连产的卵也不如其他鹨类鸟儿的引人关注。不过，虽然它地位低下，是一类难以吸引人们注意力的鸟儿，但是它那带有强烈自我满足感的行为举止，却能带给我们一种幽默滑稽的感觉。

在7月份时，有3种鸟儿的求爱声会响彻在人们耳边，这3种鸟儿就是斑尾林鸽、鸥鸽和斑鸠。很难判断斑尾林鸽和鸥鸽究竟是从什么时候开始发出那种咕咕声的，似乎它们早在年初就开始发出叫声了。在1924年至1925年的仲冬时节，也就是12月和1月份期间，我在佛劳顿甚至都听到过它们的叫声。细听起来，斑尾林鸽的咕咕声很像是对伴侣的一种安抚。事实上，它极有可能是在向对方说一些"甜言蜜语"。如果要用一种诗的语言来描绘它的叫声的话，那么就非华兹华斯的诗句莫属了，我们完全可以引用他描写夜莺的那一整节诗篇。由于前文中已有所引述，此处就不再重复了。这种鸟儿的体型在鸽类当中是最大的，也十分漂亮。特别是那双奇特的眼睛，仿佛永远闪着惊奇的目光。虽然它走起路来似乎很笨重，却总是忙忙碌碌地在公园里的草丛间来回穿梭。在乡间，它们似乎从来不会安稳地栖居于一个固定的地方，至今我也没有发现例外的情况，这可能是因为喜欢打猎的人们经常以其为目标。而且农夫们对这种鸟儿也非常不友好的缘故，因为在谷物结穗前后，它们经常大肆啄食谷粒，糟蹋了大面积的谷禾，因此它们在人们眼中成了一种令人反感的恶鸟。然而，如果有一天这种鸟儿真的绝迹了，人们可能又会觉得很遗憾，毕竟它的"歌声"也曾给我们带来过不少快乐。

我妻子曾经喂养过一只由家鸽孵育出来的斑尾林鸽。每到喂食的时间，它都极为乖巧地静静等待着，食物一递到嘴边就急切地快速叼走。它在很长一段时间里都显得特别温顺，没有任何恐惧，而且似乎颇喜欢被人抚摸。8

斑尾鸽

斑尾鸽（Band-tailed Pigeon），学名Columba fasciata，鸽形目鸠鸽科。其体长约38厘米；体色以蓝灰色为主，头部后侧有一道白色羽毛，呈月牙形；鸣声为"咕咕"声，富于变化；适应性较强，可生活在多种环境中，繁殖期常在橡胶树上筑巢，每次产卵1枚；以坚果、浆果、昆虫为食；广泛分布于美洲地区。

月份时，我们将它放到了一个大鸟笼中。它在里面待了不久，就显露出了自己的一些天性。它经常尝试着先退到鸟笼的一端，然后再奋力飞向另一端，好像非常希望能通过这种方式冲破鸟笼，飞向天空。但我们一走近，它就收起翅膀安静下来，看来它对人类还是怀有一种恐惧的。当我们都远远地离开它后，它又开始徒劳地重复着之前的撞击飞行，而且好像使出了全身的气力一般，因为即使我们走到很远的地方，还能听见那种撞击声。这并不是由于它受到了什么惊吓，而是因为它这时产生了一种想要飞离鸟笼的强烈冲动。这只鸟儿逐渐变得越来越不温顺了，开始拒绝取食递到它嘴边的食物，更不允许人们再去触摸它。这种状况一直持续到了冬天，它也由一只原本非常温顺的鸟儿，彻底变成了一只野性十足的鸟儿。它在鸟笼中从一端飞向另一端时，也许太过用力了，头部撞出了一些伤口，留下了几处疤痕。我们最终还是将它放出来了。它飞走后的最初一段日子里，还经常会飞回鸟笼上方原来给它放食物的地方取食，也常会飞到花园故地重游。当我们靠近时，虽然它还是会飞走，但比起同类来，它还是要温顺得多，而且在房前窗边的那棵樱桃树上，我们也经常看到它驻足的身影。不久后，它还是彻底离开了这里，最终回归到大自然的怀抱中。在7月份时，常会有那样一只斑尾林鸽在花园上空低低地飞翔，但它究竟是不是原来那只鸟儿呢，我们始终无法辨别出来。我们曾经喂养了那么多的鸟儿，却没有任何一种鸟儿像它那样试图冲破鸟笼。看来那句老话是对的，斑尾林鸽是不可能被成功驯养的。其他的鸟儿可不是这样，如果你一直喂养呵护它的话，它几乎就会把你当成自己的父母一般，任凭你靠近并抚摸它。

  鸥鸽的咕咕声并不怎么动听，听起来很不顺畅，不舒缓，给人一种行驶在崎岖不平的小路上的感觉。与斑尾林鸽比起来，这种鸟儿就要小多了，而且没有白环，翅膀上也看不到白色的印记。但是，如果我们能够近距离地观察这种鸟儿的话，就会发现，它颈部的羽毛具有非常迷人的光彩。佛劳顿地区的鸥鸽似乎在逐年增多。不过，也有可能是由于我以前对这种鸟儿的了解非常有限，或是从小就将它们与家鸽混淆了。因为小时候我喜欢打一些小鸟，家人为防止我误杀温顺的家鸽，曾经教我通过观察翅膀的颜色来辨别家鸽与斑尾林鸽。

　　大概在1924年时，佛劳顿地区用来喂养水禽的大量谷物，吸引了两只野生欧鸽。它们在夏末时飞来了这里，而且几乎每天傍晚都能看到它们前来觅食的身影。一段时间后，它们也逐渐变成了温驯的鸟儿。欧鸽与水禽的取食方式极为不同，在一旁观察它们之间的这种差异也特别有趣。如果你将很多谷物撒在一块相当大的空地上，水禽往往会边走边吃，吃完一粒再吃下一粒，基本上就是在不停地走动中觅食的；而欧鸽则是先把它所能够到的所有谷物吃完，再移向下一处。在这些水禽中有一对切罗赤颈鸭，这两只鸭子与其他水禽和家鸡的关系都极为融洽，但是却对欧鸽这对外来者相当反感，经常对其表现出非常愤怒的神情。一发现欧鸽停落在一旁，切罗赤颈鸭就会马上驱逐它们，直到将其赶到山毛榉树那高高的树枝上才肯罢休。欧鸽在树上停落一会儿后，就会悄悄飞落在另一片有谷物的空地上觅食，直到切罗赤颈鸭再一次发现并驱赶它们。如比反复，这两

欧　鸽

　　欧鸽（Stock Pigeon），学名Columba oenas，鸽形目鸠鸽科。其体长约31厘米；体呈灰色，眼睛为黑色，颈侧有金属绿色块斑，胸部偏粉色，翅有两条黑色横线；生活在森林中，常将巢筑在树穴中；主要分布于欧洲、北非、小亚细亚、伊朗、土耳其斯坦至中国西北部。

赤颈鸭

赤颈鸭（Eurasian Wigeon），学名Anas penelope，雁形目鸭科。其体长约45厘米；雄性头部为栗色，有黄色冠羽，胸部为灰棕色，尾羽下有黑色，下体为白色，背部和两胁是布满褐色波状细纹的白色；雌性胸部为棕色，背部为黑褐色；常生活在沼泽、湖泊、池塘、河流、水草丛生的岸边；主要以绿色植物的根茎叶和种子为食，也吃一些无脊椎动物和甲壳动物；分布于北美和中美地区。

只欧鸽几周后就再也没在这里出现过。在1925年和1926年间，几乎是在相同的时间里，这块地方又出现了另一只前来觅食的鸟儿，而且随后也变得同样温顺。但是，这只鸟儿的出现也同样激起了原来那对切罗赤颈鸭的极大不满。

再来说说斑鸠。这种鸟儿并不会长期留守在这里，但人们对它的叫声常怀期待。在我的印象中，坦尼森似乎曾经说过，斑鸠的叫声就像"鸽子在老榆树林中的呻吟"。它的叫声又低又轻，仿佛饱含着某种脆弱的情感。在英格兰南部地区，夏日里那温暖的天气中时常伴随有这种声音，它似乎成了夏日天然的一部分。如果没有这种声音回响在耳边,人们反而会觉得整个夏天都不那么完整和充实似的。它是那种非常安静优雅的鸟儿,身上的羽毛具有非常丰富的色彩,而且当它飞行时,打开的尾巴末端还会呈现出一排非常醒目的白色斑点,特别迷人。我听说汉普郡和威尔特郡的斑鸠,特别喜欢在刚犁过的土地上或土壤暴露出来的地方驻足。也许是这些地方有很多吸引它们的食物吧。

在7月份里,大多数鸟儿的"歌声"早已停歇下来,只有少数鸟儿还在继续鸣唱。自6月中旬到7月中旬,这一个月里鸟儿的叫声急剧减少。在7月份,我们偶尔还会听到鸫和鸲的"绝唱"。听过这么多鸟儿的绝唱之后才发觉,黑鹂的最后一次鸣唱最让人感到悲伤。可能是因为不久之后我们就可以再次听到鸫和鸲的叫声了,而要想听到黑鹂的歌声,则要一直等到来年的2月份。我们只有熬过气候恶劣的严冬,才能再一次聆听到这些优美的歌声。

除了我们已经提到的这些鸟儿,还有3种

斑 鸠

斑鸠(Turtle Dove),学名Streptopelia turtur,鸽形目鸠鸽科。其体长约28厘米;体呈淡红褐色,头部呈蓝灰色,颈后有白色或黄褐色斑点,尾尖略呈白色;鸣叫声单调低沉;生活在温带和热带地区;常在地面觅食,以小型种子为主食,有时也吃昆虫的幼虫;常将巢筑在树上,巢为平盘状;主要分布于非洲、欧洲和亚洲。

白腰朱顶雀

白腰朱顶雀（Common Redpoll），学名Carduelis flammea，雀形目雀科。其体长约13厘米；体型与麻雀极为相似，喙小，额部及头顶为深红色，雄性胸部及腰部长有粉红色羽毛；常在起飞时发出鸣叫声，声音低哑而缺少变化；生活在桦树林、草丛、桤木林等处；美洲、欧洲及亚洲都有分布，在中国多见于西北、东北及华北等地。

鸟儿会在7月份里继续高歌，那就是赤胸朱顶雀、绿翅雀和金翅雀。在佛劳顿的花园里，虽然我们几乎寻不到赤胸朱顶雀和金翅雀的踪迹，但是在威斯佛德和汉普郡的居住地区，却常有这3种鸟儿出没的身影。我们只有格外细致地倾听赤胸朱顶雀的鸣叫声，才能捕捉到它的歌声中那些非常优美的音调，因为稍不留意，它的歌声就会从我们耳边划过。而且，在望远镜中欣赏雄性赤胸朱顶雀的外表与身姿，也是一种享受。人们通常总认为赤胸朱顶雀那棕褐色的羽毛不会呈现出多么艳丽的色彩，因为通过肉眼来看的话，这的确是实情。然而，在成熟的雄性赤胸朱顶雀的羽毛生长得最好的时节，它看上去也是相当迷人的：一些艳丽的粉红色羽毛点缀在它的胸部和前额上。

雄性的绿翅雀也同样是一种特别漂亮的鸟儿，它披着一身绿色的羽衣，那种绿像极了绿鹦鹉身上的那种颜色，绿中透出几点黄色。它的鸣叫声很有特点，是由许多不同音调的啁啾声组成的。它总是将声调拉得很长，人们要想在众多鸟儿的叫声中辨识出它的声音并不难。它的声调听起来像是一种"咿……吱"或"波咿……吱"的呼喊声，仿佛是在热烈欢迎炎炎夏日的到来。绿翅雀的喙极其坚硬，它是一种真正的锡嘴雀。在秋天的时候，我们常会看到它们啄食野蔷薇或野玫瑰的种子，种子壳是如此坚硬，而它们的动作却那么麻利而又悠然。

据我所知，在所有白垩石形成的山谷中，几乎都能看到金翅雀的身影，可能它们也会出没于其他一些地方。有一次，我曾在汉普郡的花园里发现了12个这种鸟儿的巢穴。当大多数鸟儿在7月份里沉寂下来时，我们却还能从金翅雀身上发现一丝让人振奋的"亮色"。它们不是那种爱静的鸟儿，总是不停地飞来飞去。当它们飞翔的时候，翅膀上那金色的羽毛就会铺展开来，在阳光下璀璨夺目，特别迷人。当这种鸟儿还处于幼鸟阶段时，虽然它的头部还很光滑，身上的颜色也完全无法与成鸟那鲜亮的深红色相比，但是它翅膀上的黄色却已非常显眼了，足以吸引我们的注意力，因此，自它学会飞行的那一刻，它的魅力便逐渐散发出来

松金翅雀

松金翅雀（Pine Siskin），学名Carduelis pinus，雀形目燕雀科。其体型很小，体长约13厘米；条纹明显，翅膀及尾基部为黄色，尾分叉；鸣叫声清脆、优美；栖息于森林中，繁殖期常在针叶树上筑巢，每次产卵4枚；常以种子、嫩芽、昆虫为食；多分布于加拿大及美国境内。

了。虽然它的歌声听起来有些琐碎，就像那种叮叮当当的铃声，但仍能带给我们一种愉悦的心情。这种鸟儿不知疲倦地飞来飞去，不停地运动着，也给花园带来了几分生气。实际上，在7月份沉闷的天气里，金翅雀还给人们带来了缕缕清爽，此时，它的作用与树林中的桦树一样。7月份恰好是欣赏桦树的最佳时节，那时，栎树和山毛榉树的叶子已是浓重的绿色，并且都枝叶繁茂，彻底遮挡住了明媚的阳光，此时的轻风完全撼动不了它们。再看看那桦树吧，它那长长的茎干上的叶子是那么优雅，

美洲金翅雀

美洲金翅雀（American Goldfinch），学名Carduelis tristis，雀形目燕雀科。其体长约13厘米；体色以黄色为主，翅膀为黑色，雌鸟颜色较灰暗，喙粗大；鸣叫声清脆、甜美；栖息于多灌木、矮树的田地中，实行一夫一妻制，每次产卵1枚；分布于北美洲及中美洲。

在微风的吹拂下，展开的叶子轻轻地摆动着，阳光可以轻易地透过叶间的缝隙投射下来，树下一片斑驳的光影。到了深冬时节，它那光秃秃的枝条上也会长起一个个黑色芽苞，变得和冬天里的其他树木一样难看，但到了仲夏，它那优雅的身姿又会展现在人们眼前。倘若花园里栖居着几只金翅雀，又有几棵桦树生长在附近的话，那么仲夏带给人们的沉闷心情就会一扫而空。

Part 6 夏日消逝的歌声

　　从8月份开始,人们就迎来了打猎和诱捕鸟儿的大好时节。然而,除却这一活动,在我看来,8月份和9月份似乎是一年中最为乏味无趣的两个月份。从季节的划分来看,此时仍属夏季。但是,白天的时间已经开始明显缩短,而且气温也逐渐下降。8月份过去之前,天公还会跟人们开个玩笑,让人们提前体验一番冬季里吃过晚餐后围坐在炉火前的温暖舒适。花园里依然是那样热闹纷繁,但即便如此,那些初夏时节的花儿带给人们的欣喜和振奋,正随着时间的推移而淡去。此时,就连那些最漂亮的玫瑰花,不论是其花朵的大小,还是数量的多少,都远逊于它们在6月份或7月份早期时的状态。那时,玫瑰花儿和菩提花儿竞相绽放,宣告着一年中鼎盛期的到来,而此时这一切行将结束。虽然它们依旧绚烂多姿,但我们却再也无法从它们身上寻觅到任何精神气质了。福禄考的花儿在那时非常美丽,但是对于很多人来说,它的气味却不太好闻,让人厌恶。可我却对它的这股特别的"香味"情有独钟,因为这种味道总会将许多古老的书卷引至我眼前。而且,当它的"香味"让我想起图书馆里那皮革制的封皮时,我就会觉得它愈加美丽了。

　　鸟儿们在这两个月份里显得格外沉寂。有些鸟儿在7月份时还不停地鸣唱着,但到8月份时它们突然咎啬起来,再也不愿吐出一个音符。大多数鸟儿,在8月初的一两周里,几乎同时沉寂下来,仿佛是在向人们宣告:"我们求爱和筑巢的时期已经结束了,我们将要迎来一个崭新的时期。"即便如此,但在这段日子里,仍然有几种鸟儿的叫声回响在我们耳畔。鸲在7月初就已停止了鸣唱,但到8月初,它又会再次放声高歌。在不知疲倦地坚持鸣叫到最后的一只鸫鹟也决定追随黄鹂噤声休息一段时间之前,它们的第一声"秋歌"其实已经奏响了,对此人们应该有所察觉。8月初,柳林莺的叫声也变成了一种低沉而陌生的声音。我的一位朋友将这种叫声称为它的"暮歌",他的这一评价真是既简洁又贴切。人们有时甚至会听到,那无心的椋鸟也在这时候发出了一些欢快而断断续续的

东蓝鸲

东蓝鸲(Eastern Bluebird),学名Sialia sialis,雀形目鸫科。其体长约17厘米;上部为蓝色,下部为淡红色,雌性颜色较暗;鸣叫声极为柔美;常活动于可营巢的洞穴附近,其巢穴多建于中空的树木中,每次产卵4~6枚;以昆虫及浆果为食;分布于北美洲及中美洲。

哨声,给我们带来一丝愉悦之情。由于此时正值"春歌"行将结束,"秋歌"刚刚奏起之际,因此在这两种歌声交汇期间,去聆听一下这些鸟儿的叫声,也是非常有趣的。

"春歌"和"秋歌"这两个词虽然还没有一种严格意义上的定义,但是我至今已经使用过多次了。事实上,也很难对它们做出某种界定。我在

这里使用"春歌"时，所指的主要是鸟儿在结束哺育幼鸟的工作后所发出的鸣叫声，这种歌声会一直持续到夏日时节，而且期间没有什么明显的间隔。"秋歌"则是用来指那些沉寂几周之后，在夏末或早秋时节又恢复鸣唱的鸟儿的歌声。以鹌为例，仲夏时节它的叫声就会停歇下来，并会沉寂相当长的一段时间，直到8月来临，它才又开始鸣唱。因此，我们就可以将它8月份以后的歌声归入"秋歌"的行列。如此一来，鹌的"春歌"和"秋歌"之间的间隔期就非常明显了。但是，它自8月份恢复鸣唱后，其歌声就会没有任何间歇地一直持续到来年的6月底。在这个过程中，对于"秋歌"停止而"春歌"开始的时间，我们就不好确定了。如果不是单独提及某一时期的话，这两种歌声之间其实不会存在什么实质性的区别，只是随着交配期一天天临近，它们的鸣叫会变得愈加嘹亮和丰满。

再如柳莺和棕柳莺，在9月份结束之前，它们又开始鸣唱了。它们的歌声会一直持续到暖冬时分吗？如果是的话，与鹌的情况相同的问题又会出现了。根据我的观察，自它们离开到重返我们身边，这一段时期里其歌声就没有停止过。那么，它们在这长长的一年里反复鸣唱的是一首"歌曲"，还是两首呢？它们在仲夏时节会出现一段沉寂时期，这是大家都有所了解的，那么到了冬天，它们是不是还会有另一段沉寂期呢？这从而又会引发另一个重大问题，即它们是出于何种原因"歌唱"，或其源头是什么呢？这个问题相当复杂，要想说清楚也很不容易。

据记载，一位极其著名的哲学家在其有生之年曾解释过这个问题。（究竟是真是假，我也说不清楚）他的解释非常简单：当鸟儿的食物充足，精力旺盛时，它们就会歌唱；而当天气寒冷，鸟儿的精力下降时，它们就会停止歌唱。为了反驳他这一轻率而笼统的解释，我设想了下面这样一段对话。

我们假设有两名谈话者A和B，A支持上面的这一论断，而B则对此持有一定的异议，于是他们就此展开了对话：

B：在每年的8、9两个月份里，鸟儿的食物非常丰富，有昆虫、果实、种子，还有大量谷物，可它们的叫声在这两个月里好像稀少了

橙尾鸲莺

橙尾鸲莺（American Redstart），学名 Setophaga ruticilla，雀形目森莺科。其体长约13厘米；身体颜色对比强烈，习惯扇动尾部；鸣叫声清脆而纤弱；每次产卵3～5枚，巢穴十分精致；生活在林地、沼泽地及果园等处；广泛分布于美洲地区。

很多。

Ａ：所有的生物都致力于繁衍它们的种族，鸟儿也是一样。在这段繁育期，它们都会累得精疲力竭。像哺乳动物中的红鹿、鱼类中的鳗鱼等，都是这样的生物。而且，雄性个体在这段时期所承担的任务要重些，所受的影响也更大。我知道鸟儿在仲夏时节就会进入换羽期，更换一身新的羽毛，这个过程也相当耗费精力。所以，在你所说的这两个月份里，鸟儿，特别是那些雄性的鸟儿，还没有完全从此前的活动中恢复精力。

Ｂ：但是到10月份时，鸫又会重新开始鸣叫，而黑鹂为什么没有呢？黑鹂看上去和鸫一样，也是充满无限活力的"歌唱家"。而且当它的食物也同样充足时，它为什么不像其他鸟儿那样鸣唱呢？

Ａ：对于这个现象，我也解释不清楚。可能是它们换羽的程度不同吧，黑鹂羽毛更换得也许比鸫更彻底、更严重些。所以在缺少食物的寒冷冬天到来之前，黑鹂还没完全恢复过来。

Ｂ：你说的好像也有点道理。不过，如果原因是这样，那么还是有一个现象让我觉得特别奇怪，就是鸫这种鸟儿的行为。在仲夏时的换羽期里，它们的羽毛更换得也很厉害，看上去甚至让人觉得有些可怜，可在8月初它们就完全恢复了，又开始高声鸣唱。而黑鹂直到10月份都还没有恢复精力。如果真是食物和温暖的天气决定了鸟儿是否鸣唱的话，那么在夏末和秋天里，食物既充足，天气也非常暖和，应该有更多的鸟儿重新开始鸣唱才对啊，可实际情况却并非如此，有时甚至让人难以预料。再举个例子，檞鸫这种鸟儿到了仲冬以后才开始鸣唱，那时的食物和天气可并不怎么让人满意啊。

对于最后一个问题，我也无法再继续依据Ａ的理论，替他给出一个听上去比较合理的答案了。他们之间的这番对话至此也该结束了。当然，我们也不得不承认食物在鸟儿的鸣唱行为中的重要性，严冬时节食物的匮乏的确会迫使鸟儿停止鸣唱。不过，这也只能说明食物充足是鸟儿鸣唱的必要条件，而不是根本原因。这非常类似于以色列人制作砖块的情况，如果缺乏稻秸的话，以色列人就无法生产出砖块，然而稻秸的存在并不是他们制造出砖块的根源。

　　对于这一问题，还存在另一种论断，那就是，鸟儿的歌声是其求偶和配对过程的一种主要方式，是为了表达它们在这一时期的快乐与期待。我们也需要判断一下这一理论正确与否。如果将其运用到黑鹂身上，也许还比较有说服力。人们要是在2月份以前听到黑鹂的叫声的话，肯定会大感意外，因此就不能简单地将它们的歌声归入"秋歌"的范围。因为每当这种鸟儿被激发了求偶与配对的本能后，就开始放声高歌。不过随着它们繁育期的结束，其叫声就会很快停歇下来。实际上，我们也只能在这一段时期里听见它们的叫声。雄性黑鹂也许都渴望通过自己的歌声来打动雌鸟的心。所以还有一种可能，它们鸣叫的本能或许正是被这一时期所特有的竞争、斗争和兴奋所激发出来的。然而，如果我们将这一观点看做一般性结论，并推广开来的话，那么又一个困惑就会诞生，就是鸲这种鸟儿的情况。雄性鸲直到秋天都还未产生任何配对的念头，甚至对雌鸟的靠近都颇为排斥。每一只鸲都独守各自的领地，一旦发现另一只鸲闯入，不论闯入者是雄鸟还是雌鸟，都免不了发生一场搏斗。对于鸲这种鸟儿我曾观察过很长时间，对它的这一行为习性也有所了解，在后一章节里我再向大家详细介绍。先在这里简单提及，主要是为了说明这种鸟儿是通过斗争来划定各自的领地的。因此，鸲在秋冬时节的叫声，往往被人们看做是其对自己所辖领域的声明，以及对这一领地誓死捍卫的决心。这一原因也足以引起鸟儿的鸣叫。我们可以想象，由于鸟儿在繁育期生活得相当烦躁而压抑，到了这个时候可能就会通过热烈的歌唱来发泄。由于鸲对领地之争极为热衷，因此我们在秋冬时节就会听到它们那经久不息的歌声。

　　至于鸫鹩身上是否也存在这种情况，我倒是还未亲眼目睹过，不过我猜测它对领地之争可能也同样热衷。如此，我们就能理解它身上的"秋歌"现象了。

　　另一方面，为了寻找食物，有些鸟儿也会集结到一起或离开它们自己的领地。比如，苍头燕雀家族就会为了取食谷物，而聚集在一块谷地或场院附近。它们在这一时期没有争夺领地的冲动，因而"歌声"也就停息了。在威斯佛德和佛劳顿，我对鹪的不同习性分别进行了一番观察，得到的结果与这一理论也较为吻合。在南方，当鸟儿们处于繁育期时，它们中的一部分似乎就会待在同一个地方。在那里，秋天来临后它们才会开始鸣唱。佛劳顿离海岸线虽然只有3000～5000米的距离，但到了夏日时节它们就会全都飞来这里。这个时候，它们已无争夺领地的念头了。而且看上去，它们也不打算继续鸣唱其在南方时所反复唱着的那首"歌曲"了。

基于以上分析，我可以得出四个结论：

一是虽然充足的食物是鸟儿鸣叫的必要条件，但不是引起鸣叫的根本原因。

二是对有的鸣禽而言，求偶的冲动是其鸣叫的原始动力。在求偶期，它们卖力地鸣唱着，以此来展现自己的力量之美。

三是鸟儿的叫声也能由单纯的领地之争所激发。

长嘴沼泽鹪鹩

长嘴沼泽鹪鹩（Marsh Wren），学名Cistothorus palustris，雀形目鹪鹩科。其体长约11厘米；喙部前端为深棕色，后半部呈黄褐色；头顶为黑褐色，颈部两侧为橄榄色，眼部有明显的白色条纹，背部有白色纵向斑纹；鸣声为清脆的"嘀嗒"声；生活在草本沼泽中，繁殖期筑球形巢，每次产卵5～8枚；以昆虫和无脊椎动物为食；分布在北美地区。

虽然已经有了以上这三个结论，但我们仍然不能停止思考。对于椋鸟的秋歌，我们还未作出解释。这种鸟儿的叫声非常频繁。几只椋鸟一起停落在一条树枝上的情景常常映入人们的眼帘。实际上，它们在秋冬时节的确是过着一种群居生活。这时，它们既没有领域之争的麻烦，也没有求偶配对的兴趣。那么，我只能给出这样一种解释了，即椋鸟在这一时期之所以还坚持鸣唱，是由于它们找不出任何停歇的理由。因此，鉴于椋鸟存在的特殊情况，我还必须再补充上一条结论。那就是：一些鸟儿发出鸣叫声完全是其状况良好的一种表现，并没有其他原因。此时，它们精力充沛，既没有受到换羽的影响，也没有遭到恶劣天气的打击。

当鸟儿处于求偶时期时，任何兴奋或异常的举动都会激起它们强烈的叫声。这时，如果你向芦苇丛中投入一块石头，水蒲苇莺就会立即爆发出一片嘶鸣。在前文中我已提到过这一点。雷声或枪声响过后，野鸡所发出的阵阵哑哑声可能也是出于这一原因，虽然在繁育期之外的时间里它也会这样鸣叫。

在我听来，鸟儿在求偶期的歌声并不是什么爱情之歌，而更像是一首挑战或胜利的歌曲。其实，也可以将它们的歌声看做战争之歌。我曾经目睹过两只鹪鹩打斗的全过程。当时它们正在一片草地上全神贯注地搏斗着，完全没有察觉到我的出现。其中一只鸟儿最终取得了胜利，并迫使那只失败者飞离了那里，然后胜利的鸟儿飞进了附近的灌木丛，并在那里兴奋地"欢呼"起来。

对于鸟儿的歌声，或许我们无需去追问什么原因，只要享受它带给我们的几多乐趣就足够了。如果非要探究出一个所以然来，聆听鸟儿的歌声就不再是一种享受，而是负担了。

Part 7 寒冬中的鸟儿

9月,披着金色的衣装,像是一名国王,闪烁着胜利的光芒。

这就是斯温伯恩笔下的9月。在英格兰的北部地区,人们的确可以看到这样一派景象:当野草还未长出时,在大片谷物等农作物的装扮下,丰收的大地散发出一种成熟的魅力。生长在苏格兰高地的山楂树,它的叶子到了夏末时节就变换了颜色。我们眼前不由浮现出这样一个画面:一条铺满鹅卵石的小溪缓缓流淌着,小溪两侧的山楂树上已满是深红色的叶子。循着那艳丽的深红色望去,小溪的流向显得格外清晰。然而在9月份的英格兰,整个树木的颜色看上去都比较阴暗。如果从这一点来看的话,斯温伯恩在诗中所描写的似乎不是9月的景象,而更像是10月的。在9月份,虽然会出现一阵秋分时的风潮,但整体来看,这个月份还是较为安静和沉寂的。这时花园里依然非常热闹,有雏菊、鸢尾,还有众多一时说不出名的各色花儿,而且大丽花的花朵上还会不时飞来几只红色的蝴蝶,快乐地追逐嬉戏。然而此时,自然界中一切的生长都停息了下来。植物的生命不再是生长,而只是延长而已。夏季的生命之神注视着它带来的成果,不再前行。它静静地等待着,等待冬季从北方赶来,并准备好了时刻离去。在10月份的月初或月底的某段时间里,总会有一场霜雪如约而至。而且经过某个夜晚之后,天芥菜突然披起了黑色的衣装,而大丽花也枯萎凋谢了,它们全都从我们眼前消逝了,这时依旧丰盛的也许就只有那光秃秃的地表面了。在9月份的花园里，花匠是非常忙碌的，以致你一时难以寻到他们的身影。因为那个头蹿得很高的豌豆株和一些其他的农作物，以及枝叶繁茂的果树和浓密的灌木丛，已经彻底将他们淹没了。而此时，当他们在那光秃秃的土地上劳作时，显得如此醒目，就像矗立在空旷的原野上的高大建筑一样。这时除了晚生型的卷心菜和紧紧卷曲的、耐寒的汤菜以外，大家就再也见不到其他绿色作物的踪迹了。对于这些依然生长着的绿色蔬菜，我们甚至都能从它们的味道中感受到一种执著而顽强的精神。然而，接下来的这个时期对它们来说将是何其漫长啊。

在佛劳顿，今年（1926年）10月2日到4日这3天里，白天天气会非常热，而到了夜晚又很暖和，仿佛将人们带回了仲夏时节一样。在10月份里，通常都会有非常暖和的几天，但到了该月中旬时，天气就会发生极为明显的变化，标志着夏季即将结束，新的季节正在走近。在相当长的一段时间里，树林都是披着那深绿色的衣装，而现在也被这色彩斑斓的世界同化了。那极为常见的野樱桃树如今显得愈发迷人，绚烂而娇嫩，但我们除了空发感叹，几乎找不出任何词句来形容它。一切语言在它面前都黯然失色。梣树和西克莫树的脚下已悄然撒落了一层脱落的叶子。但是，大部分树木此时依然有着迷人的独特魅力。马栗身上早已涂上了淡淡的金黄色，榆树紧随其后也渲染上同样的色彩。此时的山毛榉树比其他任何树木都更令人赞叹，它深色的叶片先是变成黄色，等到快要飘落的时候又转为深深的棕褐色。每到春天，我们总会挑一个星期日，专门到户外欣赏山毛榉树那稚嫩清新的绿叶，真是别有一番风韵。到了秋天，我们同样也应该有一个"山毛榉的星期日"，去欣赏它那美丽的神采。在佛劳顿，这样的日子最适宜在每年10月份的最后一个星期日，而在英格兰南部则应该在每年11月份的第一个星期日。然而，与春天的气候相比，秋天的气候更易发生变化。今年（1926年），树叶颜色出现变化的时间就特别晚。

10月份，在经历过夜晚的霜雪后，迎来了最为美丽的一段时间。那时的天空清澈、湛蓝，而又显得格外宁静、高远。在这样的天气里，五颜六色的树叶在枝头回旋，最终飘落到地面。根据自然规律，每一片树叶的飘落，回归大地，都伴随着一个嫩芽的孕育和生长。

然而，10月份的其他时间，则是狂风和暴雨肆虐的日子。这个月里，空气的平均湿度是一年中最高的，因此到处都特别潮湿。这个月份的降雨量很大，不过雨水都是集中在几天内降落的，并不会绵延很长的日子。据我所知，在靠近海岸线的东北部地区，就有接连持续3天的降雨。如果用降雨测量计来测算一下的话，这3天的降雨所导致的湿度，就足以使10月份成为一年中最潮湿的月份，而在其他日子里，这里的天气却又相当好。秋天，树林中的地面上也有着迷人的色彩，落叶覆盖在上面，就像给它铺了一层米黄色的地毯似的。

有人也许会问：这些与介绍鸟儿又有什么关系呢？那么我想说："秋天的来临如此重要而壮丽，我们的注意力不可能只停留在鸟儿身上。"然而在10月份，鸟儿生活周期的变化最能引起我们的注意。很多并不在我们这个国度繁育的鸟儿，此时也会飞来这里，向人们炫耀着自己：

踏着冬天的脚步走来，宣告着
……
这位严厉的君王离开了瑟瑟的北方
踏上了它一贯的征程。

这几句诗是华兹华斯对鸫从树林飞到他房屋附近鸣唱时的情景的一番描绘，我觉得也完全可以用它来描述那些从北部地区飞来我们这儿的鸟儿。

但有一些鸟儿，像丘鹬、斑尾林鸽和戴菊鸟，并不属于此类。它们中的大多数虽然也是从国外飞来的，并且会在这里度过整个冬天，但其中一些却会留下来进行繁育。因此，即使看到它们出现，我们也不会联想到冬天的到来。

对于沿海地区的其他一些鸟儿，是否会在秋冬时节也留在英国境内进行生育繁殖，我还并不了解。在大不列颠群岛进行生育繁殖的野生鹅类，就只有长腿灰鹅这一种，但我在这里所要介绍的是红足、豆冠和白面的鹅

翻石鹬

翻石鹬（Turnstone），学名Arenaria interpres，鸻形目鹬科。其体长约22厘米；体色以褐色为主，繁殖期背部为微红色，头部及胸部有黑、白及棕色的复杂图案；嘴、腿及脚均很短；生活在泥滩、海滩上，常以昆虫、岸边的无脊椎动物为食；多在北极附近繁殖，越冬时向南迁徙，在中国的华东地区及东南部也可见。

类，它们都属于灰鹅的种类。在此还会提及黑雁、滕壶黑雁、金眼、长尾鸭，和一些小的海岸鸟儿，如红腹滨鹬、翻石鹬、紫矶鹬、三趾鹬，以及许多其他种类的鸟儿。其中一些鸟儿的生育繁殖场所人们很难到达，如杓鹬、矶鹬。这种鸟儿被人们视为一种候鸟，很早以前就有人对其进行过观察。人们常将它们的到来看做是它们的一次南方海滨旅游。我依稀记得，人们是在西伯利亚发现这种鸟儿的生育繁殖场所的，而且英国的鸟类学家还曾在那里看到过它们的卵。人们经常会在沿海地区和泥滩上（或者附近地区），发现这些鸟儿的踪迹，有时甚至还会看到一些非海滨类的鸟儿，像蓝点颏等。因此，在我们内地田园生活的成员中，并不包括这些鸟儿。

还有4种冬季鸟儿也是我们较为熟悉的，那就是田鸫、红翅鸫、荆棘燕雀和姬鹟。这些鸟儿的足迹几乎遍布英国的各个角落,但它们不会留在此处繁殖。

田鸫和红翅鸫属于鸫类,它们比较喜欢群居生活,通过对它们停留期间的观察就很容易发现这一点。当人们耳边响起一种"恰啃"的叫声时,就说明田鸫到来了。树篱丛好像是田鸫最喜欢的活动场所,对于红翅鸫也是如此,它们可能是在取食那里的浆果。在一个大树林中,我曾经见到过一大群田鸫。这片树林中的大树生长得比较分散,树下的空地里蔓延着一丛丛野山楂的灌木。那一天,我正和朋友匍匐在灌木丛中打猎,并且已经发现了几只野鸡和其他猎物,可那些数目庞大的田鸫却久久不离开这里,一直在树木间来回穿梭飞行,完全遮挡了我们的视线。

红翅鸫是一种非常娇弱的小鸟,它在很早的时候就已经忍受不了寒冷的天气了。那个时候,黑鸫在同样的天气状况下,还依然生气十足,而红翅鸫却只能躲在屋檐下有气无力地跳跃着,看上去沉重而忧郁。在鸫类中,它是个头最小

田 鸫

田鸫(Fieldfare),雀形目鸫科。其体长约26厘米;头部和腰部呈灰色,背部呈栗色,下体呈白色,胸部及两胁布满黑色纵纹;鸣叫声响亮,正常飞行时发出尖厉的吱吱声,进攻时发出粗哑的嘟叫声;喜欢生活在林地及旷野;繁殖在北欧至西伯利亚,越冬时迁至南欧、北非、中东、印度北部和中国西部。

的鸟儿。如果碰到霜雪天，它完全没有其他留鸟坚强，其自理和取食能力都会急剧下降。然而，尽管它在冬天里显得异常娇弱，却并不乐意在舒适的夏天搭建巢穴。红翅鸫身体两侧各有一道艳丽的红色羽毛，这也使得它在鸫类中显得相当特殊。因为其他的鸫类鸟儿身上没有任何鲜亮的色彩，这在本地也比较常见。在北美，有一种鸫类鸟儿的胸部羽毛是红色的，而恰巧我们这里的鸲的胸部都长有红色的羽毛，大家对此都知晓，因此最早到北美定居的人就自然而然地把它称为"鸲"。这个名字就渐渐成了对这种鸫鸟的约定俗成的称谓。由于北美现在的人口数量已远远超过了大不列颠岛，因此我建议绝大多数说英语的人们不妨就用"鸲"这个名字来称呼这种鸫类鸟儿，尽管这种鸟儿的体型比鸲稍微大些，而且与圣诞卡上以及我们的民谣传说中的鸲的形象也没有任何相似之处。

田鸫并没有红翅鸫那样艳丽的色彩，个头也没有槲鸫大，也不如它漂亮。但如果从色彩变换的丰富程度上来说的话，在我们所熟悉的鸫类鸟儿中，它应该是最迷人的。

荆棘燕雀在10月份一般都会如期而至。它们总是三五成群，或大量地聚集在一起，如果山毛榉树的果实丰足的话，它们就会大批集结到树下。在佛劳顿，山毛榉的果实长势很不稳定，有几年，这种呈三棱形的果壳里几乎就是空的，而又有几年，里面却长着饱满的果仁。有一年山毛榉树的果实就长得很是喜人，很多树枝几乎都被果仁染成了白色，而且伸展到公路中央，因此导致了交通堵塞。在果实这样丰足的年月，当寒冬到来后，成群结队的荆棘燕雀就会停落在山毛榉树下忙碌地取食。根据我的观察，仲冬时节，在这个地区的所有种类的鸟儿中，荆棘燕雀的数量是最多的。尤其是在覆有薄雪的树上，它们显得更为扎眼。

在有关鸟儿的书中，通过其中的彩色图片我们可以看出，当荆棘燕雀处于筑巢期时，头部和颈部都是黑色的。它与苍头燕雀长得十分相像，当它静止不动时，我们只有通过望远镜才能看清它们之间的差异。当它们在空中飞行时，则很容易区分，因为当荆棘燕雀展开翅膀时，一道白色条纹就会在其两翼之间呈现出来。这道条纹相当醒目，使得人们一眼就能区分出它和苍头燕雀。它的鸣叫声也非常特别，有人曾经将它的这种声音描述成"一种疯狂的吵闹声"。我也听过很多次荆棘燕雀的叫声，好像的确有几分"疯狂"。

我曾在院子里用线绳围起了一小块空地来喂养水鸟。有一年冬天，许多荆棘燕雀飞到空地里，当时我逮住了一只雄性的荆棘燕雀。为了让它的羽毛尽快变换到哺育期时的样子，我用剪刀轻轻剪去了它头部和颈部羽毛的末梢。可后来却并没有出现变化，我想也许是它的羽毛不是天然磨损的缘故吧。对那些研究鸟儿羽毛变换的学者来说，这一现象也许具有一定的参考价值。

苍头燕雀

苍头燕雀（Common Chaffinch），学名Fringilla coelebs，雀形目雀科。其体长约16厘米；雄鸟头部呈淡蓝色，面部和胸部呈红赭色，有明显的白色"肩"斑和翼斑，繁殖期时冠顶和颈部呈灰色，上背为栗色，面部和胸部变成粉色；雌鸟颜色较暗，多呈灰褐色；鸣叫声特殊，叫声响亮有金属音；喜欢生活在落叶林、混交林、林园以及次生丛林；常以植物种子为食，育雏主要以昆虫为主；分布在欧洲、北非至西亚。

田鸫、红翅鸫和荆棘燕雀为了避开斯堪的纳维亚地区的寒冬，每年都会飞来我们这里寻找温暖的港湾，还和我们一起分享这里的树林、土地、树篱以及花园。但是它们却吝啬到从不在这里产下一枚卵，或是为提供给它们庇护的这一切献上一首"歌"。它们为什么不留下来，在此永久栖居呢？也许是北方的食物更适合它们的胃口；也许是它们早已形成了飞回北方繁衍的习性。可它们在离开之前为什么还是不愿发出一声鸣叫呢？在佛劳顿，我曾在5月份的第一个星期即将结束时，见到过一次田鸫。那个时候，留守的鸟儿们正在放声高歌，而且有些鸟儿的鸣唱或许已经持续了几周或几个月的时间。但是在英国，它们的歌声却从未在人们耳边响起过。而且即使有人听到过这些避寒鸟儿的"歌声"，相信也一定是支离破碎的。虽然这种鸟儿每年都会出现在我们身边，而且对这里也相当熟悉了，但是我们要想听到它们的"歌声"，却必须得离开英格兰，到国外去。难道它们只有在自己的故乡才会鸣唱吗？那些4月份时从南方飞来这里的鸣禽也是怀着这种故乡（这里所说的"故乡"是指它们出生、交配以及筑巢的地区，并不是这些鸟儿一年中绝大多数时间所停留的地方）情结吗？如果柳林莺或棕柳莺没有飞抵这里之前，会在法国南部地区鸣唱的话，那么我们就能非常肯定地回答这个问题了。当然，在法国所听到的鸟鸣声，也可能是那些留在那里筑巢的鸟儿发出的。这时，我们就必须区分清楚，究竟是哪些柳林莺或棕柳莺在英国筑巢并会在冬天鸣唱，而又是哪些鸟儿会踏上重返家园的漫漫长路。其实当它们在9月份离开这里之前，我们就已经能够再次听到棕柳莺的歌声了。这些鸟儿离开后，是把它们的歌声一起带到了南方，并在秋冬时节不停鸣唱；还是当它们离开之时就不再鸣唱，而直到3月份或4月份重返筑巢的故乡后才恢复鸣唱呢？对此，我至今无法说清。

现在，我们再来了解一下第四种较为常见的冬季鸟儿——姬鹬。一些关于姬鹬在英国境内生育繁殖的报告有时会激起我很大的兴趣。因为据我所知，对于姬鹬是否会在英国产卵，专家们目前还无法确定。姬鹬这种鸟儿的体型非常小，我还从未听到过它发出叫声。它有时即使受到惊扰，也根本不会紧张慌乱，而总是静悄悄地飞走。当它飞翔在空中时，总是带着一丝沉稳。就算当人们朝它射击而不中时，它也只是不紧不慢地飞到别处停落下来，看上去就像完全不相信有人会将它这样小的鸟儿当成射杀目标似的。我曾在花园小径和草地边缘相连的拐角处发现过一只姬鹬，它静静地待在那里，几乎就靠在我的脚边。这只小鸟儿是那样活泼可爱而健康，我停下来细细观赏着它，它背部那紫色的羽毛煞是好看，那一刻，我心中没有一丝想捕捉它的欲望。当我不禁想去轻轻抚摸它一下时，它就立刻轻快地飞走了，似乎对我的举动充满不屑一般。越过高高的女贞树和花园的护栏，它又在10米远的一条小溪边停落下来。想到有人居然会射杀这种鸟儿，我心头不由一阵酸楚。这种鸟儿实在是太小了，人们的胃口怎么会得到满足呢？而且它的行为神情是那么安适，仿佛藐视一切暴力伤害的行为。

姬鹬

姬鹬（Snipe），学名Lymnocryptes minimus，鹬形目丘鹬科。其体长约18厘米；头顶呈黑褐色，有金属光泽和淡色斑点，后颈呈褐色和灰褐色斑，上体有绿色及紫色光泽，嘴短，两翼狭尖，尾呈楔形；喜欢生活在稻田和沼泽地带；繁殖在欧洲北部至西伯利亚西部，越冬在非洲、南欧、中东、东南亚等地。

在10月份时，人们眼前就会经常晃动着这些冬季候鸟的身影了。在乡村生活中，它们不失为一道最亮丽的风景。其实，夏季还未结束，这些鸟儿就急切地展开迁徙运动了。在很多年前，每到8月份初期就会有一只鸟儿飞

北欧大沙锥

北欧大沙锥，又名中沙锥，鸻形目鹬科。体积较大，下体多有横斑。分布地区，如名字所示，主要位于北欧地区。

抵我的池塘边，而且会在此停留片刻再飞走。这只鸟儿比常见的沙锥鸟的个头还要大些，会发出一种哭喊似的叫声，比红脚鹬的叫声还要尖细刺耳，它就是绿沙锥。有时，也会有两三只这种鸟儿一起飞来这里，并在此驻足停留。但是，其中总会有一只鸟儿会连续不断地发出那种尖细的哭喊似的叫声飞走。然而，我现在已经有很多年没见过这种鸟儿或听到过它的叫声了。关于绿沙锥这种鸟儿是否在英国境内进行繁殖，目前还尚不确定。飞来池塘边的那只鸟儿也不会在这里度过整个夏天的。这种鸟儿8月份时还出现在这里，对鸟类而言，这个时间已经相当晚了，因此我猜测它不可能是在向北方迁徙，而很可能是在飞往南方的途中。从北方的生育繁殖地飞往南方的第一批鸟儿，据说都是些成年的雄性鸟儿，而且在交配或抚养后代的重大任务中都当了"逃兵"。因此，它们没消耗多大体力，也没有家庭的牵绊，所以当幼鸟开始独立生活之前，或承担了抚育后代重任的雌鸟恢复精力之前，它们会提前飞往南方。我所看到的绿沙锥很可能就是这样一只成年雄鸟。它在8月初的出现，在我看来也标志着佛劳顿地区秋天的来临和冬鸟的回归。

　　冬季鸟儿中还有一些也是较为少见的。那些生活在乡村中的人们，一生中总会有一两次机会能够看到它们。

　　有几年冬天，总有一群蜡翅鸟飞抵英国境内。不久，其他地方也会大量出现这样的鸟儿。在很多年前，一群30只左右的这种鸟儿曾经停落在佛劳顿的池塘附近，并且停留了两三天的时间。可那时我不在家，而我的一位朋友发现了它们，并对其进行了一番观察。他说，这些鸟儿很喜欢啄食荚蒾上的红浆果，而这种浆果似乎并不是那些留守的鸟儿所倾心的食物，因为直到年末时树上还挂着很多这种果子。山梣树的浆果却大受欢迎，它们成熟后不久就会被留鸟们啄食干净。槲鸫好像对这种浆果最为中意，山梣树周围经常萦绕着它那刺耳的叫声，这也是人们在早秋时最常听到的声音之一。我推测，蜡翅鸟的名字很可能源于它翅膀上那些格外鲜红的羽毛。远远看去，这些羽毛就像封蜡滴在了翅膀上一般。人们还经常用"波希米亚的啾啾鸟"来称呼这种鸟儿，但是，蜡翅鸟这个名字显然更为贴切简短，也更易于被人们接受。

　　还有一种更为罕见的冬季鸟儿，我至今也只见过一次而已。那是1月份某个星期天的下午，我要去邮局寄一封信，当时刚走上

蜡翅鸟

　　蜡翅鸟（Waxwing），又名朱缘蜡翅鸟，雀形目太平鸟科。其体长约20厘米；体呈灰褐色，翅有红色、黄色、白色斑点；繁殖时分布在欧亚大陆和美洲北部的森林中。

红头长尾山雀

红头长尾山雀（Red-headed Tit），学名Aegithalos concinnus，雀形目山雀科。其体长约10厘米；上体呈暗蓝灰色，头顶为栗红色，尾部凸起，外侧羽有楔形白斑；性情活泼，常从一树飞至另一树，并边取食边鸣叫；主要生活在山地森林和灌木林间，也出现于果园、茶园等人类居住地附近的小林内，繁殖期在柏树上筑巢，巢为椭圆形，每次产卵5~8枚；主要以鞘翅目和鳞翅目等昆虫为食；分布在中国及东南亚地区。

大路。这里的邮递员在星期天是不上班的，因此我不得不自己做这份差事。通往邮局的那条路大约有5000米，而且非常僻静，因此走在这样的路上难免让人感到枯燥和无聊。突然间，我的耳边响起一只黑鹂的叫声，它此时的这种鸣声比平常受到惊扰所发出的警告式的叫声要响亮很多，似乎是受到了很大的惊吓。接着那只黑鹂躲到了树篱丛中，随后又出现了一只鸟儿，个头和黑鹂几乎一样大，尾巴特别长，而且飞翔的姿态看上去很安适。这时，在我前方有一排低矮的光秃秃的树篱，这只鸟儿就在那里停落了下来，原来是一只个头较大的灰伯劳鸟。这只灰伯劳看上去并不是在追杀那只黑鹂，而那只黑鹂却被它吓得失魂落魄。此后我在伦敦待了一两年，其间也没有回到乡村居住过。不过我听说，

小丘鹬

小丘鹬（American Woodcock），学名Scolopax rusticola，鸻形目鹬科。其体长约28厘米；喙极长，翼部较圆，主要在夜间活动；鸣声为连续的单音节，与"塔、塔"声类似，飞行时多鸣叫；生活在桤木丛和有树木的沼泽中，繁殖时在地面筑巢，每次产卵3~5枚；多以蚯蚓为食；分布在北美地区。

在次年3月初时有人曾看到一只灰伯劳在我的房屋附近活动了好几天。那里经常有长尾山雀飞来筑巢。就在那只灰伯劳出没的几天里，人们在附近发现了一只长尾山雀的尸体，它很可能就是杀害长尾山雀的"凶手"。从那一年起，长尾山雀就再也没去那里筑过巢。

在《佛劳顿文集》中有这样一段描述：在秋天的时候，我亲眼目睹过一只丘鹬从诺森伯兰郡的海岸飞越大海，抵达这里。这是一种看上去非常强壮的鸟儿，人们看到它时眼前总会为之一亮。然而，在鸟儿的迁徙中，只有戴菊鸟飞越北海才称得上是真正的奇迹。有关鸟儿迁徙方面的知识，在苏格兰教会编写的关于英国鸟类的书籍中有很多。从地貌演变的时间推算来看，北海原本是不存在的。现在的这片北海在很早以前是一片陆地。有一条发源于莱茵河的大河流经这片陆地，一直流向北方，并最终注入北冰洋，当时泰晤士河也只是它的一条支流。鸟儿在那时向英国"西迁"的现象非常稳定，而且迁徙的过程也比较容易。那条河道后来越变越宽，几百年后，就形成了现在的北海。经过一个又一个世纪的积累，就连那些很小的鸟儿也逐渐具备了超强的飞翔能力，可以成功飞越这条不断变宽的河道。在良好的天气状况下，它们的西迁就会非常容易；而如果天气状况比较恶劣的话，它们抵达这里时就会显得疲惫不堪，有些鸟儿甚至还会在迁徙途中死去。在迁徙过程中，大量的丘鹬都会途经爱尔兰，而且它们就像被一种本能所驱使似的，总会在此停留一段时间。如果有哪些丘鹬想像哥伦布一样穿越大西洋的话，我想它们的结果只能是一去不返。我迄今还未发现例外的幸运者，在改变这一固定的迁徙习性后，它还能继续存活下去。

  海洋的水流和海面上的大风对天气的变化具有极大的影响。老大陆和新大陆的海岸线分别受到北冰洋和北太平洋洋流的影响。墨西哥暖流不断冲刷着老大陆的西北海岸，而新大陆的东北沿海一带又受到另一股寒流的影响，这种状况就导致了同纬度上的纽约与里斯本冬季寒冷程度的不同，纽约往往要比里斯本冷很多，而且远远超过苏格兰的寒冷程度。同样，亚洲的东北海岸也会迎来一股寒流，因此符拉迪沃斯托克（海参崴）附近的海面到冬天时就会结上一层厚厚的冰。如果我们在地图上沿着同一纬度从这里向欧洲推移的话，我们的手指轻轻移动一点点距离就可以直抵罗马的北部，但是那里的天气却与这里有着天壤之别。我想，北太平洋的日本暖流可能也像北大西洋的墨西哥暖流那样，会对天气状况产生很大影响。美国的东北海岸线在此影响下往往颇为受益。因此，除非是洋流的自然运动受到山脉的干扰，否则那些生育繁殖于东部的鸟儿都会飞往西部去躲避寒冬。如此一来，在冬天的时候，就会有大量的鸟儿从东部或北部飞来大不列颠群岛。

  5月份是一年中气温升高幅度最大的一个月份，而10月份则是气温下降最为显著的一个月份，其日气温的平均下降幅度为7℃左右。到11月份时，下降幅度则保持在6℃左右。此时，树上的叶子几乎已经落光了，只剩下光秃秃的树干，但冬季的鸟儿还在陆续到来。11月份一般还不会出现严重的暴风雪或霜冻，因此鸟儿此时还不用担心严冬的寒冷，或是缺乏食物。燕子此时甚至还在徘徊飞翔，看不出有任何压抑沉闷的模样。（1926年11月3日，我在佛劳顿看到了5只燕子，在11月7日又见到了2只）它们真的是在冒险，因为它们迁徙的路途还相当长，而且一旦碰到任何异常的天气，飞越大陆时的食物来源就会被切断。

在冬季的鸟儿中，棕色猫头鹰那高贵的叫声也不能忽视。在秋天时，它们的叫声并无特别之处，但是一到冬天，这种叫声却格外吸引人。就像莎士比亚笔下所描绘的那样：

> 当冰柱还悬在屋檐下的时候
> ……
> 睁着圆圆的大眼睛的猫头鹰在夜晚唱起了歌，
> 叫嚣；
> 叫嚣，那是一种欢愉的声调。

在通常情况下，诗人常把诗歌的内容或是自己的心境融于猫头鹰的叫声之中。在夜晚的教堂墓地旁，格林感到非常悲伤，此时他就会这样来描写其叫声：

> 那愁眉紧锁的猫头鹰似乎在对着天空中的月亮抒发哀怨。

大多数情况下，猫头鹰的叫声往往被人们视为一种不祥的征兆。它的叫声一般是由一种动听的平缓悠长的声调组成，每隔4秒钟大概就会停顿一次，接着又是一声长长的鸣叫。它的叫声一开始会有点震颤，但到后来就较为充沛圆润了。这种鸟儿那长长的叫声中有时也完全不带那种震颤的音调，但这时的叫声听起来并不怎么流畅，总是断断续续的。有一次，我悄悄靠近了一只正在鸣叫的猫头鹰，它丝毫没有察觉我的存在，我清晰

雪 鸮

　　雪鸮（Snowy Owl），学名Bubo scandiaca，鸮形目鸱鸮科。其体型较大，体长约60厘米；体色为白色或褐白相间，翅宽，头圆形，不具耳羽束；繁殖期产卵3~16枚；以有害的啮齿动物、鸟类及鱼类为食；多分布于北极冻土带以及北极圈内未被冰雪全部覆盖的岛屿上，越冬时可见于中国东北及西北地区。

地听到了它那持续不断的、舒缓而动人的叫声。它这时的叫声中也很少有停歇。树林中如果没有它们的叫声，也会少了一分生气。如果猫头鹰在本该鸣叫的时候选择了静默不语，我就会变得烦躁不安起来，生怕它们永远离我而去，耳边再也不会响起它们的叫声。我猜测，发出叫声的猫头鹰可能是那些精力充沛的雄鸟，而且不远处常会有另一只鸟儿对其叫声作出回应。它们的叫声和其他一些鸟儿的一样，听起来都像是对自己的领地的一种宣告和声明。叫声中的那种"克－威克"的音调，听起来很像是种呼喊声。尤其是当它们的幼鸟在其身边不停地乱飞时，它们就会连续不断地发出这种声音，如果这种声音恰好是在房屋旁不停响起的话，人们难免会感到厌烦。

　　据我所知，在猫头鹰这类鸟儿中，只有棕色猫头鹰可以发出叫声。倘若真是这样的话，那么这种鸟儿绝对是上帝赐给我们的珍贵礼物。它在我们周围是如此常见而平凡，简直就是我们生活的一份子。有些小鸟经常会将猫头鹰包围起来，这种现象让我感到极为困惑。在小鸟眼中，猫头鹰是一种令其厌恶和憎恨的鸟儿，这是很容易理解的。因此，在人们看来，在猫头鹰回归之前，这些鸟儿最明智的选择就是静悄悄地待在一个安全的地方。因为人们有充分的理由认为猫头鹰的叫声对这些小鸟来说是一种不祥的预兆，意味着它们从此以后将会随时遭受利爪的袭击，虽然其叫声在人们听来有别的意味。既然如此，如果它们真是在"包围"猫头鹰的话，那么这一行为是不是偶然发生的呢？我想人们可能都会产生这种疑问。在一片树林中，从一棵巨大的冷杉树上传来的许多不同种类的鸟儿的叫声引起了我们的注意。如果靠近这棵树细细观察，就会看到，当猫头鹰对这嘈杂的叫声再也忍受不了时，它便会在一群小鸟的追赶下从树上飞了出来，这些小鸟边追边奋力鸣叫着，好像要彻底发泄出它们对猫头鹰的厌恶和憎恨似的。这种棕色猫头鹰和这些小鸟在树林中是很常见的，我们几乎每天都会看到它们，但这种"包围"的现象我们却极少见到，一年中恐怕也就几次机会。如果将这少数几次行为看做是小鸟发现猫头鹰后所作出的激烈反应，似乎又十分牵强——它们为何极少察觉到猫头鹰的存在呢？或许是一

些小鸟起初没有意识到猫头鹰的存在，而在无意间发现它离自己很近时受到了惊吓，于是它们就发出一阵阵惊呼，这些惊呼声又引起了其他鸟儿的警惕，它们由此断定这只猫头鹰进行了恐吓活动，因而最终激起了群鸟的愤怒和指责，即所谓的嘈杂声。在树林里的鸟儿们之间可能也存在着一份《林中公约》，用以确保它们可以与猫头鹰在日间和平共处于同一片树林。因此，那些小鸟可能误以为猫头鹰违反了公约，便对它感到非常气愤，于是就联合起来斥责它。

猛 鸮

猛鸮（Hawk Owl），学名Surnia ulula，鸮形目鸱鸮科。其体长约41厘米；有斑点，尾部极长；常栖息在树梢上，在树洞或者乌鸦旧巢产卵，一般为3~7枚；鸣叫声为"唬——唬"声，虽缺少变化，但却十分优美；主要以啮齿动物为食；分布于北欧、北亚及北美洲，在中国新疆、内蒙古等地亦可见。

鹰的出现通常会给小鸟带来一片恐慌，每种鸟儿都会为了自己的安全而远远地避开它，但我们偶尔也会看到这些鸟儿"包围"鹰的情景，不知道它们究竟是在何种力量的驱使下采取这种行动的。不过可以看出，对于鹰的出现，这些鸟儿总是很警觉，不是避之不及，就是对它进行"包围"。而猫头鹰，它们的态度一般就表现得较为淡然了。二者为何会有这两种如此不同的表现呢？我也很难说清楚。

到了12月份时，秋天彻底走远，冬天就真正到来了。此时，我们又可以再次欣赏到下雪时的美丽景色了。雪天的景致是如此美妙，我们无论如何也要全身心地去享受一番。一场大雪会给我们带来很多乐趣。小狗在大雪中奔跑撒欢的兴奋模样，想必很多人都看到过。在第一场大雪过后，我曾见到那温顺的山鹑也表现出同样的兴奋劲儿，它也在雪中跳跃戏耍，留下一串串快乐和满足的印迹。

冬日的清晨，早早起床推门远望，一夜悄无声息的落雪之后，户外早已变成一片银白色的世界，那种感觉就像整个人已置身于一个新的世界一样。此时，我们一定不要错过去树林中踏雪的机会，特别是去那些长满冷杉幼树的树林。它们身上也披着一层薄雪，看上去是那样柔嫩而又洁白，还透着一分安宁与静谧。这片覆盖着皑皑白雪的树林充满了一种神秘的气息，令人难以名状。而就在一两天，甚至几个小时内，你就可以揭开它神秘的面纱，因为那突然而至的狂风很容易就会驱散这神秘的气息。大风吹落了树枝上的片片雪花，一棵棵大树褪去那洁白的衣装，又恢复了原貌。这个时候，要是大风刮得再猛烈些，旷野上就会形成一个个形状各异的雪堆，那波浪状的弧线也十分迷人。而且，那些雪堆有时还会堵塞公路或铁路，此时，想待在家中的人们就可以找到充分的理由不出门了。这就是大雪天里的景况。当我们在乡村居住时，要是能碰上这样一场大雪，那真是天大的幸运。

雪 兔

雪兔（Moutain Hare），学名Lepus timidus，兔形目兔科。这是寒带、亚寒带的代表动物之一，其体长约51厘米，耳朵和尾巴都较短，在中国野兔中尾巴是最短的。为了适应极寒的雪地环境，雪兔的毛色在冬天变白，直到根部，夏天兔毛颜色又变深。主要分布于北极以及附近的冻原地带、阿尔卑斯山的高山地区，以及中国北部。

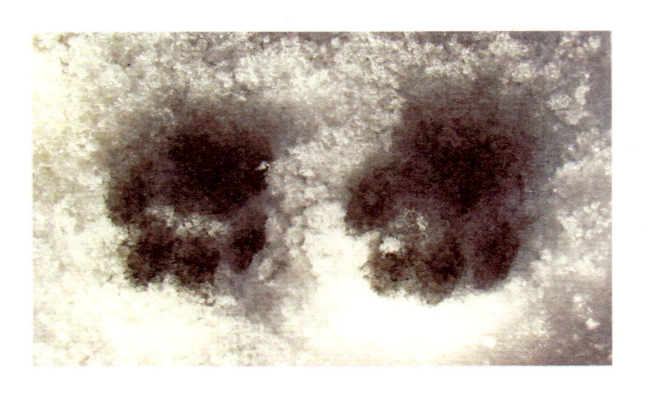

梅花脚印

梅花脚印，多来自于猫科和犬科动物。猫科动物主要包括猫、虎、豹、狮等；犬科动物主要包括狗、狼、豺、狐狸等。与这两类动物相比，鸟类较轻，在雪地上一般留不下很深的脚印，按鸟类足的分类不同主要有凹蹼足、半蹼足、全蹼足、瓣蹼足四种。

下雪天，我们除了能目睹那神秘的美景之外，其他一些事儿也会带给我们很多乐趣。雪后的花园中总会出现一些动物留下的痕迹。我们驻足凝视着它，就像鲁宾孙发现了沙滩上那一个大脚印似的。我确信，这痕迹就是那可恶的野兔留下来的。尽管这个大花园早就被完全封闭起来，却似乎无法阻止野兔的进入。通常，总会有一只野兔进入花园后就不愿离去，我们有时就安慰自己，这可能是最后一只留下来的吧，然而随后不久，这里又会出现更多的野兔，我们只能无奈地耸耸肩。守园人往往非常确信自己的花园不会受到野兔的侵扰，可第一场大雪来临后，你又会发现他们是多么紧张不安，埋头在雪地里一遍又一遍地查看着。

我们也可以在树林外面发现很多非常有趣的东西。相比其他时间，大雪天时我们更容易判断出有哪些动物穿越过树林，尽管我们并未亲眼目睹。雪地里留下的那些大而极无规律的足迹告诉我们，有一只小狗曾在这玩耍过；而那些很有规律的、狐狸留下的痕迹，则会让我们眼前浮现出它在雪地里轻松而快乐地漫步的情景；雪地里也时常会有那些偷偷潜行的猫儿所留下的朵朵爪痕。而留下痕迹最多的就是那些兔子了，这常常会让人们极为牵挂那些稚嫩的小树苗的安危。这种寒冷的天气如果一直持续下去的话，那么它们很可能就会……不过，有时少量的兔子也会弄出一大片痕迹，让人误以为数量众多。野兔所留下的足迹和家兔的在形状上几乎完相同，但野兔的要稍微大一些，而且看上去显得有些粗糙。松鼠们留下的足迹精致而整洁，因为它们每走一步就会踩出两对足印，后排的两只足印紧紧地挨在一起，前排的足印略微分开些距离，并且彼此平行。雪地中有时还会出现老鼠——可能还有短尾鼬和黄鼠狼的足迹。在雪地上活动的鸟儿中，除了那些跳来跳去的小鸟们会留下一些痕迹以外，人们有时也会发现斑尾林鸽或丘鹬欢快地飞跑时所留下的足印。丘鹬的足印十分细密和清晰，好像是它故意将一只脚踏进另一只脚刚刚留下的足印里面去似的。小溪附近也会出现一些足迹，看上去像是一种个头比较大的鸟儿留下的，极有可能是泽鸡的杰作。因此，生活在乡村中的人们就可以到树林和田地里去追踪这些足迹，并像研究古代器皿上留有的象形文字的考古学家那样去细细鉴赏一番。霜冻和大雪天要是持续不停的话，人们经常就会听到水井旁或没有被雪覆盖的地方传来阵阵黑鹂的叫声，饥肠辘辘的它们仿佛是在发出求援的信号。我常会将花园门口的一块空地打扫干净，撒上一些食物残渣供鸟儿们填饱肚子。很多鸟儿都会循迹而来，其中黑鹂最为常见，它们急切地啄食着食物，还不时发出阵阵争吵声。这些鸟儿早已受够了饥饿的折磨，一旦发现救命的食物，才不会想到彼此迁让照应呢。大自然也将严酷的冬天当做一种施行自己法则的手段，来挑选出那些更强壮、更适应环境的鸟儿。

田 鹀

田鹀越冬时位于南欧、北非、中东、印度北部及中国西部。尽管是冰天雪地，却并不影响田鹀喜闹、活跃的性子。图中展示的正是一只展翅欲飞的田鹀。

紫翅椋鸟

紫翅椋鸟（Common Starling），学名Sturnus vulgaris，雀形目椋鸟科。其体长约20厘米；头部呈铜绿色，背至尾的覆羽呈紫铜色，腹部为铜黑色，翅为黑褐色；主要生活在荒漠绿洲的树丛中，村落附近的果园、耕地或开阔多树的村庄内；主要以蝗虫、草地螟等农田害虫和尺蠖、红松叶蜂等森林害虫为食；主要分布于欧亚大陆及非洲北部、印度次大陆及中国西南地区。

椋鸟有着一种与其他众多鸟儿极为不同的特点，那就是在食物面前的慷慨大方，那些喜欢给鸟儿喂食的人们对它表现出来的这种风度都感到相当困惑。椋鸟总是成群飞来，围在一起取食，不像黑鸫那样因为吵闹争夺而浪费很多宝贵的时间。群体觅食是椋鸟的一种生活习性。它们一旦成群停落在有食物的地方，任何其他鸟儿都不可能再进入它们中间取食。它们全神贯注于啄食食物，短短几分钟内食物就会被其一扫而空。这时，如果再有秃鼻乌鸦飞来，情形就会棘手起来。它只是一种我们并未打算喂食的野鸟儿，而不是一种生活在花园中的鸟儿。虽然我们很想帮助它，但是也绝不想看到这些外来的"不速之客"将食物取食干净，而没有给自己花园里的鸟儿留下一点残渣。但是，要想解决这一并非尖锐却令人为难的问题，实在是找不出什么好办法。我们只能发挥各自的聪明才智，继续思考下去了。

英国一些海拔较低的地方有时也会迎来让人意料不到的特大风雪。正是因为这种天气比较罕见，所以那时出现的一些情景就显得尤为特别，会给我们留下非常深刻的印象。我们很容易忘却那些没有什么特别之处的、较为温和的冬天，却会格外清晰地记得某些异常寒冷的冬天。因此当我们追忆往昔时，那些特别的冬天就会首先浮现在眼前，仿佛它们已成为了冬天的标准一样，我们从而就会产生冬天里的天气已经完全改变的感觉。"我记得在我们小时候，雪下得格外大，每次都会将道路封起来。我们只有在厚厚的雪地里清扫出一条道路，才能开车外出，而那时车子就像穿行在一道道'雪墙'之间一样。"一回忆起早年的冬天，这类事情就会挂在我们嘴边。的确如此，我小时候家乡也出现过这番情景，不过细想一下好像30年里也就那么两次。这种情形在早些年曾出现过一次，但我们从中是没法总结出任何具有规律性的结论的。那一次，从1895年的1月份到3月份，霜雪冰冻天气几乎就没有中断过，这可能算得上近百年里最为严重的一次霜雪了。在近一个世纪里，英国这样的霜雪天气总是会出现那么一两次的。每当人们向年轻人说明如今的冬天变得越来越温和时，就会以那些年的情形为例。在我早年的岁月里，或最近一个时期里，冬天的天气难道真的发生变化了吗？我还是有所怀疑。当有人说现在的冬天已远没有从前那样寒冷时，我就会对他们说："可能并不是这样，它们或许根本就没有寒冷的时候。"

"如今的冬天比从前更冷了"的说法也有。我同样非常怀疑这一说法的真实性。由于3月份被划入春季当中，人们就希望那时的天气已经暖和起来了。但是从统计数据来看，人们的这种想法或愿望是不现实的。正常情况下，在3月份初期，天气反而比12月初还要寒冷。到12月15日那天，此间的日平均气温是4.89℃，而到了30日时，这一温度也只上升到4.9℃。据说，这一结果是通过分析近60年来的观察测量数据而获得的。如果那些在3月份里感到寒冷，在12月份感到温和的人们看到这组数据的话，也许就会认为这再正常不过了。

比起冬天里的严寒，春天气候的突然变冷会给鸟儿带来更大的伤害。在1917年时，暴风雪天气从1月份一直持续到了4月份，这对鸟儿造成了相当大的伤害，在我的记忆中，没有哪次恶劣天气带来过如此严重的后果。后来专家们对一些地区进行了勘查统计，那一年大约有70%的鸫死亡，而且长尾山雀在此后数年间也变得非常稀少了。不过，我们这里的冬天通常还是比较温和的。飞来这里过冬或留守在我们身边的鸟儿，都不会受到太大的伤害，从而安全地度过寒冬时节。

Part 8 鸟儿的家庭生活

英国境内的鸟儿多实行一夫一妻制，这是一个普遍规则，鲜有例外，我能想到的，也就只有四种不遵循这一规则的鸟儿。那就是杜鹃、流苏鹬、黑鸟和松鸡。在这四种鸟儿中，据说杜鹃和流苏鹬实行的是一妻多夫制，而另两种则是一夫多妻制。如今，虽然流苏鹬早已飞去别的国度生育繁殖了，而松鸡据说很久之前在我们这里就绝迹了。（现在我们常见的也是从别处引进过来的）然而人们却始终一致认为这四种鸟儿是英国本土的鸟类。而雉尽管不是这里的本土鸟儿，却是我们家禽的真正始祖。不过在本章中我并不打算对这种鸟儿多做介绍，因为它们的生活习性实在是太低劣了，而且这种习性又并非源于英国，我们国家无需对此负责。

通常人们都认为一些大型鸟儿是成双结对生活在一起的，尤其是野生鹅和天鹅。要想通过野外观察来证实这一观点，实在很不容易，特别是对那些迁徙的鸟儿来说就愈加困难了。尽管我无法通过观察得出什么结论，但我还是颇为接受这一看法的。也许，我们能从那些无声天鹅身上窥见这一观点的有力证据。这种鸟儿并不是在英国土生土长的，而是好几个世纪以前，人们从国外引进后开始在此繁殖的。所幸我们这里完美的自然环境也使它们很快繁育出成双成对的天鹅，后来，它们就逐渐遍布整个国家了。它们的身影有时也会出现在苏格兰

小天鹅

小天鹅（Tundra Swan），学名Cygnus columbianus，雁形目鸭科。其体型庞大，体长约120厘米；体羽洁白，头部稍带棕黄色，嘴为黑色；鸣声清脆；生活在多芦苇的湖泊、水库和池塘中，常以水生植物的茎和种子等为食，也食水生昆虫、螺类、蠕虫和小鱼；分布于欧洲、亚洲及北美洲，在中国多分布于长江流域及东南沿海地区。

的高山野地里，或是一些岛屿上，而且即使在那种艰苦的环境里，它们温顺的性情也丝毫没有改变。我就曾在野外看到过它们的踪迹。它们在这些地方长久地居住下来，所表现出的那份温顺与其在花园或公园的湖面上所表现出来的没有什么不同，因此我们要想对其就近观察的话，根本不愁找不到好机会。

天鹅这种温顺的鸟儿的生活习性，也只能为我们提供一种借以进行推测的证据，而对那些生活于野外的鸟儿的生活习性而言，它无法给出直接而有效的证明。鉴于此，我不得不介绍一下一对切罗赤颈鸭的情况。在佛劳顿的池塘里有很多无法飞走的鸟儿，于是这对切罗赤颈鸭也加入其中，与那些鸟儿一起分享着人们撒落的食物，快乐地在此生活着。在友好的邻居们的关照下，它们成功避开了人们的猎杀。迄今为止，它们已经在这里生活了足足15个年头了。然而，它们也从来不囿于这片狭小的空间，有时也会离开一段时间，甚至长达几个星期之久。不过，在每年的同一个时节，我都会在家中的池塘里看到它们的身影，而且我发现，它们在此期间几乎从未分开过。通常情况下，它们都是一直紧靠在一起，彼此之间相隔两米远的情况都极其少见。毫无疑问，一整年它们都是生活在一起的。作为一种引自国外的鸟类，它们虽然只在非常有限的范围内选择交配对象，但是我几乎每年都会喂养一些这种类型的鸟儿，而且最终还会有一些留下来的。因此，如果说这里没有交配对象可供它们选择的话，显然就太绝对

绿眉鸭

　　绿眉鸭（American Wigeon），学名Anas americana，雁形目鸭科。其体型中等，身长约52厘米；头部为灰色，胁部为棕色，色彩模式极为引人注意；雄性头顶为白色，具深绿色的眼纹带，鸣声较奇特，为柔美的哨声；主要栖息于淡水沼泽中，食物以淡水植物为主，也吃昆虫、小鱼等；分布于美洲地区。

了。在野外成对生活的可能性较大的鸟儿至少有这几种：天鹅、鹅、翘鼻麻鸭，以及那些雄鸟和雌鸟的羽毛色彩一整年里都一样的某些水禽类等。在这些种类的鸟儿中，几乎没有哪只雄鸟会扔下正在哺育幼鸟的雌鸟独自离去。倘若真是这样的话，对于它们的交配为什么不会长久保持下去，还确实找不出什么有说服力的理由。山鹑和长尾山雀之类的鸟儿，看起来是永久地在一起交配的。它们的家庭生活都会持续相当长的一段时间。然而，绝大多数身形较小的鸟儿，似乎在夏季的换羽期就彼此分开了，而且每对鸟儿看上去像是彻底地决裂一样，其中最为典型的就是苍头燕雀。根据我的观察，在春季时，当雌性鸣禽还未到来时，雄性鸣禽就早已提前到达了。这样看来，那些去年在一起筑巢的鸟儿之间，并非没有彼此分离的时刻。然而，不论是雄鸟还是雌鸟，身上似乎都有一种本能驱使它们重返先前的筑巢地区。正因如此，我们才会在同一个地方看到同一对鸟儿年复一年地交配生活在一起。我们由此也会生出许多美妙的幻想。想象一下，当一只雌性的黑顶林莺在饱受了数月的分离之苦后，又从非洲长途跋涉回到英格兰那片熟悉的领地，并在那块旧有的筑巢区听到等待它的同样熟悉的声声交配"鸣唱曲"。当然，就我曾经的观察而言，这种情景也只是我美好的幻想而已。

这些鸟儿为了生存而交配并且长年厮守在一起，显然，它们彼此都会从对方身上获得无限的满足。与那些为了繁殖后代而只在筑巢期生活在一起的鸟儿相比，它们是多么快乐幸福啊。这一生活习性完全是这些动物与生俱来的，或许这正是大自然为了保留和繁衍这一物种所做的精心安排。这种幸福与快乐是所有鸟儿都能体验到的，只不过有一部分鸟儿可能不愿轻易表露出来，但是这在其他一些鸟儿身上却表现得极为明显。如果人们将那些终年厮守在一起的鸟儿人为地分开一段时间的话，它们就都会陷入抑郁的泥潭。那些观察过在一起生活的鸟儿的人，肯定会注意到这一情况：即使到了秋冬时节，这些厮守在一起的鸟儿也同样会从对方身上感受到不尽的幸福。如果你观察过水禽的生活，就会清楚，若是将一对交配中的水禽强行分开，并为其提供一只新的交配对象的话，它们是绝对不会接

帆背潜鸭

帆背潜鸭（Canvasback），学名Aythya valisineria，雁形目鸭科。其体长约60厘米；体圆，头大，极少鸣叫；雄性头部为棕色，胸部为黑色，背部似白色，雌性则略显褐色；生活于湖泊、沼泽中，冬季也可见于海滨；杂食性，主要以水生植物及鱼、虾和软体动物为食；多分布在北美地区和中美洲。

纳的。在这一点上，赤嘴潜鸭就是一个较为典型的例子，详细情况在《佛劳顿文集》中就有所记载。当然，这方面的例子还有很多，但是要一一引述的话就显得太过冗长了，而且其中还涉及大量的细节问题。

总而言之，除了在筑巢时期异性间互相产生的那股配对的冲动之外，鸟儿们身上还具有很多远超于此的东西。每种鸟儿的异性个体之间都存在着一种独特的吸引力。毋庸置疑，一种由性吸引所带来的冲动，直接导致了个体间的互相选择，但是它们的结合有时候也会完全跨越这份冲动。

对大多数鸟儿来说，也可能是所有种类的鸟儿，雄鸟在求偶时往往会表现出某些"炫耀"的特点。如果没有可值得炫耀的、变化多端的羽衣，那么它们就会极力展示自己特有的运动方式和姿态。埃利奥特·霍

绿孔雀

绿孔雀，学名Pavo muticus，鸡形目雉科。其体长约1～2米，体重约6千克；雄鸟羽毛华美，冠羽长达10厘米，宽缘为翠绿色，中央为蓝色；头部和颈部为苍绿色，微闪紫光；背羽如镶着黑边的翠玉，中间有一半椭圆形的青铜色斑；胸部羽毛为绿色，腹部颜色较暗；尾屏华美，尾羽是身长的两倍；主要分布在泰国、越南及缅甸、印度东北部至中国云南南部及中部地区。

华德在其编写的《英国鸣禽》一书中，就介绍了很多鸟儿炫耀习性方面的有趣现象。不过，求偶时期的大多数雄鸟都会拥有一身比较独特的羽毛。这种极其明显的特征有时看上去就像是为了达到炫耀的目的而存在的一样。在一些国外的鸟类物种身上，这种情况表现得更为显著。在英国，最为典型的例子就是孔雀。关于英国水禽求偶时的姿态方面的内容，我们完全可以从J.G.米莱描写英国鸭子潜水和漂浮取食的章节中了解到。对于一些书中未提及的其他例子，我在这里不准备花费过多的笔墨了，而是打算谈谈我自己在观察鸟儿生活的过程中产生的一些看法。

我们可以假定，雄鸟"炫耀"的目的就是为了打动那些雌鸟的芳心，而且这种假定显然是可以成立的。人们有时也许会看到这样的情景：一群雌性野鸭，或单独一只，激起几只雄性野鸭同时向它们炫耀自己的长处，而且这种情况通常会持续较长一段时间。雄野鸭虽然竞相鸣叫和炫耀着，但是它们绝不会因此挑起战争。在炫耀的过程中，它们一旦有所懈怠，雌野鸭就会通过声音和姿势再次刺激它们。很明显，雄野鸭的表演给雌野鸭带来了极大的享受。在与之类似的表演中，最为惊世骇俗的就是雄孔雀开屏，那种景象很容易打动观看者。而作为这种活动的另一位主角——雌孔雀却表现得相当镇定，甚至有些无动于衷。但是，也有恰恰相反的情况发生，特别是在那些一夫一妻制的鸟儿身上，雌鸟成了表演者，而雄鸟则是观赏者。我曾看到过这样一幕情景：一只暗灰色的雌性林鸭停立在一块高出水面一米左右的圆石上，而一只雄性的林鸭漂浮在水面上含情脉脉地凝视着它。雄林鸭的喙一张一合，似乎已彻底倾倒在这只美丽的雌鸭脚下，而雌鸭好像也已欣然接受了它。然而，我却从未见过雄鸭停立于石头上，而雌鸭在水中凝神欣赏的情景。随着求偶期的一天天临近，这种或其他种类鸟儿的雌性个体（仅限于我所观察到的种类）开始在生活中占据统治地位，一天之中的活动进程都完全由它来作出决定，而雄鸟则非常明智地追随在它的左右，丝毫不干扰它的决定。早春时节，它们为了找到合适的筑巢位置，会四处徘徊较长一段时间。雌鸟儿很可能把持着决定筑巢位置的特权，而雄性鸟儿则在这一过程中表现得兢兢业业，殷勤地配合着它，并最终完成这项工作。如果全面分析一下雄性鸟儿的各种表现的话，我们就不能把它们那鲜亮的羽衣和各种炫耀行为，完全看做是出于某种功利目的。某些种类鸟儿的雄性个体虽然具有艳丽的羽毛，但是与那些雄性和雌性个体都很暗淡的鸟类相比，它们也并没有显示出更为繁盛的迹象。每一个种类的鸟儿都拥有属于它们自己的独特炫耀方法，有含蓄的、古怪的，也有荒谬的，甚至令人震惊的。尽管如此，我们也不能轻易地断定，这种种不同的炫耀方式都带有功利主义的色彩。雄性雉在每次啼叫后就会剧烈地拍动起翅膀，而走出鸡舍的公鸡在开始鸣叫前才会做出这种举动。这种习性上的细微差别对其物种的繁衍和壮大是否会产生直接性的影

环颈潜鸭

环颈潜鸭（Ring-necked Duck），学名Aythya collaris，雁形目鸭科。其体长约42厘米；雄性背部为深色，有金属光泽，胁部和翼部前方为白色，雌性为纯褐色；多在淡水湖泊、池塘、沼泽地带活动；每次产卵6～12枚，碗形巢穴建于陆地近水处，以水生植被作铺垫；主要以甲壳动物、昆虫、淡水植物等为食；分布在北美地区和中美洲。

响呢？对此，我们不能妄下定论。当然，在某些鸟类队伍的壮大中，其习性的细微差别也许起到了极为关键的作用。不过总体来看，我认为，它们求偶的习性和羽毛上的明显差异并不带有多少目的性，而那些认为其带有功利色彩的论断很容易误导人们，并会将事实的真相掩盖起来。我宁愿相信，这是自然界生灵展现其神奇魅力的一种方式，而且这不正体现出了美丽自然界的变幻无穷吗？

关于鸟儿的筑巢和产卵情况，后文中我再予以介绍，现在我们还是先了解一下幼鸟离开巢穴后鸟儿们的家庭生活情况吧。

秃鼻乌鸦的生活具有一种"社会化"特点。对于它们的群体生活情况，我一直没有很好的机会去深入了解，因此我一时也提供不出任何有价值的信息。不过，肯定有很多人观察并研究过秃鼻乌鸦的生活习性，他们从各自视角中所获得的信息或得出的观点足以写成一本相关图书了。秃鼻乌鸦实行一夫一妻制，在它们筑巢时期我们就能轻易看出这一点。在幼鸟学会飞行以后，它们的家庭生活就会从"社会"的大群体中脱离出来，究竟是什么原因导致了这种变化呢？此外，它们是否是为了更好地生活才进行交合配对的呢？这些问题还都无法解释清楚。但是它们"社会化"的生活习俗似乎是永恒不变的。

鸟儿们的家庭组成情况是存在一定差异的。我们先来看看山鹑和长尾山雀吧。在这些鸟儿的家庭生

秃鼻乌鸦

秃鼻乌鸦，学名Corvus frugilegus，雀形目鸦科。其体长约45厘米；体呈黑色，嘴基部为浅灰白色；比小嘴乌鸦的头顶更拱圆，嘴呈圆锥形且尖；常生活在平原、丘陵、低山地的耕作区；喜欢结群活动，常在草地或耕地挖掘蠕虫和蛴螬，也会破坏果类作物；巢多筑于高大的树上；主要分布于欧洲大部、非洲北部、西亚、中东、阿富汗、缅甸东北部和印度北部、尼泊尔等地，以及朝鲜、日本、中国东部和南部。

戴 菊

戴菊（Kinglet），学名Regulus regulus，雀形目戴菊科。其体长约9厘米；体色偏绿，色彩明快，翼上有黑白色斑纹，顶冠为金黄或橙红色，侧冠为黑色；叫声微弱，似老鼠的吱吱声；主要生活在松柏林里，常在树枝上不断跳跃捕捉食物；食物以昆虫为主，也吃自己的卵；巢穴筑于树枝底部，用苔藓和蜘蛛网做成，呈杯状；除育雏外，很难见到集群活动，多是成对在一起；分布于欧洲至西伯利亚及日本，包括中亚、喜马拉雅山脉及中国。

活中，幼鸟会和亲鸟一起待到来年的春天。它们"分家"的好时机可能会在那时出现。但如果未发生什么不测的话，这个家庭还会维持在一起。一窝窝的山鹑只有在遭受枪击时，才会四散逃离，而此时那些原本不在一起生活的鸟儿，可能就会顺势组建起一个新家庭。但是我认为，其实每一个家庭都是想竭力维持在一起的。有时，一两个长尾山雀的家庭可能会合并到一起，因为冬天的时候，最多会出现20～30只左右的这种鸟儿集结在一起的现象，不过一般情况下，集结的数量在12只左右。这时，它们俨然是一个"大家庭"。据说，这种鸟儿是彼此挨着，排成一列栖息于树枝上的。白天时，它们会在树林里不停地来回穿梭，飞上飞下。此时，尽管每只鸟儿都是独自飞翔的，却全都发出一种相同的呼叫的声调。事实上，它们均能发出两种迥然不同的声调，而养成同声调这一习性的目的显然就是避免脱离其他家庭成员。

与其他类似鸟儿的家庭生活相比，戴菊鸟的家庭生活表现得更为独特。在秋天的时候，6只左右的戴菊鸟聚集在一起的情景常会呈现在人们眼前。我猜测，这些鸟儿很可能都是同一个家庭中的成员，并且这种家庭彼此间还可以再组合成一个更大的家庭。从前，人们总是会用"一群群迷人的戴菊鸟"来称呼这些小家庭。

我们经常见到的一些鸟儿，一般情况下很少和其他鸟儿待在一起进行家庭生活。幼鸟学会自己捕食后，不是自动飞走，就是被亲鸟驱逐。在这种鸟类中，鸫就是最为典型的代表：作为幼鸟的父母，亲鸟完成喂养的任务后，对后代子女的态度随即就会转为敌视。其他种类的鸟儿在态度上虽然也有所变化，但也只是变得较为漠然，而不会如此极端。然而，不论变化如何，产生的都是相同的结果——家庭最终解体。

对于泽鸡所具有的生活习性，我觉得有必要提一下。虽然大家对此可能早有了解，但是除了泽鸡，我还没有发现其他鸟儿也具有这种习性的，因此，还是应该向大家详细介绍一下。

有一对泽鸡每年都会飞来我们花园的池塘里筑巢。某年的5月份中旬左右，这对泽鸡孵出了一窝幼雏。它们常常会叼来一些面包渣放在这些幼雏面前，让其自己啄食，这时它们并没有表现出什么异常。7月中旬的时候，它们又孵育出了第二窝幼雏，而此时，5月份孵出的幼鸟还依然和它们待在一起，而且还会帮着成鸟喂养这些新出生的幼雏。5月份出生的幼雏中，最后存活下来的只有3只，现在它们都已羽翼丰满，而且相当自立了。虽然如此，要将它们和其父母区别开来，还是非常容易的。亲代的父母叼来一些面包渣，将其放到5月出生的幼鸟嘴里，然后再由它们将食物喂给7月出生的幼雏。这个过程会不断重复着。在那些日子里，这几乎成了我们每天见到的最有趣的事情。但是，这个程序有时也会发生轻微的变化。当父母将1块面包渣叼给一只5月出生的幼鸟后，那只幼鸟又将它叼给了另一只5月出生的幼鸟，然后这只鸟再将其送入7月出生的幼雏的嘴中。

泽 鸡

泽鸡（Gallinula chloropus），鹤形目秧鸡科。其体长约35厘米；体呈黑色，头顶有一紫红色鸡冠，趾细长，体型较扁；生活于沼泽区，常用灯芯草在水边或水上筑巢；生性较躁，具好奇特性；主要分布于欧洲及非洲。

这时候，食物要经过2次或3次的传递才会最终送到7月出生的幼雏的嘴里。有一次，亲鸟将叼来的食物直接喂到了7月出生的幼雏的嘴中，一只5月出生的幼鸟发现后立即冲了过来，将食物从幼雏嘴中夺走，并占据了它的位置。这样看来，如果父母直接将食物喂给新生幼雏好像是违反规定的。后来我把这件趣事讲给一位朋友听，他听后对此评价为"纯粹的官僚作风"。这些故事都发生在我家的花园中，因此我几乎了解其中的每一个细节。直到第二年，那些最早出生的幼鸟还会乐此不疲地衔起父母叼来的食物，将其喂到后来出生的幼鸟嘴中。这些喂养过程都是在水上完成的，而且泽鸡也是主动飞来花园池塘里的，它们生活在完全自由的环境中。

一些没有交配产子或痛失子女的成年鸟儿，据说有时也会去喂养别的成鸟的幼鸟。但是根据我的观察，像泽鸡这样在幼年时就开始承担家庭责任的现象实属罕见。

约翰·斯图亚特·米尔很早就承担起了教养自己的弟弟和妹妹的重

任,但是他曾经亲口对我们说,其实他并不是出于自愿去做这件事的。然而,泽鸡幼鸟的行为却完全是自愿的,并且它们看上去还乐在其中。

泽鸡的生育繁殖期相当长。1927年8月22日到29日这一周里,那对泽鸡又在这个池塘里孵出了一窝幼雏。但是,当其生育繁殖期结束后,它们对待幼鸟的态度就会变得和其他种类的鸟儿一样,特别冷漠。

泽鸡还有一个奇异之处,就是它们常会跑进花园活动。在花园里,尽管它们经常与人类照面,但其在人类面前的自信心却从未建立起来。当它们在草坪上觅食时,只要守园人一出现,它们就会发出阵阵尖叫声,并立刻逃到安全之处躲藏起来,就像遭受到了致命的威胁一般。如果换作其他比较"害羞"的鸟儿,它们要么在人前变得更加自信,要么就会飞向别的地方。即使池塘水面突然被扰动,泽鸡也会马上潜入水下,并躲在菅茅或

枞树镰翅鸡

枞树镰翅鸡(Spruce Grouse),学名Dendragapus canadensis,鸡形目雉科。其体长约38厘米;雄性体色为石板色,雌性则略呈棕色;其性格温顺,有"蠢母鸡"之称;生活在针叶林及靠沼泽的区域,繁殖期常用草和树叶在地面筑巢,每次产卵8~15枚;以松针、浆果、嫩芽为食;分布于北美地区。

山翎鹑

山翎鹑（Mountain Quail），学名Oreortyx pictus，鸡形目齿鹑科。其体长约25厘米；喉部呈栗色，羽冠直而长；生活在山区，繁殖期在地面浅坑中产卵，每次产卵5～15枚；分布于北美洲及中美洲。（图中左边两只为山翎鹑，右边一只为冠齿鹑。）

有其他覆盖物的地方，它们将整个身子都沉在水下，只将喙尖露出水面用以呼吸。泽鸡好像还非常不喜欢在硬地上降落，有时它们即使飞越一道狭窄的水溪，也要先落在水中，然后再走上地面。在进行短距离的飞行时，它们的双脚常常直接悬在空中。如果它们一旦决定将其收起来，就会奋力飞上一阵，并且不到一定高度决不停歇。泽鸡并不是只生活在水中和陆地上，在那些密密匝匝的灌木丛中，人们偶尔也会看见它们的身影，比如月桂树的树丛。

至于山鹑的成年鸟儿照料幼鸟的情景，我也见过很多次，下面我给大家讲讲其中的一次经历：

有一次，我骑着自行车经过通往汉普郡乡村的一条公路时，发现一对成年山鹑正和它们的幼鸟在路面上玩耍。当我靠近它们时，它们跑到了蔓延生长的浓密的荆棘丛后面。于是我停下车，绕过灌木丛，想找一处可以近距离观察它们的位置。走了将近一圈后终于找到了。对于我的靠近，它们并未做出什么反应，也许尚保持在它们潜意识的"安全距离"中吧。可当我悄悄地靠得更近，并突然出现在它们面前，这窝山鹑一阵惊慌，接着就迅疾地飞进了另一处密密匝匝的荆棘丛中，丢下了两只尚不会飞行的幼雏。它们是那么稚嫩，身上还没长出一根羽毛，要想飞起来简直是不可能的事。这两只幼雏可怜地蹲卧在它们巢内的干草上，我站在那儿，它们几乎就在我的脚边。为了看看接下来会发生什么，我就一直站在那没有挪动。我听到山鹑躲藏的那处荆棘丛中传出了细微的响动，还有它们发出的一些微弱的声音，就像是那对父母在悄悄地商议着什么，而留在外面的两只小鸟却依然老老实实地待在那里。过了一会儿，伴随着一阵巨大的躁动，其中一只成鸟从荆棘丛中飞出来，停落在我前面三四米远的地方，并且还装出一副非常慌乱想逃走却又无法飞起来的样子，其实是在用其惯用的伎俩引诱我去捕捉它。在此之前，我的目光一直停留在脚边那两只幼雏身上，几乎就没离开过，但是这只成鸟如此突然地飞出荆棘丛，不免让我将目光转移到了它身上。然而，就在我注意力转移的那一瞬间，脚边的两只幼雏却不见了，它们居然在我的眼皮底下逃走了。除了那只成鸟执拗地引诱我离开的声音外，荆棘丛中只剩下一片静寂，那窝山鹑彻底逃出了我的视线，我也再没听到它们的一丝声音。后来，我不得不悻悻地离去，而它们的伎俩也获得了最终的成功。

  我们可以按自己的意愿对这一过程作出一番解释。一种解释是：成鸟发现遗落了两只幼雏，并意识到它们暴露在外面极其危险，于是它们就在荆棘丛中用轻微的声音向其他幼鸟发出不要乱动的指示。同时，其中一只成鸟负责引开我的注意力。在我脚边的幼雏，此时也收到了一条来自荆棘丛中的指令，就是飞快地跑到里面躲起来。它们成功回到其他鸟儿身边后，荆棘丛中就很快沉寂下来。这种解释不无道理。如果你观察过巢穴中或地面上的幼鸟，就会发现，它们对父母的指令向来是绝对服从的，只要收不到父母的进一步指示，它们就会在一个地方蹲伏不动。

  另一种解释就显得比较平常了：成鸟并未发现外面留下了两只幼雏，

那两只幼鸟为了保护自己就蹲卧在那里一动不动。而成鸟突然飞出所带来的剧烈躁动使它们受到了惊吓，于是就跑向了隐蔽处。但那只成鸟并不是考虑到外面的两只幼雏才使出这种伎俩，而是为了减缓巢中其他鸟儿由于我的意外出现所产生的恐慌。荆棘丛中的沉寂则是为了使这只成鸟可以将我的全部注意力都吸引过去。然而，不论作何解释，无法改变的事实是，我专门盯着的、近在脚边的两只幼雏就这样从我眼皮底下消失了。

Part 9 鸟儿的卵与巢

　　鸟儿的卵看起来娇贵而脆弱，因而鸟儿总是将它们小心翼翼地保护起来，这当然是很有必要的；同时，鸟的卵也是来自地面的一些敌害和天敌的美食，因此将卵很好地隐藏起来就更为必要了。依照组成蛋壳的物质来看，鸟儿的卵本应是白色的，通常而言，也都是这样的。但也有一些不同的情形，部分鸟儿的卵表现出了绚丽多姿的颜色变化。把蛋壳的颜色变化看做是一种自我保护的隐藏方法，是有逻辑根据的。特别是在联想到部分昆虫身上带有的保护色之后，就进一步加剧了大家对于这种认识的想象。那么，鸟儿的卵的色彩变化，是否同样可以运用保护色的理论来解释呢？通过观察，人们可以发现，有些鸟儿的卵产在洞穴里，即它们的卵不会暴露在外界的视野中，也就意味着没有必要通过颜色的变化来保护自己。比如，啄木鸟的卵是白色的，产在树干或树洞里。同样，我们根本没法发现欧鸽的巢穴。它们要么将卵产在树干的洞里，要么就产在繁茂的春藤里，它们的卵也是白色的。因此，在对这些白色的鸟卵进行了一番比较之后，那因自我保护需要而产生颜色变化的推理也就变得顺理成章起来。要是接受了这种理论，大家很快将会面临另外一些问题。例如，斑尾林鸽的巢穴本身就较易为人发觉，加上其开放式的巢穴长期暴露在外，这些特点自然会让人想到它的卵带有色彩，以求自我保护。然而，斑尾林鸽的卵却是纯白的。我们不得不承认这样一个事实，虽然斑尾林鸽的卵是雪白的，但它并没有因此而遭遇濒临灭绝的命运。这样看来，蛋壳上所谓的保护色对于斑尾林鸽的繁衍也并非很重要。这种情况倒是给所谓的"鸟卵的颜色是保护色"之说提出了一个难以回答的问题，当然了，下文还有一些其他问题。同斑尾林鸽的卵相比较，秃鼻乌鸦的卵似乎不需要色彩的保护，虽然它的巢穴和卵也暴露在外，但是它的群居习性足以为卵提供足够的保护，面对乌鸦、寒鸦或其他食蛋鸟儿等外敌，它有着极强的防御能力。而斑尾林鸽的防御能力则极为薄弱，因为它完全没有防卫意识。难以解释的是为何相对安全的秃鼻乌鸦的卵是绿色的，而大自然却没有给更需要色彩保护的斑尾林鸽的卵披上彩色外衣。据此不难得出这样一个结论："鸟卵的颜色是保护色"的说法从实践上来说并不那么可信。

认真想来，除了上面的问题之外，也还存在一些其他复杂难解的问题，如红尾鸲和林岩鹨的卵都是蓝色的，但它们当中有一种鸟儿的卵产于隐蔽的巢穴——洞穴，另外一种的巢穴却是开放式的，这又该如何解释

莺鹪鹩

莺鹪鹩（House Wren），学名Troglodytes aedon，雀形目鹪鹩科。其体长约12厘米；成鸟头顶及颈部为中褐色，背部和尾部颜色渐深，背部和双翼有暗黑斑纹，尾很长；鸣叫时连续不断，声为颤音；多在人类住所附近生活，繁殖期在树洞、岩洞等处筑巢，巢常以细枝、草叶、苔藓、羽毛等物交织而成，呈深碗状或圆屋顶状，每次产卵6～10枚；常以昆虫、蜘蛛等为食；广泛分布在美洲地区。

呢？相较于红尾鸲的蓝色卵，林岩鹨的卵呈现出的蓝更纯、更鲜艳，后者在开放式的黑色巢穴中是否会更好地保护自己呢？

另外，有些在地面筑巢的鸟儿，它们的卵也会有多样的色彩，这无疑是为了自我保护。对于那些将卵产在圆石堆里的鸟儿，这一点尤为突出。我曾经在石𪃿鹬的巢穴周围见到很多鼹鼠丘，而且那四周还布满了与其有些相似的形状各异的白垩石块。试着这样想象一下，假如这些卵为白色而并非现在的色彩，这样一来，这种鸟蛋就会轻易地暴露在收集者的视线里。我们再来分析一下海鸠的卵，其卵通常产于岩石架上、产卵的地方十分明显而且每次都会产下很多，因此极易被食鸟鸥发现，因而颜色的保护效果也就没法实现。有趣的是，大自然颇为用心地让海鸠的卵披上了精美的颜色和图案。对于海鸠的卵，另一种情形会将它们置于更大的危险之中，即在这些鸟蛋相互碰撞和挤压的过程中，它们随时都可能从毫无屏障的光滑岩石架上滚下来。为了防止这种危险，它们也采取了相应的措施以实现自我保护——海鸠卵大小两端的差异极大，当卵受到碰撞等干扰时，这种造型的卵就只会集中在一点上打转。这种情况下，除非受到了其他方向的推力，海鸠卵才有可能从岩石架上滚下来。通过这件事情，我们发现，在大多数鸟类中，卵上的颜色并不具有保护作用。在最初的时候，有些鸟儿卵上的颜色可能确实发挥了部分保护作用，但随着进化的发展，这种作用逐渐弱化甚至趋于消失。所以，这种保护色或许是为一部分鸟儿的卵所需要的，但对其他鸟类而言，它完全不具备保护作用的价值。

有些种类的鸟儿，如天鹅、鹅和鸭，它们都会产下带有颜色的卵，但卵的颜色一般会有差异。另外，这些卵的表面都是光滑的，也没有出现任何的标记。

山雀的卵大体上是白色的，但上面又带有部分红色的斑点。其同一族系的鸟儿的卵似乎也呈现出了这一趋势。看来它们似乎打算统一这些卵的颜色。鸦的卵上有着十分怪异的线条，让人感觉它们似乎带有某种神秘色彩。而红鸦卵上的痕迹让人更为惊奇，那些看上去就像被人恶意弄上去的墨点，似乎只有在梦魇中才会出现。还有很多其他鸟儿的卵也是如此。通过鸟儿卵上的色彩和标记，我又发现了它们善变的一面。林岩鹨、椋鸟和红尾鸫的卵上的颜色都特别绚丽，但其表面却是光滑无痕的。与之相反，在其他的一些鸟儿的卵上面就有着变化丰富的斑点和斑纹。然而，有那么一两种这类鸟儿的卵往往会因此而遭遇不幸。那些有着丰富色彩变化的卵极易引起鸟蛋收集爱好者的注意，然后将这些卵一窝窝地端走。因为在爱好者的眼里，它们的每一枚卵都是独特的。如树鹨就常为此付出代价，因为据说要想在一窝树鹨的卵中找到同一花色是十分困难的。

据报道，红背伯劳也因于相似的不幸。不过这种鸟儿的卵还有另外一种十分奇特的造型，即卵的两个末端没有任何标记，但在靠近其较大一端处有一环绕鸟蛋的色带，色带上布满了许多绿色斑点。

鸟儿孵卵和照料幼鸟的时间通常与鸟儿个体的大小有关，鸟儿的个体越大，所需时间也就越长。我们四周的这些鸟儿的孵卵期一般会在半个月左右，或者更短一些。另外，幼鸟在刚被孵化出来时通体无羽，这时就需要

斑翅蓝彩鹀

斑翅蓝彩鹀（Blue Grosbeak），学名Guiraca caerulea，雀形目美洲雀科。其体长约18厘米；嘴较粗；雄性身体大部分为蓝色，翼纹稍显棕色，雌性身体为棕色，翼纹显著；鸣声微弱，但很优美；生活在树林边缘、多灌木的区域；巢穴营建于灌木丛及矮树中，每次产卵3~4枚；分布在北美地区和中美洲。

成鸟的照料，这段时间内成鸟也就不会离开巢穴，照料的时间同它们孵卵时间大体一致。

当然，还有一些鸟儿的生育繁殖特点与此截然不同。它们的孵育期将会很长，其幼鸟孵化出来之后就带有一定的绒羽，甚至部分幼鸟已经能够站立和奔跑。在幼水禽被彻底孵育出来之后，它们很快就能与成鸟离开巢穴，并且还能立刻掌握多种生活技能，如游泳、潜水和捕食。在我看来，观察鸭幼雏游水、觅食等活动实为一件趣事。另外，尽管泽鸡的幼雏在孵化出来后也掌握了潜水和游泳的能力，但它们却没能掌握寻找食物的技能。因此，在相当长的一段时间内，这些幼雏的食物都还需要其父母提供。

幼山鹑和幼鸭有着相似之处，它们在孵化出来后，都迅速地掌握了奔跑和捕食的技能。但二者也有较大的不同：幼山鹑在尚幼小时就已经长出了羽毛并且可以进行较短距离的飞行，而幼鸭必须成长为同成鸟一般大小时才具有飞行的能力；在遭遇地面上的敌害侵袭时，幼鸭可以通过潜水的方式实现自我保护，幼山鹑却没有学会这种防御手段。可能正是由于这个原因，大自然在幼山鹑尚年幼时就赋予了它飞行的能力。

那些在地面上筑巢的鸟儿的幼鸟，在刚被孵化出来后通常就可以外出活动了。但这种说法也不是绝对的，那些幼鸟在孵化出来后并不能离开巢穴的鸟儿，它们也有可能在地面上筑巢。绿头鸭是我们生活中较为常见的一种鸟类，它们有时会将巢穴建在地面，但我也曾经在距离地面2米多高的栎树树枝上见到了它们的巢穴。另外，鸳鸯和林鸭这两种鸟儿也乐于在树干的树洞里建筑巢穴。《佛劳顿文集》中对林鸭有这样的描述：一只刚孵化出来的幼林鸭独自从6米高的地方安全飞落。

幼鸭在被孵化出来后，就具备了惊人的精力。有一窝小鸳鸯，早上它们还安然地卧在巢穴中，下午我再去看时，发现有9只幼小的鸳鸯已随着它们的母亲跑到了350米以外的水边，并且没有丝毫疲惫之态。

泽鸡的幼鸟拥有着同样令人惊奇的力量。有一次，一只泽鸡在我的干扰下受惊飞离了巢穴，那时它的卵正处于破壳阶段。从表面上看，我脚边的这些卵还是完整无缺的。突然，我听到泽鸡幼雏响亮的尖叫声。最初，

林鸳鸯

林鸳鸯（Wood Duck），学名Aix sponsa，雁形目鸭科。其体长约45厘米；体色较丰富，具独特羽冠，雄性头部紫色和绿色相间，胸部呈红褐色，带白斑，两胁为青铜色；生活在池塘、河道湿地或人烟罕至的湖边，繁殖期在树上筑巢，每次产卵12枚；喜食坚果；主要分布于北美洲。

我以为那声音可能来自附近的某个泽鸡窝，于是四处张望着寻找这窝泽鸡，但是过了许久都没有发现。然而，通过那持续不断的声音，我最后才惊奇地发现，那声音就来自我脚边的卵中。这时，我看到这些卵的壳开始破裂，一个幼雏的喙已经露了出来。紧接着又有更多的叫声传入我的耳中，于是我产生了这样一种感觉——这些尚未出生的幼雏已经能够自由自在地生活了。

鸟儿的卵固然美丽而丰富，且容易引起人们的好奇心，但是它们的巢穴却更让人叹服。每一种鸟儿在其第一次建筑巢穴的时候，都会依照它们物种的习性而为，在这个进程中，鸟儿完全没有传教或是其他相关实践经验可以借鉴。因此，我估计，人们往往会认为它们的筑巢行为，如筑巢地点的选择或是具体的筑造过程都是出于本能，而非智力因素参与的结果。

鸟儿的本能纵然可以确保鸟儿顺利完成这些行为，然而实际的情况却令人倍感惊奇。有些鸟儿，它们根本就不筑巢，如海鸠，还有些鸟儿选用现成的凹坑作为巢穴，如夜鹰。但是那些自己筑造巢穴的鸟儿通常有着高超的本领，其建筑技术简直可以用叹为观止来形容。我们可以发现鸟儿的巢穴，就如其羽毛一般，不同物种之间存在着较大的差异，这些差异就如同大自然展示给人类的无穷尽之爱。

鸟儿的巢穴是一个可供大家研究的较好课题，只要对其进行深入研究，这个课题完全可以拓展到编写成书。本书所阐述的有关鸟巢的特点都限于本人所了解和感兴趣的内容。

众多鸟儿之中，长尾山雀的巢穴显得别具匠心，尤为精巧，它必然为此付出了大量的劳动和心血。我在其他书中（《佛劳顿文集》中的《享受自然》）已经对这种鸟的巢穴进行了细致的介绍，其中包括对其巢穴的外观的描述、筑巢的方式和行为的介绍，并谈及了我曾观察过的较为特殊的鸟巢，因此这里就不再对这些内容进行重复了。而介绍一下这种鸟的幼鸟飞离巢穴的过程，相信大家一定会有些兴趣。

我十分幸运地成为了一窝幼鸟成长的见证者。我在3月份的第一个星期天发现了它们的巢穴，当

短嘴沼泽鹪鹩

短嘴沼泽鹪鹩（Sedge Wren），学名Cistothorus platensis，雀形目鹪鹩科。其体长约11厘米，属于小型鸟类；眼眶上方有条纹，颜色较暗，背部有不明显白斑，尾下方有棕色羽毛；鸣叫声清晰而洪亮，雄性的歌声为高亢的颤音；生活在潮湿的草甸中，以昆虫和蜘蛛为食；每次产卵5～8枚，其球形巢穴与地面距离较近；广泛分布于美洲地区。

时的巢穴才刚刚开始建设。3月19日的清晨，我又对它们的巢穴进行了观察。这一巢穴搭建在一棵高大的椴树上，树下是一排野蔷薇的树篱。此时巢穴的一对主人已经成为父母，它们正叼着食物飞向巢穴。从树篱的方向看，这两只成鸟是沿着树篱的顶端朝着幼鸟飞去的，边飞边发出一种鸣叫声。我猜想这是它们通知幼鸟进食的信号，因为无论何时，每当亲鸟发出这种声音时，巢里的幼鸟总会争抢着把头伸出巢外，从而引起一阵骚动，甚至还会发生一场打斗。反复的斗争过后，就有一只欲望强烈的鸟儿胜出，得以将头伸出来，但巢内的斗争并没有停止，使得它看起来总有要被挤出来的危险。父母每次送回食物，这一过程都反复发生着。当曾经的胜出者被挤出巢穴后，新一轮的抢夺又开始了，幼鸟都争抢着迎接父母的到来。但很快，这种争斗就进入了尾声。学会了飞行的幼鸟最初会沿着树篱前行，追寻着父母飞翔的轨迹，而且不久之后这一窝幼鸟的飞行本领就会取得更大的进步，可以轻而易举地飞上那棵高大的椴树，从此自由自在地生活了。生活在这种巢穴中的幼鸟，以及那些因在深洞中喂养而较难出去的幼鸟，看起来都会在巢穴中度过相当长的一段时间。而当它们活跃在蓝天时，与那些生活在开放式巢穴的鸟儿相比，却显现出更旺盛的活力。在建设巢穴的地点方面，长尾山雀也具有与众不同的选择标准。大多数的鸟儿会将巢穴建在高处，一般距地面有几米的距离，当抬头仰望时，我们很容易就能看见它们的巢穴。长尾山雀在巢穴选址方面却有着另一种截然不同的偏好。有时，它们会把巢穴建在像荆豆、刺柏或者罗莎玫瑰之类的灌木丛中。建在这里的巢穴与地面的距离往往只有1~1.5米，而且灌木的树枝是巢穴唯一的支撑物。有时，我们也会在栎树或者山毛榉树坚硬的枝杈上看到它们的巢穴。建在这里的巢穴每一侧都有坚硬的树干支撑。从我的观察来看，这类巢穴的位置往往出奇的高，除非有一个很长的梯子，否则够到它是不可能的。而且它们的隐蔽性也很好，因为从远处看，这些巢穴更像是大树上长的一个又大又厚的疙瘩。

　　寻找长尾山雀巢穴的最佳时间在3月份。长尾山雀那又细又尖的叫声短促而连贯，这是一种极富特色的鸣叫，它们经常会不停地发出这种声音，因此很容易就会引起我们的注意。通过望远镜，我们可以看到这种鸟儿的活动情况。如果它的嘴里叼有建筑的材料，那么通过追踪这种鸟儿的行踪就可以发现它的筑巢地点。鸟儿筑巢也算是一件繁重的工作，尤其是在邻近地区筑巢的那些鸟会因此付出更多的心血和更大的耐性。我根据自己的观察统计，从长尾山雀占据巢穴起到它们的幼鸟飞离巢穴，大约需要11周的时间。而对于生活在林地中的大部分鸟类而言，时间几乎会增加一倍。或许一些幸运的人观察到了鸟儿筑巢的全过程，他们会告诉人们鸟儿完成筑巢这一工作花费了多长时间。但是他们忽略了巢内侧的羽毛数量，因此其看法似乎也不足为信了。我的一位朋友曾在他的花园里端下一个鸟巢，竟在其中发现了1669根羽毛。我们在《英国鸟类》一书中也可以看到类似的事例，那里记录在一个鸟巢中数出了1776根羽毛。在汉普郡房屋的附近，我曾目睹了十分有趣的一幕：一只正在筑巢的长尾山雀落在火公鸡的后背上，并且更令我惊奇的是它竟然从火公鸡的身上拔了一根羽毛叼走

黑顶山雀

黑顶山雀（Black-capped Chickadee），学名Parus atricapillus，雀形目山雀科。其体长约13厘米；其显著特征为黑色头顶；鸣声尖细微弱，甜美悦耳，为"chick-a-dee-dee"声；生活在林地，繁殖期常在树洞中产6~9枚卵；以水果、种子、昆虫等为食；广泛分布在美洲地区。

了。长尾山雀的巢穴从外形来看类似一个袋子，不大的入口接近巢穴的顶端，因此我认为它的巢穴内部一定会十分闷热，但我并没有发现生长在里面的幼鸟有窒息死亡迹象。大概长尾山雀在孵育后代时总会考虑保持适当的家庭规模，因此它们每年孵育幼鸟的比率是非常合适的，但是这要以它们的巢穴不被破坏为前提。长尾山雀的巢穴一直都被那些虎视眈眈的贪婪目光包围着，由此看来，那11周的时间确实有些漫长。那些"坏蛋"不仅仅觊觎巢穴内的鸟卵或者幼鸟，温暖而舒适的巢穴本身也可能成为它们的目标。在佛劳顿，我曾注意到长尾山雀在一棵小紫杉树上筑了一个巢，然而在圣灵节前后，我却找不到那个巢穴了，仿佛它从来就没有在那棵紫杉树上出现过。然而我却发现有松鼠在邻近的另一棵紫杉树上活动。原来，长尾山雀的巢穴被松鼠移走并占为己有了。关于长尾山雀这种鸟，我们似乎谈论了太多，也占用了大量的篇幅，但它那极具特色的巢穴及建巢方式让我很难绕过不谈。

　　鸟儿的巢穴及建巢地点的选择方面有很多变化及奇特之处。苇莺的巢穴就是个很好的例子。它们的巢编织在芦苇的基秆上，形状与杯子类似，内部很深。当芦苇在大风中随风飘荡的时候，这种鸟的巢穴也会随之起伏，但鸟卵在这种极深的杯状巢穴内部，几乎不可能出现滚落出鸟巢的危险。虽然这样的分析加入了主观因素，但我确实感受到了芦莺巢穴的神奇。然而，鸟类多种多样的巢穴也常常使我们倍加疑惑。在莺类的鸟儿中，有的种类会在巢穴内铺衬大量的羽毛，巢穴的结构设计也是以保暖为目的。但是黑顶林莺和园林莺却截然不同，它们的巢穴是薄薄的一层，有时甚至从巢穴底部的缝隙就能看到巢内的卵，这样的巢穴几乎起不到任何保暖的作用，然而它们却在这里住得很好。有过在露天宿眠经历的人都知道，身体的头足部分的保暖十分重要，而这类巢穴却没有为鸟儿的身体创造任何可供保温的条件，而且在营造巢穴时它们似乎根本就没有考虑保暖的问题，而是更注重空气的流通。从使用材料的数量与巢穴的规模来看，黑顶林莺是有效利用材料的典型代表，它用如此之少的材料建造了一个足够结实的杯状巢穴，真是一个奇迹。如果说长尾山雀那建造精美巢穴的本领让我们感到由衷地佩服，那么黑顶林莺对材料的高效率利用的卓越技艺就值得我们大力推崇了。

柳莺、棕柳莺及林莺的巢穴具有一些相似之处，如巢穴的顶部都是圆的，巢穴的一侧都有一个较大的开口。其中柳莺和林莺的巢穴是建造在地面上的（与所有普遍规律相同，这一观点也存在例外的情况，就曾有人在房屋的棚架里发现了柳莺的巢穴，在那个巢穴与地面之间，没有任何树篱或攀缘植物），而棕柳莺习惯在茂密的灌木丛中建巢，距地面大约1米的距离。柳莺和棕柳莺的巢穴内部铺衬了大量的羽毛，而林莺的巢穴里却没有。难道是前两种鸟儿的体质需要巢内衬有羽毛，而后一种却无此需要吗？还是柳莺和棕柳莺是在奢侈地利用羽毛？它们的种种差异真是令人难以捉摸啊！

鸟巢的奇异之处远不止这些，我接下来要讲述的内容，也颇有趣味。

栗胁林莺

栗胁林莺（Chestnut-sided Warbler），学名Dendroica pensylvanica，雀形目森莺科。其体长约13厘米；成年鸟顶部为黄色，体侧为栗色；鸣叫声清脆洪亮；每次产卵3~5枚，巢穴为杯形，靠近地面；生活在灌木丛生的地带；主要分布于美国及加拿大境内，冬季时迁徙到危地马拉至巴拿马一带。

苍头燕雀巢穴内的卫生清洁，在鸟儿的巢穴中是属于第一流的。事实证明，每只苍头燕雀的巢都要比我们见到的任何一个其他种类鸟儿的巢穴干净。我们在前面的章节已经介绍过，这种鸟儿的行为习性并没有什么突出之处，但它们巢穴的特点却极为鲜明。据我观察，雄性苍头燕雀似乎从不分担筑巢的任务，也从不参与孵化幼鸟的工作，重担都落在雌鸟身上。我曾目睹过一只雌性苍头燕雀进行一项颇为有趣而充满智慧的行动。这只鸟将巢穴建在了屋舍上的蔓生植物丛中，不久产下了3枚鸟卵，并连续几天里都伏卧在那些鸟卵之上。一日清晨，我发现巢穴内的鸟卵不见了，大概是成了某种动物的猎物。几天后，那只雌性苍头燕雀在屋舍和树篱丛之间的频繁穿梭吸引了我的注意，这两处地点相距大约有20米。原来那只鸟准备在树篱丛中另建一个新的巢穴，正将原来的空巢一点点地搬运到新巢所在地，想要利用这些材料建设新巢穴。由于我必须回到伦敦工作，便等不及弄清楚它建设新巢得花费多长的时间，在建设的过程是否只用了原来的旧材料。不过，它将屋舍上旧巢穴的所有材料都移走

家 燕

家燕（Barn Swallow），学名Hirundo rustica，雀形目燕科。其体长约18厘米；上部为带光泽的蓝色，下部为红褐色，尾部有分叉；鸣声为"唧喳"声；生活在多岩壁的地带及乡村，繁殖期常用稻草和细枝在谷仓等檐下筑巢，每次产卵4～6枚；主要以昆虫为食；分布于欧亚大陆、北美洲及非洲北部，在中国大部分地区都可见。

了。我回来后，发现在重新搭建的巢穴中，这只鸟儿又产下了3枚卵，与第一次产下的数目竟是相同的。但很不幸，这次的鸟卵又没有保住，再一次被掠走了，而那只雌性苍头燕雀也彻底地放弃了这个令它伤心的鸟巢。在这一系列的过程中，我没有发现这只雌鸟的配偶有过任何的行动，假如那只雄性配偶就在那几只常在我们身边鸣叫的雄性苍头燕雀之中，它所做的也只是不停歇地高声鸣叫。

各种各样的地理类型都能为鸟儿提供建巢的处所。有些鸟儿在地下的洞中建巢，有些鸟儿将巢建在树洞里，有些鸟儿将巢穴建在地面上，有些鸟儿将巢穴建在灌木丛中或大树上，还有一些鸟儿将巢穴建在人类的住房里或房屋上，雨燕、家燕和毛脚燕就属于这一类型。但这其中还存在区别，就拿在地面建巢来说，有在光秃秃的地表面的，有在圆石堆或是岩石上的，有在草丛中的。一般来说，鸟儿的巢穴都有坚固的支撑，不论巢穴是建在地面或是树木的幼枝、枝干上，但我发现了三种较为常见的巢穴可以算是特例。芦苇上苇莺那奇特的巢穴算是其中之一，在前面已经介绍过了。毛脚燕的巢穴是第二种，它的巢穴牢固地依附在房屋角落的顶端或一侧，底部没有任何的支撑。对于这种巢穴，大家比较常见。戴菊鸟的巢穴是第三种，它那外形如杯子的巢穴是悬挂在树枝下面的，而不是搭建于树枝之上。这种鸟喜欢栖息于银冷杉等常绿的树木中，它的巢穴完全隐藏在了冷杉树那密密麻麻的针叶中。

翠鸟的巢穴具有极好的隐秘性，这一点值得我们在此详细介绍一番。在伊特彻河的某段，河流两岸长满了树木。其中一侧满是柳树，另一侧长满了紫杉、栗树和其他一些大型树木，两岸的树木都枝繁叶茂，茂盛的枝叶形成的大大的"篷罩"将河道掩盖了起来，这就是所谓的"隐藏的小溪"吧。在这里，有一棵被风吹倒的巨大柳树，倒伏在水草地上，河岸的一大块岸堤因此被崛起，但又被大树的根束住了。这棵高大的柳树倒下后占据了很长一块地方，它的一部分树枝已经伸展到了河的另一侧。但这棵大柳树的倒下并没有暴露那条隐秘的河流。有一对翠鸟从那块崛起的岸堤里开辟了一条通道，它们每年都会来这绿色的通道中安家，在其间快乐地飞来飞去。慢慢地，这块凸起的岸堤的泥土退去了，两根粗大的树根暴露出来，它们之间有个不大的孔隙，凑上前一看，依稀可以看见其中的鸟卵。我将一根树枝伸进去，竟然幸运地从里面勾出1枚鸟蛋，要知道在通常情况下，除非挖开翠鸟的巢穴，否则是无法弄到它们的卵的。人们都说翠鸟的卵是白色的，这没有错，但我还发现了一些其他精致的色调，即从它那异常透明的蛋壳中显现出的蛋黄的颜色。在我记忆中翠鸟的巢穴没有什么不好闻的气味。但是我闻到从入口渗入的泥浆似的东西带有一种难闻的味道，导致建造巢穴的原料也有些恶味，希望这不是巢穴本身的东西。

从初次在此观察到翠鸟鸟巢之后的数年间，我每年的一个重要事件便是试图确认这里是否会成为翠鸟固定的驻扎地。然而伴随着自然风化，泥土渐渐吹散而去，今天呈现在人们面前的只是一处孤零零的由树根组成的"骨架"。这时，对于那些没有见过其完整面貌的人来说，实在难以想象到这里曾是一对翠鸟的家。

鸟巢的驻扎地很多，或是地下，或是地面上，或者在房屋内和屋上，又或者在灌木丛中及树枝上，这些驻扎场所相对较易理解，但也有与众不同的。据说，一种鹬鹛将巢穴营建于水面上，其巢穴由一团黑色的潮湿杂草组成。这种鸟巢在白垩河河流中时常可见，有时还能观赏到这种鸟儿安详地静卧在里面。它们的视力非常好，任何时候，任何可疑之物的靠近，总能被这种鸟儿及时发现。因此它们也就能够适时地将鸟蛋隐藏起来并逃离。离开后，它们的巢穴看起来与普通的死水草毫无差别。这种水鸟的此种伪装行迹对于那些在白垩河垂钓的人而言，是早已熟知的事情。假若垂钓人不经意地闯入这种水鸟的警戒点，他就可能目睹这样一组连贯的场景：首先，河里的鹬鹛敏捷地从某块水草上站立起来，然后立即将周边的水草拖到卵蛋之上，之后以最快的速度潜入水中。整个过程十分迅速，甚至让人很难看清这些动作发生的具体细节。不过，只有当垂钓人同这种鸟儿相隔50~100米远时，它们才有如此反应。除非遭遇到被捕的危险或意外的惊扰，不然大部分的水鸟通常都会安静地卧伏在巢穴内，通过静卧的方式隐藏，可能这正是部分鸟儿逃离人们注意或潜在危险的方法。然而，鸊鷉的行为呈现出另一种保护方法：早在人们得以近距离观察其巢穴之前，它就及时撤离了。我还了解到斑鸫在孵卵的时候也会采用这种方法。过去，在汉普郡的房屋上经常会发现斑鸫的巢穴。每当附近有人出现时，斑鸫都会敏捷地飞离，整个过程让人难以发觉。苍头燕雀的情形却相反，它通常都会安静地待在巢穴内，只有遭受强制驱赶时，它才会极不情愿地慌忙离开自己的驻扎地。冬歇季中，鸊鷉会选择一些鲜为人知的、仅靠飞行才能抵达的地区越冬，从而可见它拥有飞行的能力。虽然可以飞行，但它最为常用的移动方式依旧是潜水，在它潜入水中后，水面上只存留着些许痕迹。我有过一次特殊的经历，那次目睹的状况与此完全不同。事情发生在伊顿彻河，那天我将苍蝇作为诱饵等待着鳟鱼上钩，在我准备投放诱饵时已经将目光全部集中在鳟鱼可能出没的地带。突然，我感觉到有物体正在河里朝我游来，甚至还有几滴水珠喷到了我。这时我便迅速地朝那里瞥去，结果发现我附近有一只小鸊鷉，它正在重复地进行着一些动作，间或漂移、间或向我喷出一些水珠。我还发现，我正前方的水面上，有一片稀疏的芦苇丛。从我的这个角度隐约可以看到一团黑黑的水草漂浮在那里，估计那就是这只水鸟的巢穴。这只水鸟的这种异乎寻常的行为，可能是想要将我惊走或是除掉，甚至还意图让我溺水而死。在一些书籍中，我了解到骨顶鸡在遭到老鹰袭击时会喷吐水珠进行防御，它可能期望用这种方法淹死敌人，而我在河边碰到的这只水鸟或许也有相同的期待。在它返回鸟巢之后，可能会将其鸟卵得以逃脱庞大怪物的原因归结为自身的这份付出和努力。

  通过在圣詹姆斯公园内河面上的仔细观察，我发现鸊鷉哺育幼鸟的方式也较为奇特。当时我才开始在办公室里工作，另外，在1892年到1895年这段时间我一直都生活在伦敦。就在那段时间中，我和住在外交办公室窗户对面的人变得熟识起来，他恰好有过照看水鸟的经历，所以我时常去他屋子听他讲述喂养水鸟的事情。此外，他还会向我展示样式纷呈的鸟巢。有天早上，他将我带到他自己的小岛上，然后指向漂浮在水中的一些柳树枝对我说道，那里面有一个鸊鷉的巢穴。等我们靠近这个巢穴时，里面早已空无一物。他又断定这个巢穴的卵已经全部孵化为幼鸟了，原因是他不久前在这发现过鸟卵。此时，一些怪异的叫声从水面上传入我们耳中，然后我们竟然看到一只成鸟和它的幼鸟们在远处的水面上浮动。显然这只成鸟也看到了我们，并对我们产生了戒备之心，因而召唤幼鸟们迅速地集中到它身边。幼鸟们很快就聚拢到一起并隐藏于成鸟的翅膀之下，它们的这些行为完全是一种本能的反应。当幼鸟全部到齐之后，成鸟就会引领"一家大小"朝远处游去，直到找到藏身之处为止。

圃拟鹂

圃拟鹂（Orchard Oriole），学名Icterus spurius，雀形目拟鹂科。其体长约18厘米；雄性以栗色和黑色为主，雌鸟颜色较晦暗；鸣叫声变化丰富，深沉而悠扬；生活在果园、耕地中，在长有树木的庭院中也可见；巢穴用青草编织而成，形状与袋状物相似，距地面3～12米，每次产卵4～6枚；分布在北美地区及中美洲。

我猜想，在筑造巢穴和哺育幼鸟方面，所有的鸥鹬类鸟儿估计都有相似之处。但我并没有深入细致地观察过其他鸥鹬类鸟儿的情况。但就羽毛的色彩而言，这类水鸟似乎并没有同其他鸥鹬类鸟儿争奇斗艳的意愿。关于这一点，我对大冠鸥鹬进行过观察。在其哺育阶段，雌雄两性的头上都具有一些鲜艳的羽毛，另外它们在游泳时习惯将头高高昂起，这两个特点让大冠鸥鹬变得极易识别。它的存在,为其营巢的水域增色不少。

有时，鸟儿在筑巢方面还会找些捷

径，如有的直接将其他种类鸟儿的空巢穴当成自己的新家，或者是重复地使用其同类的鸟巢。汉普郡房屋上的一个鸟巢，在一个季节里就曾孵育出了两窝黑鹂。这两窝幼鸟究竟是不是同一对鸟儿的后代，我们就不得而知了，暂且就认为它们是同一对鸟儿的后代吧。但在第二窝黑鹂长大飞离后，又有一对白鹡鸰搬进了那里，它们对这个巢穴进行了略微的加工，将其改造成了一个杯状巢穴，成了它们舒适的新住所。在这里，这对鸟儿孵化并哺育了它们的后代。因此，这个鸟巢在一个季节里连续哺育了三窝幼鸟。我还了解到，斑鸫也有与白鹡鸰相似的习性，它们会把苍头燕雀的空巢加工成自己的新巢穴，在其中孵化和哺育后代。

与上面介绍的那些鸟儿相反，有些鸟儿不但不节省自己的劳动力，还会"浪费"自己的精力，营造出多余的巢穴，有时巢穴的数量甚至会比其蛋的数量还要多。泽鸡就是其中的一个典型代表。它之所以会营造出多个巢穴来，似乎是因为在它看来这种工作并不费事，因为泽鸡的巢穴构造简单而建造所需材料也很容易得到。不过那些巢穴也并非像我们想象中的那么多余。我曾习惯于在日落时分去给水禽喂食，在那附近就有一个泽鸡的巢穴，它距离我很近，以至于我可以清晰地看到它。有那么一段时间，每当夜晚降临时，就有一只成年泽鸡带领着一群幼雏来到这个巢穴，在这里集结喂养它们，但这个巢穴从来没有盛放过鸟卵。因此，我断定这一巢穴被泽鸡当成了专门哺育后代的地点。

泽鸡的巢穴较为简单，这一点也常常会给这种鸟儿带来一些不必要的麻烦。在佛劳顿的池塘边，我曾注意到一只泽鸡在寻觅挑选着一些大的枯叶，然后把枯叶叼到了一簇生长在水中的鸢尾丛中。由此我猜测，它正在那里建造巢穴。当那只鸟结束了这项工作后，我走近了那簇鸢尾丛，果然，它的巢穴就在那里。巢中有一些卵，泽鸡伏卧在上面。不过我的猜测还不完全准确，它并不是在建造新的巢穴，而是在完善原来的巢穴。我想，在产下鸟卵之后，泽鸡都会花些时间来修补和改善它简陋的巢穴吧。

在筑巢方面，鹪鹩是一种具有突出特点的鸟儿。它也营造较多的巢穴，其数目稍比长尾山雀少些，并且建造巢穴时都十分用心，其巢穴可以称得上是精致美观。对于这种鸟为何会建造数目较多的巢穴，我也没有明确的答案，大概与泽鸡的情况相同，建造巢穴对它们来说并非难事。虽然一对鹪鹩会建造多余的巢穴，而且在营造每一个巢穴时都花费了大量的心思，使得每个巢穴也都体现了它们精湛的建筑技艺，但是这些鸟巢中仅有一个被用来孵化卵（也仅有这一个巢穴中衬有羽毛）。因此从某种特定意义上来说，那些并非用来孵卵的巢穴可以称为"公巢"。当为了探寻鸟蛋或幼鸟而寻找鸟巢的人遇到这些空巢时，真是件令人非常沮丧的事情。在秋天和冬天的日落时分，也会有些其他鸟儿光顾这些"公巢"，它们是在那里借宿的过客。夏天时，人们也会偶尔看到几只强健的幼鹪鹩从"公巢"中飞出去，这就表明，那一个巢穴已成了某个鹪鹩家庭的休息地或住所了。

卡罗苇鹪鹩

卡罗苇鹪鹩（Carolina Wren），学名Thryothorus ludovicianus，雀形目鹪鹩科。其体长约14厘米；上部为褐色或灰色，眼上方有白色条纹，胸部和腹部呈浅黄色，尾部羽毛为褐色，且带黑色斑纹；生活在灌木丛和农场中，常在地面和中空树干筑巢繁殖，每次产卵4~6枚；主要以昆虫、蜘蛛、蜥蜴为食；多分布在北美地区。

关于鹪鹩的生活习性，伯克特先生曾细致地观察过，而他的描述也精彩极了。在得到他的允许的情况下，我摘录了他的《爱尔兰的自然学家》这本书的一段描写，内容如下：

4月17日，雄鹪鹩在一片低矮的灌木丛中建造了一个巢穴，我们暂且将其称作C1巢。27日，这只鸟儿在与C1巢相对处又建了另一个巢穴——C2巢，这两个巢穴之间的距离约为100米。5月3日，它又建造了第三个巢穴，地点选在了这两个巢穴间的常春藤里，我们称其为C3巢。5月10日，晚上九点半左右，我发现雄鹪鹩栖息在C2巢内。十一点时，它在C3巢附近活动，而且发出了鸣叫声。15日和17日，它也在C2巢内飞进飞出。18日，另一只鹪鹩在这里栖息。5月19日，那只雄鹪鹩与它的配偶第一次出现在我的视野里，当时它们在C3巢附近。20日，我发现C3巢内出现了一些羽毛。21日晚上10点钟时，那只雌鹪鹩仍旧待在C3巢内，并且其中还有一枚鸟卵。22日，那只雄鸟又开始在C1巢附近建造另一处巢穴——C4巢。在进行此项工作的过程中，雄鹪鹩像在发出警报一样，频繁而又有些激烈地鸣叫着。正是在这种"警报声"的指引下，我了解到27日时它在C2巢中栖息。在30日和31日这两天里，它都曾去过C2巢，并逗留了10~15分钟，在那里发出"警报"或歌声。大约一个星期后，我注意到这只鸟的活动范围转移到了它领地的边缘地带，这可以从它远处传来的歌声听出来。此时，它远离了在我房子附近孵化卵的配偶，并且在哺育幼鸟的过程中，这只雄鸟从不会提供任何帮助，也从来没有表示出一点关注。我曾做过4次类似的实验，我设法阻止雄鸟回到巢穴中，并持续了相当长的一段时间，雌鸟因此发出了强烈的警鸣声，但雄鸟却没有因此有任何反应。但是在第三次，那是幼鸟正处于学步会飞的阶段，这只雄鸟表现出异乎寻常的关注，这是唯一的一次。不过，我无法弄清楚它是更关注幼鸟，还是更关注雌鸟呢。同样，我也不清楚它到底有没有在哺育幼鸟的过程中承担一份责任。

在幼鸟能够飞行以后，我在某天晚上发现一只幼鸟停落在了C4巢的入口处。而它们的父母——那对鹪鹩飞舞不停，并且不断地鸣叫着，异常兴奋。两天后，我又发现有4只幼鸟晚上时在这个巢穴中栖息。有个气温较低而又十分干燥的晚上，那些幼鸟在C2巢附近活动，但我不知道这个晚上它们是在这个巢穴里栖息，还是不厌其烦地返回到C4巢中宿眠。对此，我不想过多地干扰。C4巢似乎是它们最满意的、最舒适的栖息之地，夜晚，它们可以在那里舒服地挤在一起，美美地睡上一觉。但这一巢穴的隐蔽性却不是很好，它处于路边，很容易被人发现。

在幼鸟会飞以后，亲鸟还会持续喂养幼鸟一段时间，一般不少于两个星期，因此直到7月13日，这窝鹪鹩的哺育工作才真正结束。我一直以为那只雌鸟也许会在C2巢或C4巢内开始孵化第二窝后代了，但是马上意识到，也许7月13日是开始新一轮孵化的最后期限，因此在7月18日左右，我们就再也听不到任何鹪鹩的鸣叫声了。

7月6日时，当那些已经能够飞翔的幼鸟还在享受着亲鸟带回的食物时，我发现那只雄鸟正停留在C2巢内。然而在11日时，我发现那个巢穴的入口塞满了青苔。C3巢，这个曾用来孵化和哺育幼鸟的巢，入口已经关闭了，但内部并没有被塞入大量的青苔。我没有在C4巢发现这些变化。在这段时间内，C1巢已经毁坏了，因而在此没有必要对它多作说明。

在正常情况下，有些鸟儿在第一窝幼鸟成熟后，雌性的成鸟又会另寻一个新巢穴孵化第二窝后代，也就是说，这些鸟儿在一年中会孵化多于一窝的幼鸟。在这种情况下，我们有理由认为这类鸟的数量要比那些一年内只满足于孵化一窝后代的鸟儿多。然而苍头燕雀虽是一年内只孵化一窝后代的鸟，却仍然是我们最为常见、数量最多的鸟儿。它们每年繁殖后代的目标似乎只是四五只幼鸟，一旦达到这一目标，我就再没有见过哪只苍头燕雀试图孵化第二窝。除非第一窝鸟卵遭到破坏，孵育第二窝幼雏的计划才在它们的考虑之内。事实上，我们周围这些留鸟数量的多少主要还是由其自身对环境的适应能力，是否有充足的食物供应，以及物种的内部竞争等方面的因素决定。

在我看来，环鸦总是孜孜不倦地哺育着后代，执著而又顽强，但奇怪的是，这种鸟儿在我居住的地区的数量却相对较少。或许，我们可以通过下面的这个例子来了解一下这种鸟儿的哺育习性。

记得那是1900年6月27日清晨，我当时正在屋子里的小更衣室刮脸，突然看到窗外数米远的一棵合欢树上停落着一只雄性环鸦。它似乎有些紧张和烦躁，嘴里衔着食物。很显然，它也一定看到了我，而且我认为它是喜欢我的，否则它完全可以自由自在地飞走啊！不过它的反应证明它是介意我出现的，那么它为什么还留在这呢？答案很明显，那就是它想干某件事但又对我存有防备之心，不希望被我发现。我知道，对于鸟儿来说，最不希望被人发现的就是回巢的路径。从这只环鸦的行为来看，我猜测它的巢穴一定就在这附近。在此之前，我还没有发现它的巢穴，这下真是为我提供了一个不可多得的寻找到它巢穴的机会。为了能够让这只鸟儿为我指明方向，我就

紫崖燕

紫崖燕(Purple Martin)，学名Progne subis，雀形目燕科。其体长约20厘米；雄性背部为黑色，雌性喉部为淡棕色，下部颜色都较浅；鸣叫声变化丰富，低沉动听；生活在人类住所的附近，甚至在城市中也能看见它们的身影；多在房屋内建巢；在北美洲及中美洲都有分布，也可见于南美洲。

林氏带鹀

林氏带鹀（Lincoln's Sparrow），学名Melospiza lincolnii，雀形目鹀科。其体长约15厘米；胸部横有一条宽阔的黄色条带，且有淡纹；生活在长有灌木的田地及空地边缘，巢穴建于湿软的地面，每次产卵4~5枚；以昆虫、草籽等为食；多分布于北美洲及中美洲。

假装没有注意到它而继续做我自己的事情，以此来消除它的疑虑。果然，我的胡子还没有刮完，那只环鹀就飞到了一片金钟柏的树篱丛中，那里距离我的窗户也就5米多远。它在那停留了几秒钟后就又飞了出来，此时嘴里衔着的食物已经不见了，大概已经喂给了幼鸟。我马上赶到那片树篱，它的巢穴果真在那里。巢里有两只刚孵化不久的娇小的幼雏，还有1枚大概坏了的鸟蛋。在7月5日之前这里一直很平静，这一家过着平常而又祥和的生活。但是从这一天开始，巢内的幼鸟陆续被某个"坏蛋"——我猜测大概是寒鸦——掳走了。7月10日以后，我们离开了这个房屋，后来W.H.赫德逊先生向我们讲述了这对环鹀之后的情况，因为我把房子租给了他，他在那儿度过了整个夏天。据他讲，这对鸟儿又另在野蔷薇的树篱中建造了一个巢穴，在房子的另一侧。这一次它们成功地养育了3只幼鸟，并在完成哺育工作后，又开始了第三次孵育。它们不知疲倦地在野蔷薇树篱的另一处又建了一个新的巢穴，还在巢中产下了鸟卵，但却中途抛弃了。在这次孵育中，雌鸟之所以最后会抛弃卵蛋，大概是由于突然意识到自己在这一季节里已经做得足够多了吧。从那时开始，我每年到那处房子时都希望能够再次见到环鸦的巢穴，但都以失望告终。在之后的几年里，原本在那一地区非常常见的环鸦逐渐变得稀少起来，到1922年我把那里的房子卖掉时，我已经很久没有听见过它的鸣叫了。或许来自大自然的那些奇特而又有趣的事物都是如此，在给予你希望的同时，也会让你深深失望，或者是反过来。不过，整个自然界就是这样，花开花谢、潮起潮落、月圆月缺都是最平常不过的现象。（在W. H. 赫德逊的《汉普郡日志》一书的第十二、第十三章，可以看到对这对环鸦第一次和第二次建造巢穴的一些描述，以及对那房屋及周围环境的描写）

我非常痴迷于在乡下的房屋附近或者花园中寻找鸟儿的巢穴，那真是一件有趣的事，尤其是当人们有大量的空闲时间时，更是如此。发现一个隐蔽性极好的鸟巢对探寻的人来说，会有一种征服的喜悦感，而在此之后，一直关注着这个鸟巢主人一家的生活动态又会充满无限乐趣。如果幼鸟最终得以安全地成长直至离开巢穴，一种欣慰感将会从我们的心底油然而生。然而对于鸟儿来说，如果它们能够与我们交谈，我确定它们一定会说这样的话："不管是出于怎样友善的兴趣，不管是拥有多么仁慈的意图，都请你不要再寻找我们的巢穴。你的行为会给我们带来出乎你意料的危险，而且你也无法将我们从中解救出来。"在汉普郡的家中，我每年都会痛心地在花园中，或草木茂盛的白垩坑处发现一定数量的被毁坏的鸟巢。当然，这些被破坏掉的鸟巢都是处于我们观察之中的，否则我们也不可能知晓它们的遭遇。每年都会有大量的鸟巢遭遇不幸，以至于在有些年份我甚至担心鸟儿们的繁殖不会有任何结果，但事实远没有我想象的那么糟糕。因为在没有被我们发现的巢穴中，总会成功地孵育出相当数量的幼鸟。如果某一特殊地点的鸟巢是因为遭到了人类的侵害而被破坏，那么毫无疑问，人们的这一行为就应该受到指责。然而对于所有遭到破坏的鸟巢来说，我们可以说是由白鼬、黄鼠狼、家鼠、田鼠或是寒鸦等造成的，但是为什么偏偏遭受破坏的总是被我们发现的鸟巢，而那些没有被我们探寻到的鸟巢却能够幸免于难？如果认为那些被我们找到的鸟巢也容易被"坏蛋"发现，这样的解释未免过于轻率。因为在我们找到并查看鸟巢的时候，会给那些贪婪而狡黠的觅食者留下"行凶"的线索。弯下的嫩枝或者被移走的树叶都有可能会引起饥饿的寒鸦的注意，导致其从上方投下来"殷切"的探寻目光。在意识到这一问题后，我不再继续在房屋周围搜寻鸟巢了。从那以后，我只满足于用耳朵聆听它们的鸣叫，用眼睛观察它们的身影，知道它们在那儿，鸟儿们都平安无事，我从心底里感到欣慰。

许多年前，狐狸曾多次袭击了我喂养的水禽。于是为了防止狐狸的偷袭，我在防护栏的一定高度上安装了一些带刺的防护网。在那一段时间里，花园里大约有12只鸟处在孵卵期，大概是防护栏起了作用，大多数巢穴都没有遭到破坏，因为很快就看到了这些鸟带着它们的幼鸟在这里活动。但是也有一些鸟巢没能逃脱厄运，大约有5个被狐狸破坏了，而被破坏的那些恰恰是我曾"探访"过的。

与以上的情况相反，有些鸟巢的暴露程度简直令人吃惊，以至于常常使人们纳闷它们是如何躲避敌害的。当树木还未长出茂盛的枝叶的时候，槲鸫早早地就在那光秃秃的树木上建好了自己的巢穴。它们的巢穴十分显眼，不仅体积很大，而且所处的位置一般也高于歌鸫的巢穴，因此人们常说："你根本不用费心地去寻找，槲鸫自会把它的巢穴送到你的眼前。"实际上，槲鸫是一种个头较大而且勇敢的鸟儿。相信大家会经常看到槲鸫和寒鸦打斗的场面，这种斗争很可能是因为寒鸦企图猎食槲鸫的鸟卵或者幼鸟而引起的。

事隔一段时间之后，我在春天或早夏返回家乡时，第一件想做的事就是看望一下那些曾感兴趣的鸟巢，以及它们的进展情况。在幼鸟长羽的过程中，会有很多脱落的皮垢在鸟巢底部积累下来。如果一切正常，幼鸟丰羽后才飞离巢穴，那么它们就会在巢穴内留下大量的皮垢。而在一些如黑顶林莺的巢穴一般粗糙的鸟巢中，一大部分的皮垢都会从底部漏掉，因此，在这类巢中找不到十分明显的迹象。但在大量其他鸟儿的巢穴中，这种皮垢还是很容易就能看到的，尤其是在一些泥质巢穴内，歌鸫的巢穴就属此类。一般来说，幼鸟生长成熟过程中的全部皮垢都沉积在了巢穴内，当它们飞离鸟巢后，我们就可以根据皮垢等痕迹，推测出这窝幼鸟是否都顺利发育长大。

如果根据鸟儿孵育的方式进行分类，英格兰的鸟儿可以分为四种类型：

第一种类型是孵化的全部过程都由雌鸟完成。这种类型的雄鸟一般都具有艳丽的羽毛，要比雌鸟漂亮很多。在我所有的观察经历中，从没有见过这类雄鸟有孵卵的行为。雄性苍头燕雀就是如此，它们从来不会伏卧在鸟卵上进行孵化。原因究竟是什么，是因为雄性艳丽的羽毛容易导致巢穴暴露，还是它们根本就没有孵化的习俗？谷鸫这种鸟雌性和雄性的羽毛颜色是相同的，那么雄鸟是否会分担一部分孵化鸟卵的任务呢？雌性的黑鹂羽毛更为素雅，而孵化后代的工作似乎也全部由它们完成。鸫类的雄性鸟儿并没有艳丽的羽毛，它们是否会承担一些孵化鸟卵的工作呢？当雄性和雌性的鸟儿都具有相同颜色的羽毛时，要想确定这一状况，只有观察鸟儿在孵化过程中是否有替换行为。记得埃德蒙·瑟劳司先生曾在他的一本书中描述了夜鹰孵化的情形，他曾观察到夜鹰有轮流孵化鸟卵的现

褐弯嘴嘲鸫

褐弯嘴嘲鸫（Brown Thrasher），学名Toxostoma rufum，雀形目嘲鸫科。其体型较大，体长约30厘米；主色调为亮棕色，下部长有斑纹，尾长；其鸣声丰富，常模仿其他鸟儿的叫声；生活在多灌木的地带，在庭院中也可看见它们的身影；在较高的灌木丛中营建巢穴，每次产卵3～6枚；分布于北美地区。

象,如果我的记忆没有出错,他曾说"雄夜鹰显得没有雌鸟那么灵活"。

第二种类型是雄鸟会分担部分孵化鸟卵的责任。这种鸟的数量较多,轻易就能观察到,前面提及的黑顶林莺就属于此类。从黑顶林莺的例子中,我们可以推断出林莺类的鸟儿大概存在一个这样的"规则":雄鸟必须分担孵化幼鸟的部分工作。但事实是否真的如此,我就不得而知了。希望那些拥有更多时间和机会观察鸟儿的人们,能够探寻出这一问题的完美答案。

第三种类型是孵化鸟卵的整个过程都是由雄鸟完成的。这一类型的鸟在英国十分罕见,据我所知,只有红颈瓣蹼鹬这一种鸟儿如此。我从来没有机会亲眼见到这种鸟的生活情况,所以只能向大家介绍一些我从书本中看到或从其他处了解到的一些情况。这种鸟儿雌性的个头要更大一些,羽毛也更为艳丽,枯燥和乏味的孵育幼雏的工作都被安排给了雄性。这种雄性鸟儿实在是有些可怜,在孵化鸟卵的同时,它们也需要自己去觅食,这似乎是它们获准离开巢穴的唯一机会,但如果因此耽搁一些时间而导致回来得较晚,那美丽的发号施令者就会大发雷霆,对其进行驱逐。据说,如果因受到了惊吓而不得不离开巢穴时,那受尽"欺凌"的雄鸟就显得很兴奋,仿佛终于有借口可以逃离这一既没有乐趣又没完没了的工作了。红颈瓣蹼鹬的雌雄鸟这种奇特的关系真是令人难以理解,也颇使人惊奇。但考虑到雀鹰和游隼这类凶猛的食肉鸟,我们或许可以找到一些理由,与雌鸟相比,这类雄鸟的体格总显得有些单薄和弱小,除非遇到暴力或饥饿难耐时,我们才能看到它们强悍的一面;而雌性却个头较大,身体强壮,富有力量。与此同时,这类雄性鸟儿还会出其不意地攻击自己的下一代,因此在这种情况下,更为强大的雌鸟就可以很理智地制止这种粗暴的残忍行为。但这一理由对红颈瓣蹼鹬并不完全适用,因为与那些凶猛的食肉鸟不同,它们是那样温和、顺从。

第四种类型是雄鸟和雌鸟都不孵化鸟卵。在英国,杜鹃是这类鸟的典型。不过在此我将不多作介绍,因为在以后的篇章中大家将能看到我对这种鸟儿的详细观察记录。鸟儿各种各样的筑巢和孵卵的方式,也是大自然

灰瓣蹼鹬

灰瓣蹼鹬（Grey Phalarope），学名Phalaropus fulicarius，鸻形目瓣蹼鹬科。其体型小，体长约20厘米；喙部直而宽，颜色较深，上体颜色浅而单调，翼部有条纹，腿部呈黄色；繁殖期下体颜色略微发红，冬季则以灰白色为主；以水生昆虫、甲壳类、软体动物和浮游生物为食；主要在北极附近繁殖，在中国部分地区也可见，如新疆、黑龙江等地。

千变万化的魅力的一种体现。也许只有"雌鸟产卵"才是永远正确的，对这一事实的确不存在任何反例或有待商榷的疑问之处。

下面引用我妻子写的一段描述来结束本章的内容吧！这段描述是她观察到戴菊鸟巢穴里的情况而写的，已经在某个刊物上发表了。

在所有我曾看过的鸟巢中，戴菊鸟的巢穴可以被归为最精美之列。它的巢穴建在紫杉树上，外表包裹着一层绿色的地衣。这种地衣常生长在山毛榉的树干和木棚的栏杆上。在无法看到巢内状况的时候，你可以用手轻轻触摸，那是一个柔软得让人难以置信的巢穴，只有经过长时间的精心加工才能够造就。当站在梯子上时，巢内的情况就一目了然了。其内完全是用蒲公英的花絮铺垫的，大量的圆球状花絮被拆开附在了巢内的四周，这里的环境似乎尤其令它们满意。我又发现了另外一个戴菊鸟的巢穴。我把脸探进了一棵苹果树的花丛中，温暖的阳光便透过那密密麻麻的花瓣照射到了我的脸上，这样的享受几乎使我有些沉醉。这棵苹果树的花瓣十分稠密，以至于可以挡住大部分的视线。突然，我发现了一张深红色的面颊，那是戴菊鸟。它正卧在自己的巢穴中，距我不到3米远，没有飞走或挪动的意思。同样，我也没有匆忙退离，而是尽情地享受那带有清香的阳光。我在那儿待了很长时间，在阳光的照耀下，那满是繁花的苹果树中呈现出了绚丽的色彩，有金色，有玫瑰红，而那特殊的"深红色"更为这绮丽的景色增添了生机。

Part 10 飞翔中的快乐

在我之前听到的所有鸟鸣声或歌声中，春天里白腰杓鹬的鸣叫是我最欣赏的。我曾目睹了这类鸟在落地之前发出鸣叫的全过程，但是我却不知道它们不进行飞翔时是否也能够发出叫声。一般来说，只有在空中展翅飞翔的时候，白腰杓鹬才会发出那美妙的声音，而且这音调与其飞翔的翩翩舞姿是浑然天成的。虽然，它的鸣叫缺少澎湃的激情，但我们却能从中感受到平和、安逸、康乐和对过往生活的甜蜜回忆，以及对未来美好日子的自信。在处处洋溢着春光的美好4月中，如果哪个鸟类爱好者能在一个阳光明媚的好日子里听到白腰杓鹬歌唱的话，那将成为他珍贵记忆中一笔价值不菲的财富。在晴朗的日子里，这种震颤的"祝福"声仿佛一直在人们耳畔回响着。整个4月份和5月份，都是白腰杓鹬鸣叫的活跃期，有时甚至会一直持续到6月份。这样长的鸣叫时间，在鸟类中也算是比较突出的了。因此，即使在生育繁殖期，我们也会时常听到它们的鸣叫。秋天和冬天，在河口和海岸附近的地带经常能看见它们的身影，它们此时的叫声好似呼喊一般，听起来似乎带有一种悲伤。但是在这段时间，如果天气足够晴好温和，它们也会发出几声欢快的叫声，稀稀落落地在空气中回响。就是这零星的快乐歌声，总会勾起人们对春日里那逝去的美好声音的怀念，附近的其他鸟儿也被这样的鸣叫声带动起来。

然而，最常见的、能给人们带来快乐的鸟儿还是凤头麦鸡。在春天里，如果能够目睹它飞翔的优美姿态，聆听它欢快的鸣叫，可真是一种快乐的享受。它那明快的舞姿与快乐的鸣叫是密不可分的一个整体。新年伊始，我们就开始盼望看到这种鸟的身影了，也更希望能够早早听到它们的鸣叫声。这种期盼的心情，与人们对黑鹂的热切盼望是一样的。然而，一些食鸟的人却认为凤头麦鸡在以后的日子里是毫无用处的。他们说："自从这种鸟'领跑'之后，就一点价值也没有了。"这也许是因为在此后的月份中，它们似乎没有快乐可以给人们消遣了。

凤头麦鸡（麦鸡）十分漂亮。它们是农民的好帮手，能够消灭田里的害虫，因此深得农民朋友的喜爱。然而，因其鸟蛋的味道十分鲜美，因此总能在市场上看到大量待售的鸟蛋，这真是它们的不幸。这种情况在中国

美洲金鸻

美洲金鸻（American Golden Plover），学名Pluvialis dominica，鸻形目鸻科。其体长约26厘米；喙部为黑色，具白色粗眉纹；繁殖期上体呈黄色，带斑点，下体为黑色，冬季体色为灰色；鸣声尖锐，似哨声；生活在草原和高地田野中，也可见于海滨和泥滩；多分布在北美洲及南美洲。（图中下边两只为美洲金鸻，上边一只为欧亚金鸻。）

比较普遍，在其他国家也同样存在。许多年前，每当秋冬时节，常有大量的凤头麦鸡成群结队地在伦敦出现，它们大多是从国外飞来的，如今，这一景象我已很多年没有见到了。

金鸻这种鸟常成为人们盘中的菜肴，此时它们的身体形状与凤头麦鸡十分相似。唯一明显的区别是，金鸻没有后爪。在它们具有鲜活生命的时候，它们的外表和飞行形态与凤头麦鸡是截然不同的。春天时，它们的叫声别具特点，似乎是真假嗓音在轮换发声，人们会从中感受到极大的快乐。而秋天和冬天时，它们的声声鸣叫犹似呼唤，声音单薄，略显凄凉，从中似乎可以感觉到它们的悲伤。

红脚鹬在生育繁殖期时，也不会停止鸣叫。或许这种叫声也可以称为是真假嗓音轮替的歌唱，并且只有在空中欢快地飞行时，它们才会发出这种叫声。它们的这一特征，给人们留下了深刻的印象。在筑巢期，似乎所有的鸟都会发出鸣叫，这时的鸣叫似乎有歌曲的韵律，我们不妨将其称为歌唱。例如，雨燕在黄昏时常在村舍周围盘旋，发出阵阵欢呼似的鸣叫；阳光下，麻雀在树枝上的交谈声、鹡鸰那纤细的歌唱，都属此列。而且，我们也会发现，其他常见的鸟儿中也存在此种类型。长脚秧鸡的叫声是我们幼年时最熟悉的鸟鸣了，但现在却很难再听到。如今在很多地方，它们似乎已经绝迹了，而在过去，它们的叫声却是随处都可以听到的。这真是一件令人心痛的事。我不能说这种鸟的叫声是悦耳动听的，实际上，它们的鸣叫声又尖又细。但是在早夏的夜晚，佛劳顿的花园确实是因为有了它们的叫声而更加充满生机和活力，不过这已经是很久之前的事了。然而现在，我已经很久没有听到过它们的声音了，这令我十分遗憾和惋惜。在这里以及汉普郡的房子周围，已经很难再看到这种鸟活动的身影。我只能在深深的记忆中去找寻它们以及它们的歌声了。

我接下来要详细说一下另外两种我们时常都能够听到的鸟叫声，它们的叫声中都带有快乐的音调。其中一种是夜鹰的鸣叫声，当耳边响起它那悠长的"颤鸣"声时，我们会从内心里感到安抚，它的鸣叫持续很长时间，中途不会出现停顿和间隔。相信大家在第一次听到这种声音时，就一定能确定它是一

三声夜鹰

三声夜鹰（Whip-poor-will），学名Caprimulgus vociferus，夜鹰目夜鹰科。其体长约25厘米；雄鸟颈部和尾角均为白色，雌鸟尾色单调，颈部为淡黄色；鸣声强而有力，可反复连叫400次；生活在树林、灌木丛中，繁殖期在暴露地面或枯叶中产卵，每次产卵2枚；以昆虫为食；分布在北美地区。

种鸟鸣声。它是那样宁静、悠长，又能使听者心平气和，与打谷机的嗡嗡声相似，犹如远处传来的海涛拍岸的声音。我们总会不自觉地就被它吸引，静静地聆听它的鸣叫。

虽然我只见过几次夜鹰，但是我却与它有一次难忘的有趣的相遇，尽管在这次偶遇中我既没有看到它欢乐飞翔的姿态，也没有听到它充溢着快乐的鸣叫。那是某年9月份上旬的一天，傍晚时分，我坐在一棵桦树下面，四周都是水草。我已经坐了很长时间了，因为我注意到有一只鸟儿来来回回飞了很多次，它从我头顶上方的树冠里飞出来，从草地或者附近的其他地方叼了一些东西又飞回大树。它一直重复着这一连串的动作，有时还会在大树的周围飞行一会儿，但时间很短。这是一只夜鹰，它不断从我身边飞过，好像根本没有注意到还有一个人存在。能这样近距离地观察它，我从心底里感到高兴。它一直默默无声地进行着这一系列活动，直到它飞到了我的面前。我和它的距离是那么近，以至于我可以看清楚它身上的羽毛。它此时才发现了我的存在，顿时发出了一声尖利的鸣叫，便径直地从草地中飞走了。我还从未听过夜鹰发出过这样的尖叫声，在它看到我的那一刹那，头是向着我的，所以这声尖叫似乎就是针对我发出的。这好像表明，那不是恐惧的尖叫，而是充满了愤怒和不满。它一直以为自己的行为很隐蔽，却没想到还有一双人的眼睛在注视着它，当突然发现我的存在时，它便不可抑制地愤怒了。也许，当某个妻子发现注视自己脱衣服的那双眼睛并非是自己的丈夫时，她发出的充满抗议与恐惧的尖叫大概与这只夜鹰表达的感情是相同的。

另一种快乐的叫声是沙锥鸟的鸣叫，人们称之为"打鼓"式的声音。据说，这种声音是由其外部的尾羽发出来的。对这一观点，我并没有进行验证，也没有鉴别过，但我相信它是正确的。因为当它欢快地在空中翱翔时，就会发出这种声音。这种鸟喜欢在旷野上空盘旋飞翔，我们经常可以看到它们时不时地在某个角度加速俯冲下来，而这种声音就是在这一俯冲过程中产生的。发出"打鼓"式的声音似乎是它进行这一动作的唯一目的，因为它马上就恢复到了原来的姿态，继续在空中快乐地飞行。如果人们对此感兴趣，完全可以找机会观察到这整个过程。从它那飞行的姿态中，我们只能看到快乐和幸福，再无其

小美洲夜鹰

小美洲夜鹰（Common Nighthawk），学名 Chordeiles minor，夜鹰目夜鹰科。其体长约23厘米；翅膀和尾很长，上体为灰褐色，常有淡色斑点或斑块；鸣声清晰、洪亮；生活在开阔区域和城市，常在夜间出没；繁殖期在岩石、碎石屋顶及暴露的地面产2枚卵；以飞虫为食；分布在北美地区。

他。或许是，在天空的翱翔不足以表现它那旺盛的精力，沙锥鸟才借用这"击鼓"式的声音宣泄自己充沛的精力。其实，与其说这种声音像什么鼓声，不如说是羊羔的咩咩声，因为它与羊羔的叫声十分相似，因此沙锥鸟在一些地方也会被人们称为"空中羔羊"。这种鸟还有另外一种声音，而这种声音与"击鼓"声更为相似，我也只听到过几次。这是一种"咕咕"的声音，并不动听，甚至有些噪耳。但沙锥鸟在停落时，似乎能从这种叫声中获得乐趣似的，一直叫个不停，而它在飞行中并不发出这种声音。记得在晚春的一个晚上，我开车在公路上行驶，看到一只沙锥鸟站在一堆被砍倒的芦苇上，发出这种"咕咕"的叫声。我停下来细听它的鸣叫，不久之后就感到十分厌烦了。似乎这种鸟儿除了鸣叫，就没有其他事可做了。突然，远处的水草地中又传来了一阵这样的叫声，我认出那又是一只沙锥鸟。我不知道雌性沙锥鸟是否与雄性一样，也会发出这种噪耳的鸣叫，但是，这种鸣叫确实与它们起飞后发出的叫声截然不同，而后一种声音才是我们熟悉的。

啄木鸟发出的声音才是真正的击鼓式的声音。在我汉普郡房子的前面，有一棵顶端已有部分坏死的白杨树。每到春天，总有一只小斑啄木鸟在一天之内会多次飞到这棵大树上，落在坏死的那部分枝干上，发出击鼓式的声音。我常常站在客厅的门口观察它。这只鸟儿仰头朝上，紧紧地附在坏死的树枝上，频繁地凿击树干。虽然发出的声音很大，但几乎看不清楚它头部的运动过程。我认为，这种声音是鸟不断地迅速而用力地敲击坏死的树干发出的，但它的动作是如此之快，以至于我们无法将每一次凿击清楚地分开。

在所有的啄木鸟中，我只细致地观察过小斑啄木鸟。尽管绿啄木鸟是最常见的一种鸟儿，我们对它也非常熟悉，但它似乎从来没有发出过敲击树干的声音。它的飞翔也给人一种虚弱的感觉，无论是上升还是下降，都缺少一种力量，以至于让人对它是否能长久飞行产生怀疑。在英格兰南部的某些地区，尽管绿啄木鸟非常常见，但由于它的色彩非常引人注目，以至于很多第一次见到它的人常误以为这是一种非常稀有的鸟儿。

我曾有一次对大斑啄木鸟进行近距离细致观察的经历。在那次观察中，它的行为落落大方，与很多其他动物完全不同，没有一点"害羞"的表现。那是在萨瑟兰郡地区猎场的一片野生白桦林中，它正在一心一意地寻找白桦树新坏死的树枝。也许正是由于这一缘故，它并没有注意到在10米之外，有一个人正在观察它。这样正合我意，我便通过望远镜细致地观察了它一番。那时正是4月份，但大斑啄木鸟似乎还没有交配的迹象。现在想来，能够在那个时间，在那样的北方地区、那样的野外环境中看到它的身影，并且发现它是那样温顺，怎么能不使人感到幸福呢？

小斑啄木鸟

小斑啄木鸟，学名Picoides minor，䴕形目啄木鸟科。其体长约15厘米；上体呈黑色，间有白斑，下体近白色，两侧有黑色纵纹；叫声尖细；喜欢生活在落叶林、混交林、亚高山桦木林及果园；每次产卵4~6枚，雌雄共同育雏；分布于欧洲、北非、小亚细亚至蒙古、西伯利亚及朝鲜。

随着时间的流逝，我们的年龄不断增长，体力和精力也随之衰减，以至于几乎没有机会再去野外进行观察了，尤其是当我们的视力远不如从前，眼中曾经清新的影像变得模糊时，我们就必须认识到，那些曾见过的美好事物以后只能在记忆中找寻了。在这种情况下，那些我们曾欣赏过的、鸟儿飞翔时的情景，就如一幅幅珍贵的记忆画卷常常在脑海中回放，鸥在蓝天下优雅地翱翔的场景就是其中之一。这样做似乎能够得到纯粹的享受，W.H.赫德逊就是如此。幼年时在阿根廷见到的那些大鸟儿在他家乡上空盘旋的美妙情景，深深地印在了他的记忆中，而现在英格兰的上空基本看不到鸟的踪迹，天空总是空荡荡的，这让他抱怨不已。在某些地方，我们还是能够看见鸥活动的身影，它悠然自得地在空中飞翔，好像从中能够长时间地感受到一种高雅的乐趣。在暴风雨中，鸥在大浪中穿梭，将波浪作为自己的避风港，它沿着波浪背风的一面低飞，随着波浪的起伏，迅速地从一个浪头越过，躲到另一个浪头的背风面。鸥在惊涛骇浪中翻飞起伏，它们的翅膀却不会受到任何打击，更不会因此而受伤，正是因为巧妙地利用波浪来做掩护，使得它们可以自由而轻松地飞翔。对于这一景观，我想大家一定非常熟悉了，但据我所知，有关这一点的介绍却似乎有些简单。

大黑背鸥

大黑背鸥（Great Black-backed Gull），学名Larus marinus，鸥形目鸥科。其体型较大，体粗壮，体长约75厘米；黄色的喙十分坚硬，略呈钩状；背部和翅膀为黑色；多在岩石海岸筑巢，每次产卵3枚；多以海滨昆虫、软体动物等为食；春夏生活在美国的东北部海滨，秋、冬季则迁往到美国南方的大西洋海岸。

秋天和冬天的傍晚时分，椋鸟归巢时的情景构成了鸟儿飞翔过程中最为壮丽的画卷之一。劳作了一天之后，椋鸟成群结队地从四面八方飞回栖息地，但它们并不急于回到巢穴，也并不停落在树枝上，而是在栖息地的上空集结，上千只鸟形成了一个大大的飞翔着的圆球。它们以一定的速度在空中盘旋着，彼此的距离都很近，而且在飞行中还时常敏捷地转换方向，但从不会出现任何碰撞，它们的行动如此协调一致，整个鸟群俨然就是一个充满向心力的大集体。在这一刻，仿佛每只鸟都已不是独立的个体，而是整个大集体的一部分，大有触一发而动全身的架势。鸟儿如此盘旋着，在经过一棵棵月桂树时，就会有大量的鸟儿飞落下来，降落在月桂树上。在急促降落的过程中，它们大声地吵叫着，穿过坚硬的月桂树叶停歇在树枝上。最后，所有的鸟都降落下来，回到了自己的栖息之所。现在，有成千上万只鸟栖息在这片常青树林中，但它们没有马上安静下来，吵嚷声还会持续很长一段时间。这嘈杂的喧嚣声很大，以至于某次在较远的地方听到，我竟误以为这是瀑布飞溅产生的声音。月桂树是椋鸟最喜欢的栖身之处，这一点，我在前面已经提到过了。不过，在其他茂盛的常青树上也可以时常瞥见它们的身影。在佛劳顿，冬天时它们也会偶尔在某处集结，以便共同度过寒冬。但如果它们选择的地点与你的处所很近，那将是一件十分糟糕的事情。记得有一年，我房子附近的那片月桂林被它们选中，在如此的近距离内，那些满是鸟儿排泄的污秽之物的灌木丛和地面所散发的气味实在令我难以忍受，最后，尽管非常不忍，这片月桂林还是被砍伐了，因为这是"劝"走这些鸟的最直接、最有效的办法。但如果它们选择的地点与你房子有那么一段距离，任谁也不会去惊扰它们，因为能在傍晚时分看到另一番景象，也是十分有趣和幸运的。在秋末和冬天时，椋鸟黄昏时的飞翔是非常欢快和满足的，表达自己的愉悦似乎是那飞翔的唯一目的，但这时的飞行与春天以及求偶期的快乐飞翔相比，要逊色一些。

　　黑喉鸫鹂的叫声更为奇特。在我听来，它的叫声与小孩疼痛时的哭声类似，这一描述，在很多书中都可见到。它常常在飞翔时才发出这种颇显痛苦的声音，与其他鸟一样，在进入生育繁殖期后，它就会沉寂下来。但我猜测，对于这种鸟来说，与我们听到这种叫声时的感受不同，这是一种它们表达快乐的声音。我很少有机会见到黑喉鸫鹂，一般见到它们时都是在其生育繁殖期的最后日子里，因为那时我刚好能够闲下来，有时间到西部的高地出海垂钓。红喉鸫鹂在行为习性上与它有很多相似之处，它们也会在同一时期频繁地发出与黑喉鸬鹚相似的哭叫声，不过人们却并不认为这有什么稀奇和特别。

红喉鸬鹚和黑喉鸬鹚都具有高超的飞行技艺，这一点是有目共睹的。它们都能够飞得很高，也能持续飞很长时间。但在遇到危险时，却都不会通过飞行逃避，而选择潜入水中，仿佛它们认为飞行是非常耗费精力的活动，不会轻易进行。但是，在享受乐趣方面，它们是不会吝惜自己的飞翔的，总是优雅地张开翅膀，轻而易举地从一个地点飞到另一个地点玩耍。只有在那一刻，它们才显示出自己伟大"飞行家"的特质。

对于大北鸬鹚我毫不熟悉，这一点非常遗憾。

角鸬鹚

角鸬鹚（Double-crested Cormorant），学名 Phalacrocorax auritus，鹈形目鸬鹚科。其体型庞大，体长约90厘米；体黑色，颈部及尾很长；未成年时背部为啡色，脸部、前颈及胸脯呈白色；生活在河流和湖泊及沿海地区，繁殖期常在树丛、地面筑巢，每次产卵2~3枚；主要以鱼类为食，兼食两栖类和甲壳纲动物；多分布于北美洲。

接下来说一说鸬鹚。它有个非常奇特的习惯：常常静静地矗立在岩石之上，翅膀向外张开着，一动不动，似乎在展示着什么。圣詹姆斯公园的守园人告诉我，一年多前，因为鸬鹚的这一习性曾闹过一个有趣的笑话。一名到公园的游客发现鸬鹚张着翅膀一动不动地站在那里，以为那只鸟被电着了，因此按响了守园人房间的警铃。

鸬鹚纹丝不动地站在那里，那样的动作和神态好像是在晾干自己的翅膀。但我想知道，与其他潜水的鸟相比，为什么它的翅膀会如此之湿，以至于需要这样长的时间来晾干。有时，鸬鹚似乎非常不愿意飞翔，好像它根本没有飞行的能力一样。我的猎狗就曾在奥克尼郡的水塘里追逐过一只鸬鹚，它只是在水中躲避着，却没有飞走，虽然那样会更快地摆脱危险。有一次，我发现它受伤了，但我想不出是什么伤害了它，第二天再经过那里时，它已经不见了。还有一次，我在一个养着鲑鱼的池塘边垂钓，一只鸬鹚停落在池塘边的木栅栏上，栅栏已经倾斜，倒向池塘一侧，当时我与它的距离不远，但它丝毫没有飞走之意。直到我把鱼钩甩到池塘里时，它才飞向池塘，并在下落时碰到了我的鱼线。当鸬鹚吞咽食物时，其身体似乎失去了平衡，不容易飞起来。

在飞翔时，鸟儿似乎刻意隐藏自己亮丽、鲜艳的羽毛色彩。所以，当雄孔雀在空中飞翔时，我们常常意识不到去关注它的绚丽羽毛，在鸳鸯飞翔时，我们也会忽略这一点。而翠鸟却是个例外，它的羽毛在飞翔时就如一颗闪亮的宝石一样夺目。当我们听到它那尖细的叫声时，当它展翅飞翔时，我们的目光就会急于寻找它的身影，期盼一睹它那亮丽的色彩。当然，这其中还有视觉角度的原因。每次见到翠鸟时，它要么是与我们处于一条水平线上，要么从我们的头顶飞过，不过它有时也会在水草地中浅飞嬉戏，或者是在河面上低飞穿行。

现在，让我们略微总结一下本章的主题——飞翔中的快乐。虽然鸟儿飞翔要么是为了抵达觅食的地点，要么是为了逃避危险，要么是为了寻找新的家园……所有的主要目的都带有功利色彩，但飞行也是它们表达内心愉悦的一种方式。这一点与它们的鸣叫一样，将生活在大自然中的快乐和幸福展现在人们面前，这是其他动物无法做到的。在我看来，只要能看到它们的身影，听到它们的歌声，知道它们的行踪，就是一件令人倍感愉悦和幸福的事。

除了飞翔和叫声之外，鸟儿还有另外一种方式可以展现自己的欢快和满足，或许可以称之为鸟儿最幸福的展现。我曾见过这方面的一个典型例子：一只黑鹂在草地上懒洋洋地享受阳光，它侧身躺着，朝上的那只翅膀向上抬起，这样，它那柔软细小的羽毛下的皮肤就可以享受到阳光的爱抚了。第一次看到这种情景时，你可能会产生这样的疑问：它病了吗？是受伤了吗？还是遭受到什么打击了？但实际上，它正在美美地享受阳光的沐浴。我还见到过另一个更加有趣、更加引人入胜的场面。那是在某一年的7月份，天气并没有明显转暖，带着寒意的风到处乱窜，但是汉普郡房屋旁边的白垩坑周围却洒满了阳光。我在那里徘徊着，享受着这难得的好天气。突然，一群长尾山雀从我面前飞过，落在不远处的一棵小桦树上。这些小鸟儿感受着这里的温暖，在树枝上摆出各种各样的姿势，尽情地享受这难得的阳光，享受着大自然的美好，久久不愿离去。

Part 11 杜鹃与麻雀

　　杜鹃与麻雀在某种程度上都是令人颇为反感的鸟。与其他鸟儿相比，它们的行为习性极为不同。

　　杜鹃是一种不营巢的鸟儿。它们把卵产到其他鸟儿的巢穴里，因此孵化和哺育下一代的工作就由巢穴的主人在不知情的情况下帮它们完成了，这样自然也破坏了其他鸟儿原来的家庭生活。据说它们是一种实行一妻多夫制的鸟，没有任何的家庭生活可言。所有的这一切，都导致了人们对它们的厌恶。关于它们的婚姻制度，我不知道如何从身边的这些杜鹃身上找到证据。当然，雄杜鹃的数量看起来似乎要多一些，但这有可能是因为雄鸟经常发出的那种叫声更为动听，能更多地引起人们的注意；或者雌鸟和雄鸟的数量本是一样的，但雄鸟的叫声在生育繁殖期里更常被人们听到罢了。虽然雌杜鹃在这一段时期内也会发出叫声，但因其不如雄杜鹃的动听而未能引起人们的关注。即使是一直生活在乡村的人，对雌杜鹃的叫声也不会很熟悉，而且即便有时听到了，也不会想到那就是雌性杜鹃的鸣叫声。有人说雌杜鹃的叫声与水冒泡的声音相似，也许这算是最形象的描述了，我找不到更为合适的词语来加以改进。我猜测，每当它们发出这样的叫声，就是为了呼唤其配偶。关于雌杜鹃的这种叫声，曾给我留下了一段较为特殊的有趣记忆。记得那时我正坐在汉普郡房子附近的菩提树下，菩提树枝繁叶茂，向四处伸展着，遮挡了我投向外面的部分视线，但是我从树下仍然可以看到很大的范围。忽然，一只杜鹃飞到这里，停落在我前方只有数米远的树枝上。它停落后，就发出了那种水冒泡的声音，十分响亮。立刻，不远处响起了雄杜鹃热切的"咕咕"声，只见一只雄鸟一边飞一边发出这种声音，转眼间就已经紧挨着雌鸟停落在树枝上了。就这样，我目睹了乔叟笔下所谓的"春天的仪式"。在这次经历中，我没有发现附近还有其他雄性杜鹃的迹象，因此，这似乎可以表明，这种鸟与其他的鸟一样，也是实行一夫一妻制的。不过有时当雌杜鹃发出这种叫声，会同时引来几只雄鸟，它们都会发出"咕咕"的声音，因此我猜测这种我们经常听到的"咕咕"声，大概是雄鸟在回应雌鸟的呼唤。通常情况下，与其他鸟儿的叫声一样，这种"咕咕"声都是非常欢快、充满活力的，也充满了挑战的激情。

杜鹃的出镜率很高，以至于大家对它的生活习性似乎都了如指掌，我不知对此还能说点什么。或许回忆一下我之前对它们的那两三次观察，还有些意义。

有一次，大约是在5月末6月初的时候，我与同伴正开车在一条乡间的小路上行驶，突然有一只杜鹃慌张地从树篱丛中飞了出来，看起来十分焦躁不安。我们停下车想弄明白是怎么回事，便走到近处，才发现那里有个尚未完全营造好的鸟巢。我认出，那是一个林岩鹨的巢穴。由于我没有太多的时间来继续观察，因此只好拜托我的同伴帮我弄清情况。（他是本地人）后来他告诉我，当时那个鸟巢就是已经造好的，杜鹃将它的卵产在了那个巢穴里，与林岩鹨的卵混在了一起。这件事表明，杜鹃在寻找好准备产卵的巢穴后，很可能会提前在上面留下记号。

另一件事与一对白鹡鸰有关，它们每年都会在我汉普郡的房子上筑巢。它们是杜鹃鸟"恶作剧"的典型受害者。这对白鹡鸰已经在这里筑巢很多年了，从来没有受到过什么骚扰，但自从它们的巢穴被一只杜鹃发现后，骚扰就接连不断地来了。在我房子前有一个小小的亭子，上面爬满了密密麻麻的爬藤植物，这对白鹡鸰的巢穴就建在爬藤的一处交织点。那只杜鹃悄悄地把卵产在它们的巢穴中后，就飞走了。于是，白鹡鸰一直将那枚卵和孵化之后的幼杜鹃当成是自己的孩子来对待，承担了孵化和喂养的全部任务。当完成这些任务后，这对白鹳鸽在屋后的常春藤里又搭建了一个巢穴。但不幸的是，先前那只杜鹃再次发现了它们的巢，并在其中产下一枚鸟卵，白鹳鸽又一次成了那不速之客的养父母。第二年，这对白鹳鸽仍没有舍弃那片爬藤，又在其中安了家，并产下三四枚卵。此时，我在它们的巢穴附近再次发现了杜鹃的踪迹，不过没有发现杜鹃在那巢穴里产下自己的鸟蛋。但是这对白鹳鸽已变得非常警觉了，它们毅然放弃了这里，并且从此以后再也没去那片爬藤筑巢。

黑嘴美洲鹃

黑嘴美洲鹃（Black-billed Cuckoo），学名Coccyzus erythropthalmus，鹃形目杜鹃科。其体长约30厘米；喙部全为黑色，翅膀颜色较深，尾羽带少许白色；鸣声连续，为"cow，cow"声，下雨前尤其吵闹；生活在灌木丛、空旷地和果园中，在平坦的巢穴中繁殖；广泛分布于美洲地区。

　　在我房子上或者附近的鸟巢中发现的杜鹃的卵，类型全部是一样的。它们的外形和白鹳鸽的卵很像。但是在鸲、水蒲苇莺、林岩鹨等许多不同种类的鸟巢中也能找到杜鹃的卵，这些鸟也和白鹳鸽的遭遇一样，不知不觉中成了杜鹃后代的养父母。关于水蒲苇莺的遭遇，我还有一次特别的发现。那一次，一只水蒲苇莺被我从巢中惊走，然后，我瞥见巢中有一枚鸟蛋。为了不打扰它孵化，以免它放弃这个巢穴，我没有靠近细看，马上就退走了。当第二个周末我又来到这里时，那只水蒲苇莺正伏卧在巢中。我把它驱走了，欣喜地打算好好研究一番，看看这枚卵孵化到什么程度了。但是，巢穴中那唯一的一枚鸟卵竟是一枚杜鹃的卵！的确，掐指算来，如果这只水蒲苇莺孵化的是自己的卵，在这个时候孵化期应该早就结束了。而现在，它伏在杜鹃的卵上，那些属于自己的卵却全都不见了，唯一的可能就是杜鹃将原来的卵都移走了。每一年，我都会发现杜鹃将自己的卵产在我房屋附近的其他鸟的巢穴中，而且会专注于一个鸟巢或同一种鸟的巢穴，然后连续几年都在其中产卵。而像上面那样的情况——巢穴中只有杜鹃的卵，我也只见过这一次。那么这一次它为什么改变了一贯的习性，将巢穴主人的卵移走，只将自己的卵单独留在巢中，这其中的原因我们真是无法得知。同时还应该有这样的疑问：那只水蒲苇莺为何会如此心甘情愿地孵化杜鹃的卵并哺育其幼鸟呢？

杜鹃的幼鸟成长得很快，待它成熟后，就会霸道地将同巢的其他鸟类伙伴驱走而独霸巢穴。关于这一点，已经有很多事实甚至照片可以证明，大概也得到了大家的认可。早在18世纪末期，詹纳就曾详细而精确地描述了这一过程，而从那时起，那些对詹纳的观点持怀疑态度的人们就没有停止过对这一过程的观察或进行相关的实验。然而在该观点发表了100多年后的今天，我在一本期刊中读到了一份对杜鹃幼鸟的这种行为存在异议的署名信件。这种异议是典型的缺少"人为特性"的例子。正是由于缺少这种"人为特性"，才使得人们产生不去探究行为现象本身而只是一味否定的倾向。在我们的生活中，经

黄嘴美洲鹃

黄嘴美洲鹃（Yellow-billed Cuckoo），学名Coccyzus americanus，鹃形目杜鹃科。其体型纤细，体长约29厘米；下颚呈黄色，翅膀基部色浅，部分尾羽末端为白色；鸣声为"kow-kow-kow-kow"的声音，十分洪亮；生活在空旷地、灌木丛和果园中，繁殖期常筑平坦的小巢，每次产卵2～6枚；食物以毛虫为主；广泛分布在美洲地区。

常可以看到这一现象，但与之相对的另一种情况则更为普遍，那就是轻易相信、在缺少事实根据的情况下进行判断的倾向。对于发展科学与传播真理来说，这两种倾向都将在很大程度上起到阻碍的作用。

现在姑且放下它们的生活习性不谈，杜鹃的叫声却是最常听到的一种鸟鸣。有句古老的诗句为"夏季欢歌"，表达的就是人们对杜鹃鸣叫声的最热烈的欢迎。除了前面引述的华兹华斯将自己的悲伤心情转化为杜鹃哭号似的叫声外，杜鹃的叫声一直被视为可以为人们带来快乐和幸福的幸运之声。

每一年里，当我们能够瞥见它们的身影、听见它们的叫声时，就意味着一年之中最美好的时节来临了，因此，人们总是热切地期盼着它们的到来。虽然它们那奇特的类似哭泣的叫声与自然界的声音总有些不协调，但与人的声音能够打破自然界的沉寂一样，它们的鸣叫引起了自然界里其他声音的共鸣：

红树美洲鹃

红树美洲鹃（Mangrove Cuckoo），学名Coccyzus minor，鹃形目杜鹃科。其体长约29厘米；头顶部为棕色，尾长，有白色斑纹，下部颜色丰富，夹杂白色、粉黄色和肉桂色；鸣声为"咯咯"的声音，微弱而粗哑；生活在红树丛中，繁殖时常筑巢于红树上，巢由枝杈和叶子构成，常以毛虫和蚂蚱为食；广泛分布在美洲地区。

　　大海的沉寂被打破，
　　一直向远处蔓延，
　　直到那更遥远的赫布里底群岛。

虽然我从未去过赫布里底群岛，更没有听过那里的杜鹃的鸣叫，但我曾在苏格兰西部高地的峡谷中发现过它们的踪迹。在7月份时，那里更是杜鹃的盛会。随着季节的变化，这种鸟也会在鸣叫时耍出很多"新花招"，它们清晰利落的"二倍声高的叫声"有时会分解成许多并不动听的音节。有时，它们会发出一种粗野的狂笑般的声音，那是一种更为古怪的鸣叫，人们常把那种声音称为"魔鬼的笑声"。

我听说，当夏天临近尾声时，成年杜鹃就开始了它们的迁徙之旅，而那时杜鹃幼鸟还没有准备妥当。因此，杜鹃幼鸟完全是自己寻找到它们的迁徙之路的，成鸟没有为它们提供任何指示。但从表面上看，这并不存在什么奇特之处。在向南方迁徙的浩浩荡荡的队伍中，并没有哪种鸟儿在迁徙的路上迷失，迁徙已成为鸟儿的本能，是祖祖辈辈遗传下来的能力，在这种本能的促使下，鸟儿从事着这项颇为重要的使命，其意义也许仅次于生殖繁衍。在迁徙过程中，方向感也是出于鸟儿的本能。但是，在我看来，杜鹃幼鸟在没有任何指引的情况下能够沿着其种族惯常的途径迁徙，这和苍头燕雀可以在生活的第一个季节里建造出一个精致的巢穴而不需要任何指导一样，都是令人惊叹的奇迹。

现在，我们再来介绍一下麻雀。除非在城市里，否则它们就会一直在我们身边出没。每个早晨，当其他的鸟儿发出悦耳的歌声时，麻雀却叽叽喳喳叫个不停，令人生厌。即使周围很嘈杂，我们也能轻易分辨出这种声音，因为这种声音十分尖细，使你无法回避。

麻雀

麻雀（Sparrow），学名Passer montanus，雀形目文鸟科。其体长约14厘米；喙为黑色，呈圆锥状，头颈为深栗色，脸颊左右各有一块黑色斑纹，背部为浅栗色，间有黑色条纹，肩羽有两条白色带纹，尾部呈叉状浅褐色；叫声喧噪；喜欢栖息在人类居住地或田野；主要以谷物为食；广泛分布于中国各地。

如果有人用歌声来称呼这种叫声的话，那真是一种罪过。在屋檐下经常可以看到麻雀的巢穴，这样的巢宽松而又随意，借用屋檐下的紧密结构，用稻草铺垫而成。其巢穴内也非常凌乱，没有一点美感，让人感到非常不雅。但营造这种粗糙的巢穴是它们唯一的建筑技能，除此之外，它们别无所长。它们具有强大的繁殖能力，种群的个体数量惊人，这会严重危害谷物等农作物的生产，有时还会叼走番红花的花序。这种鸟似乎有些近似卖弄的浮躁，这一点也加深了人们对它的反感。过去在汉普郡房子前面的草地上，我会为鸟儿们准备一些食物。这些食物吸引了一大批鸟儿，有黑鸫、鸫类、苍头燕雀、红腹灰雀、白鹡鸰、鸨类、林岩鹨、蓝山雀

松 雀

松雀（Grosbeak），学名Pinicola enucleator，雀形目燕雀科。其体型较大，体长约25厘米；喙部厚且带钩，翼部有白色斑纹，尾部长；雄鸟为玫红色，雌鸟略呈灰色；鸣声似笛声，带有颤音，洪亮而甜美；多生活在针叶林中，并在其中繁殖；主要以松子为食；多分布在北美地区、欧洲及亚洲，在中国境内常见于东北地区。

和沼泽山雀等，一对普通的鸫也时常光顾。这些鸟都成了常客，对于人类，它们都给予了不同程度的信任，因此并不"羞"于见人，也显得相当温顺。有那么8对麻雀也会到这里觅食，但当有人注视的时候，它们从来不会出现。一旦我躲到树后或距离它们远一些时，它们才会飞落到地面来取食。与其他那些"光明正大"的鸟儿比起来，它们更像是窃贼，行为鬼祟，羞于见人。即使与类似的鸟儿相比，这种鸟儿的吸引力也较之更少。

如果一定要歌颂它，那么只能这样开始了：它是一种鸟，而且与其他的鸟儿一样，身体披覆着羽毛。从它的羽毛上我们可以获得某种程度上的美的享受。假如你能够认真地去品味，便会发现雄性麻雀是一种美丽的鸟。它具有强烈的责任感和感情，对于其配偶和后代都是如此，它与雌鸟一起分担哺育幼鸟的冗长而繁重的任务。还有一点我们不能忽略，那就是麻雀十分聪明伶俐。在某些方面，它们表现出来的聪慧甚至让人觉得不可思议。它们并不刻意地将巢穴建在隐秘的地点，反而把那些用羽毛和稻草搭建的粗糙的巢穴建在非常明显的地方，人们很容易就能够找到。但这并没有对它们的生存状态造成影响，原因是什么呢？在我看来，最主要的是尽管其巢穴显而易见，但建巢的地点却是人们并不愿意涉足的。虽然巢穴就在视线之内，但为了避免招惹不必要的麻烦，人们通常不会去触摸。

后来在佛劳顿我还遇到了这样一件事，也足以看出麻雀的聪明。为了可以随时给那些水禽喂食，我总会在绿屋前面的篮子里放些食物，这一习惯一直保持了很多年。在绿屋附近生活了至少一对苍头燕雀，但它们却从来没有发现这些装着食物的篮子。三年前，一对麻雀在花园里安了家。自从不在这里养马以来，绿屋很长一段时间都是空荡荡的。虽然放置食物的地点距离它们的巢穴还有一段距离，但它们很快就发现了食物的所在地。熟悉这里的生活，也没有用太长的时间。它们很快便能够通过天窗自如地出入绿屋，一旦有人进入房间，马上就会顺利地从天窗飞走，从来不会迷失方向。而它们的那些邻居——一直居住在这里的苍头燕雀却没有发现这条进出房屋的途径。即使进进出出的麻雀已把这一通道向它们展示出来，它们也没能领悟。

在英格兰的北方地区，曾有一位商人这样评价一位表现突出的员工："他不会为过去过分叹息。"这句话用在麻雀身上也十分贴切，麻雀也从不会为过去过分叹息。尽管遭到了人类的敌视，但凭借其自身的聪明伶俐、家庭的美德以及强健的身体，麻雀家族一直"人丁兴旺"。

Part 12 我的养鸟之乐

这是一个好奇心泛滥的时代。人们对那些公共人物、名人们总是充满着好奇心,都想把这些人背后的隐私挖掘出来。鸟儿也一样成为人们猎奇的对象,吸引着人们的关注。

在帕克特先生所著的《英国鸟类》及《爱尔兰自然学家》这两本书中,作者向我们展示了我们平常所见的一些鸟儿的生活场景。虽然,作者获得这一切需要进行长时间的观察,但却因此而丰富了我们对于花园中那些鸟儿的认识,并让我们对鸟儿的兴趣越来越浓,可以说是相当值得的。

就我个人来说,我的观察对象主要是鸲。我曾经与好几只不同的鸲建立起了良好的关系,我观察鸲的目的没有丝毫科学考察的因素在里面,仅仅是为了能够在一种完全自然的状态下与这些鸟儿亲密相处,以获得内心的满足和愉悦。这些鸟儿都不会在我住的房子周围活动,更不会被我圈养起来,它们不会在我的影响下过一种依靠人类的生活。虽然每天我都会给它们提供丰盛的食物,但是它们也不会频繁地出现,最多一天一次,并且一直和我保持一定的距离。如果不是我给它们提供食物的话,我还真没有其他更好的办法去改变或是影响它们正常的生活。

我曾亲手喂养过一只鸲,这只鸲的右边翅膀上有一支白色的羽毛,这是它最明显的标记,我很容易认出它来。这支羽毛仿佛要终身跟着它一样,可能是它从来就没有换过羽毛,或是换过羽毛后又在原处长出同

红喉歌鸲

红喉歌鸲（Siberian Rubythroat），学名Luscinia calliope，雀形目鸫科。其体长约16厘米；此鸟得名于喉为红色，雄鸟的红艳于雌鸟，眉纹和颊纹为白色，尾部为褐色，腹部皮黄白；雌鸟胸部偏褐色，头部有黑白色条纹；鸣叫声尖利刺耳；夏季多在东北亚繁殖，冬季迁往印度、东南亚地区。

样的一根白色羽毛。这只鸲占据了池塘一头的两侧作为自己的领地。从1921年到1922年的冬天，每天我都会把它最爱吃的虫子装在一个盘子里，然后送到它的领地里让它取食。这时，它会停落在我的手上，然后再吃盘子里的虫子。到了繁殖时节，我仍会端着虫子去喂它和幼鸟。大约7月中旬时，它就从这里飞走了，再次出现时是8末。它仍然会回到它原来的那片领地，而且还与以前一样落在我的手上。它一向很温顺，但是一直都是形单影只。这种状况直到1923年春天才得到改变——一只雌鸟飞进了它的领地。这只雌鸟的叫声十分尖细，它就像一只嗷嗷待哺的幼鸟一样，等着雄鸟从我手中叼走虫子去喂它。雌鸟从来没有亲自飞过来取食。1924年7月它又不见了，到了8月时它又回到了这里。它的那根白色的羽毛依旧那么显眼，可能是换羽后新长出来的。由于有这个特征，我总能第一眼就辨识出它来，它也因此有了一个名字——"白羽"。但这次回来遇到了一点麻烦，它原来的领地被另一只鸲占去了一部分，因此，"白羽"的领地被限制在池塘西部的一侧。我还是像以前一样给它端去虫子，它也像以前一样温顺。有时它吃饱后仍停留在我的手上不肯离去，等到我的手轻轻向上一扬，它才飞走。1924年年终的那几天，它还是像平常一样飞到我面前来吃我为它准备的食物，但是那几天过后，我就再也没有见到过它。同时，它仅有的领地也被另一只鸲占领了。我试着寻找它，希望它只是被同类赶到稍远一点的地方而已，但是我根本就没有找到它的一丝踪迹。我开始害怕起来，担心它在和同类鸟儿的争斗中受伤，甚至死去。

在另一只鸲的身上我也观察到了相似的习性，当然，也发现了某些差异。

在另一个水塘的旁边有一把白椅子，那是供来这儿喂养鸟儿的人休息用的。在椅子的右侧长着一簇茂盛的山茱萸。1924年，我曾在这儿喂养过一对配对的鸲。雄鸟会飞落到我的手上从容地衔走虫子，而雌鸟每次仅在我的手上稍作停留，然后衔着虫子迅速飞走。春天到来的时候，雌鸟就不再亲自从我手上取虫子了，它只在椅子旁的那丛山茱萸中发出非常可怜的叫声，此时雄鸟承担了喂养它的任务。后来雌鸟离开了山茱萸，飞到了100多米外的树丛里，此后，雄鸟只好从我的手里衔着虫子，然后飞到那片树林里喂雌鸟。为了获得更多的虫子，雄鸟不得不来回奔波。我想它们的巢穴一定就在那片树林里，但是我没有去实地寻找过，因为我怕此举会将它们的巢穴暴露给它们的天敌。7月，这只雄鸟飞走了，等我再见到它的时候已经是9月了。它还是像以前一样温顺，甚至有几次它还想飞到我坐的椅子上来。可惜的是原来的山茱萸已被另一只鸲占据了，如果它飞过来将会受到猛烈的攻击，最终，它放弃了飞过来的念头。我知道，它一定希望我能够换一个地方给它喂食，这个地方最好离山茱萸里的那只"泼妇"远一点。那丛山茱萸中的鸟儿从来没有飞到过我的手上来，因此我也无法分辨它是否就是春天时的那只雌鸟，甚至连它是不是雌鸟我也不敢肯定。1925年春天到来时，那只温顺的鸲飞回来了，它依旧会飞到我的手上来取食，然后飞到那住着"泼妇"的山茱萸那边去喂它的雌鸟。当然，非常有可能那只雌鸟就是原来的那只"泼妇"——曾经驱赶它，不让它靠近那片山茱萸的雌鸟。但是，雌鸟从未飞到过我手上来取食，在它身上也没有任何明显的标记，所以我也不能确定到底是不是它。和往常一样，筑巢期一到，那只雄鸟就消失了。我最后一次见到它是在当年的7月，当时有两只幼鸟寸步不离地跟在它的身后，虽然它依旧从我的手上衔走虫子去喂它们，但是却表现得心不在焉，甚至有些急躁，像是要尽快甩掉这些幼鸟一样。经过换羽期后，它又飞回1924年居住过的那片林子，悲剧再次上演了——它还是像上次那样被禁止飞到那片山茱萸去，直到1926年才获得山茱萸中那只雌鸟的"恩准"，条件是必须喂养那只雌鸟。这年4月的一天，我发现这只温顺的鸫的胸毛凌乱不堪，并且数日不间断地坚守着自己的领地，看样子是遇到了不小的麻烦。我依旧每日去喂养它。终于有一天，这只鸫再也没有飞到椅子边来取食了。然后，我发现在离我不远的一棵树上，有一只鸫站在高高的树尖上卖力地发出鸣叫声。我端着盛着虫子的盘子冲着它扬了扬，它的反应让我觉得我所做的只是徒劳，它只是一个劲儿地自顾自地在那里唱歌而已。显然，这不是一位"熟客"。原来那只温顺的鸫再也没有出现过，这只新来的鸫也从未接受过我的喂养。这或许是一句老话的最好佐证：

简单的道理，命运的安排；
这就是，强权者制人，
自食其力者食于己。

究竟这位新来的"霸主"是不是连原来的那只温顺的鸫的配偶的领地也一起抢占了去，这也是我一直感到困惑的问题。

除了那只温顺的鸫外，从1925年到1926年间，我还养过另外3只鸫。它们的领地相互靠近，通过一片巨大的灌木丛连接在一起。有时候它们会一起来到这片灌木丛，此时，想要去喂养它们就会异常困难，因为不管是哪一只飞到我的手上，都会立即遭到另外两只的攻击，这种纷争让我感到很厌烦，我不得不走到它们各自的领地去伺候这些难缠的"领主"。它们从我手上吃食的方式不完全相同，有一只会快速地从我手中衔去虫子，我断定这是一只雌鸟；另外两只则是从容不迫地在我的手上享受美食，我断定这是两只雄鸟。这两只雄鸟中，有一只的领地靠近我住所的东侧，这只鸟儿非常讨人喜欢，并且十分温顺，它总是站在一棵高大的枫树的树尖上高声歌唱。不过，只要我拿着装虫子的盘子出现时，它就会立即停止。经过一段短暂的沉寂后，它会像箭一般地冲下来，落在我手上开始饱餐起来，然后飞回树尖继续唱歌。有时候，虽然我待在房子里面，它也会从天窗里飞进来落到我手上。有一天，它在吃饱了以后，竟然就在我的面前高声歌唱起来，那声音饱满而清脆。因为我们的距离如此近，我感觉我的耳膜快要被刺穿了。以前的那只鸲也会在离开我的手掌之前叫上几声，但这只鸲是唯一一只把我的手掌当做舞台的鸟儿。我不清楚它有没有配偶，到了4月时它就悄悄地飞走了，虽然它的领地并没有被侵占的痕迹。

鹊鸲

鹊鸲（Oriental Magpie-robin），学名Copsychus saularis，雀形目鸫科。其体长约21厘米；上体呈黑色，略带蓝色金属光泽，翅有白斑，飞羽和大覆羽为黑褐色；下体前黑后白，尾呈凸尾状；生性活泼好动，常出现在村落和人家附近的园圃、树旁灌木丛，也见于城市庭园中；以昆虫为食，也会吃少量草籽和野果；分布于欧亚大陆、非洲北部、印度次大陆、中南半岛、中国西南和东南地区。

至于另外两只鸲，它们结成了"夫妻"，不过这种关系似乎有些勉强，因为它们之间总是充满争斗，显得不那么和谐。不过，它们的领地还是合并在了一起，就像在从前，一个国王娶了相邻的一个国家的国王的遗孀或公主后，这两个国家就成为了一个国家。

因为我正在写作这本书，所以我要借此机会多观察一下这对鸟儿，以便能多写下一些。1926年1月，我发现它们彼此的关系有了较大的改善，虽然此时用"友善"来形容还是有些勉强，但是它们已经开始慢慢地学着

赭红尾鸲

赭红尾鸲（Black Redstart），学名Phoenicurus ochruros，雀形目鸫科。其体长约15厘米；上体呈黑色，头顶及枕部为灰色，下体呈棕色；鸣叫声特别，似流铅灌入瓶中，常在清晨或夜间在栖木上鸣叫；常活动于山涧、草原、林缘、农田和村庄；以无脊椎动物为食；广泛分布于古北界，越冬时迁往非洲东北部和中国东南地区。

相互容忍。在花园的出口处有一处被修剪得四四方方的紫杉树台。起初，如果它们共同出现在那里，那么决定谁最终留下的唯一方式就是打斗。到了1月末，这两只鸟儿都能容忍对方在同一时间停留在那儿。如果以前我同时给它们喂食，只要其中一只来取食，另一只就别想加入，因此它们只好轮流到我手上来取食。此时它们之间的态度就是一种很牵强的包容，好像只是迫于某种生存压力而不得不放弃对彼此的敌意。

3月，雄鸟开始给雌鸟喂食。即便是在这个时候，从它们的行为中也看不出任何的感情色彩。虽然雄鸟每天都会给雌鸟喂食，但却表现得很勉强，仿佛这只是它不得不完成的一项任务而已，没有丝毫的爱意可言。雄鸟对雌鸟没有任何爱的表达，雌鸟对雄鸟也丝毫没有讨好的意愿。只是雌鸟经常会发出一些细小的叫声，我猜测那是在提醒雄鸟它需要虫子了吧。

它们在茂盛的常青藤里筑巢，巢离地面约有3米的距离。这簇常青藤靠近花园，离紫杉树丛大约有50米的距离。4月23日，我听到了幼鸟的叫声，这预示着它们需要更多的虫子，于是这两只鸟儿开始忙碌起来。有时，它们会一起飞到我的手上，从盘子中衔走虫子，但是雌鸟的行为依旧像抢一样，而不像雄鸟那样平静而安详地衔走虫子。

5月11日，在这两只亲鸟的辛苦喂养下，这窝幼鸟已经可以飞行了，这预示着它们的双亲将不再喂养它们。

5月15日，雄鸟又开始衔食"伺候"雌鸟。此时，一只幼鸟出现在雌鸟的旁边，看样子它是渴望还能得到亲鸟的虫子，但是雄鸟丝毫没有注意到它。5月16日，我只看到了那只雄鸟，但是它好像对虫子没有丝毫兴趣，不过还是从我手上衔走了一些，可能是去喂养躲在一旁的雌鸟吧。5月23日，这两只鸟儿跟着我飞进了我的绿房子。到目前为止，雌鸟还是让雄鸟"伺候"着，但是偶尔雌鸟也会主动飞到我手上取食。5月24日，我看见雄鸟独自站在紫杉树上唱歌，对我手里的虫子表现得很冷漠，但是它最终还是飞下来吃了一只，接着衔了一些就飞走了，显然，它是要去喂养另一只鸟儿，可能还是那只雌鸟。5月24日以后，我就没有再看见这两只鸟儿了。

　　过了鸟儿的换羽期，有一天，我发现有一只鸲出现在这块领地并大声地唱着歌，它对我提供的虫子一点也不在意，从眼神中还透露着一丝恐惧，显然，这是一只陌生的鸟儿。我再次为那两只鸟儿的下落担心起来，这就像一个谜团一样让我足足困惑了半年时间。（在本章结束时，我将单独对这一对鸲的重现做说明）

　　以我的经验来看，所有雄性鸲都可以被人喂养。开始时，我们可以将面包屑之类的食物撒在地面上，吸引它们过来取食。接着可以在地面上放一个类似糖果盒那样的金属盒子，在盒子里装上鸟食并朝着它们把盒子打开，让鸟儿们逐渐熟悉这个装有虫子的盒子。然后蹲下来一手拿着盒子一手指着盒子，这是最为关键的步骤。此时那些雄性的鸟儿是有胆量来冒这个险的，它们见到伸出的手指就会飞来停在盒子上面。最后就是当鸟儿站在手上取食时，我们慢慢站起来，做到这一点比较容易。在天气恶劣、食物匮乏的情况下，整个训练过程可能只花两三天的时间就能完成。一旦整个过程顺利完成，鸟儿们就再也丢不掉靠人们喂养的习惯了。它们对人已经有了充分的信任，即使是在天气好转、食物充足的时候，这种信任和习惯也依然会持续。

　　鸲吃食的方式是这样的：首先用喙衔住虫子横在嘴里，然后再停留一到两秒，你会发现它嘴里的虫子突然就不见了。其吞咽的速度非常快，以至于想要把这一过程看清楚十分不容易。当第一口虫子被吞下去之后，它们会马上吃第二口……中途歇息一会儿，期间它们会很悠闲地站在人的手上。虽然它们的行为有时会让人觉得不快，但是我想没有人会愿意去惊扰它们。一般来说，它们会把最后一只虫子带到地面上来吃掉，此举是向主人表明它们已经吃饱了。先前的那4只鸲非常容易接触，因此我每天都会到它们的领地里去喂养它们。这已经成了我每天的习惯，我也从中获得了很多的乐趣。在食物充足时，一只鸲一次大概只吃4条虫子，平常一般是9条，我记得有一次一只鸲站在我手上一共吃了21条虫子，并且都是狼吞虎咽地完成的。当连续吞食多条虫子以后，鸟儿们往往都会停歇一会儿，我想它们大概是在回味食物的味道吧。

在鸲的鸣叫中，有一种音调极高而又非常尖细的声音，与一只小小的弓弦在单弦小提琴上拉过发出的声音极为相似。这种叫声是在另一只鸲入侵自己的领地里时发出的战斗的信号。由于这种叫声声声发自肺腑，所以更像是鸟儿情感的流露，而不仅仅是传递愤怒或挑战的信息。在人们抓住鸲的时候，它们也会发出这样的声音。

它们发出的另一种声音是带着颤音的，比在精力充沛时发出的鸣叫声略显细小。虽然这种声音听上去无比甜美，但事实上这种叫声是鸲用来警告或是对其他邻近的鸲发出挑战的信号——要么是它向对方挑战，要么就是对入侵者的警告。当它们在我手上取食时，也经常发出这种叫声。它们是何用意，我相信大家都能会意吧。

鸲和鸲之间往往会发生非常残酷的争斗。1月里的某天，气温陡降，当时我正在喂养一只停在我手上的鸲，"白羽"——前面经常提到的那只鸲，向我飞了过来。这一行径把正在吃食的鸲激怒了，它们发生了激战。等到这场战斗结束，雪地上留下了大量的黑色羽毛。在它们的打斗中，我注意到并没有如此多的羽毛落下，或许，在同一地方，先前已经发生过一次或是几次残酷的争斗了。

1924年1月，天气寒冷。我继续喂养着那只温顺的鸲，此时，一只煤山雀出现在我的视野中，引起了我强烈的兴趣。它经常落在离我不远的一片灌木丛中，聚精会神地看着我手中的鸲取食我为它准备的食物。经过我数日的诱导，这只煤山雀对我已经表现出明显的信任，它也飞到我手上吃食，但是它的吃食方式与鸲截然不同——它会先停在我的手上，然后选好一只虫子，再叼着虫子飞到邻近的一根树枝上，用爪子踩着虫子，通过喙尖把虫子撕碎，再一点一点吞下去，整个过程显得格外优雅。如果我把虫子剪碎了装在盒子里喂它，它也会在我手上一点一点地吃。但是如果它在这些被剪碎的虫子里发现了一条完整的虫子，它依然会叼着它飞到邻近的树枝上慢慢享用。我们之间的这种友好、和睦的关系让这只煤山雀养成了一种很特别的习惯：它会在绿房子旁边的一棵大树上等着我出现，它好像记得我每次都是捧着装有虫子的盒子从这里经过。

煤山雀

煤山雀（Coal Tit），学名Parus ater，雀形目山雀科。其体长约11厘米；上体呈黑色，羽翼上有两道白斑，颈背部亦有大块白斑，背呈灰色或橄榄灰色，白腹间或有皮黄色；鸣叫声响亮；生性活泼，喜欢生活在针叶林或混生林的上层；分布于欧洲、北非及地中海国家，东至中国、西伯利亚及日本。

某天下午，在喂完这只煤山雀后，我信步走到200米之外的另一片林子里。那儿的月桂树长得过盛，我打算把它们中的一些锯掉。在我干活的时候，我发现那只煤山雀在一旁专心致志地看着我，于是我停下手头的工作，把随身携带的装着食虫的盒子拿出来，它马上就飞了过来。在随后的一个多小时里，它就一直停在离我不远的树枝上。当我干完活离开这片月桂树林，它竟跟着我，直到我们到达绿房子门前才停下来。在进屋之前，我又喂了它一次。

  我以为这只煤山雀会和我建立长久的友好关系，在它有了配偶后，我还特意多准备了一些盛有食虫的盒子，希望此举能够留住它和它的配偶。但是第二年春天来临前，这只煤山雀和它的配偶都不见了，并且此后再也没有回来过。在整个过程中，我发现煤山雀和鸲在某些方面有显著的区别：在没有干扰的前提下，煤山雀可以跟着我到任何其他煤山雀的领地去，而鸲却不行———一旦一只鸲侵入了另一只的领地，它们立刻就会陷入一场残酷的打斗之中。

  以前，我的妻子也喂养过一只鸫鹛，像那些温顺的鸲一样，这只鸫鹛也会在我妻子的手中取食。非常有意思的是，它取食的方式与鸲明显不同，鸲一般是直接冲向我手上那只盒子，显得很粗鲁，很不礼貌，而鸫鹛总要在盒子上方绕着飞几圈才落下来。

  如果你长时间生活在乡村，可能会有较多的闲暇时间与这些野生的鸟儿朝夕相处。我知道一处颇负盛名的花园，虽然我不曾亲眼观赏过，但是我知道花园的主人靠一如既往的坚持与耐性和许多野生的鸟儿都建立了非常融洽的关系。这让我十分敬佩。

  除了乡村，在伦敦城里也会见到许多自由无拘的、温顺的鸟儿，黑头鸥就是其中一种。这是一种完全野生的鸟儿，每年秋天和冬天，在伦敦街头随处可见它们的身影。它们也会从人们手中叼走食物，说得更准确一点，应该是"抢走"食物。在水禽中，也有几种比较有趣的鸟儿，比如前面说到过的凤头鸭和潜鸭，它们往往出现在离人们很近的地方，自由自在地活动，毫无拘束。另外还有一些主动吸引人们注意的鸟儿，比如麻雀和林鸽。在伦敦，有一些经常和鸟儿打交道而颇有心得的人，我曾在州立公园里遇到过。那天，一个人正在亲手给一群麻雀喂食，我发现距他几米远的地方有一只林鸽走来走去，于是我问道："你有办法让那只林鸽到你的手上来取食吗？""那当然，这没有任何问题。"他说完，转身向那只林鸽做了一个"过来"的手势，那只林鸽真的就飞到了他的手上。这一过程显得是那样自然，没有任何不协调的因素存在。接下来我们交谈了好一阵子，他向我介绍了很多有关松鼠的信息，也讲了很多他亲身经历的有趣的事情。当我们分开后，我深深地意识到，即便是在伦敦城中，也有着这样一部分人，他们对大自然有着浓厚的兴趣。与我相比，他们更容易获得满足感——这从那个人和那只林鸽的完全信任的关系中彻底地表现了出来。

如果我把喂养山鹑的经历告诉大家，可能会引起大家更大的兴趣。我所说的这群山鹑是由一只矮脚鸡孵化出来的。在孵化出小山鹑后，这只鸡每天晚上都和它们一起待在鸡笼子里。白天，矮脚鸡就带着它们在院子里到处走，非常自在。

比氏苇鹪鹩

比氏苇鹪鹩（Bewick's Wren），学名Thryomanes bewickii，雀形目鹪鹩科。其体长约13厘米；嘴长而直，较细弱；头顶、背部为亮深褐色，眼部有浅色条纹，腰部有不明显的白斑；翅短，尾极长，趾及爪发达；栖息环境具有多样性，繁殖期常在房舍筑巢产卵，以昆虫、蜘蛛、蜥蜴为食；分布在北美洲。

不过，你要是想亲手来喂养这群小山鹑的话，就非得多花一些时间和精力不可。好在这群小山鹑的"养母"性格非常温顺，使得这个过程容易得多。在小山鹑都是幼鸟时，它们会安心地在这儿嬉戏，当它们慢慢长大后，麻烦就随之而来了。它们的本性是栖息在院子外的世界里，好像这样就可以显得更有尊严一样。这一点在那只矮脚鸡身上也体现得很明显，它也特别喜欢在院子外的树上栖息。如此一来，想在晚上让这些鸟儿像幼时一样回到鸡笼里就困难多了。栖居在外的小山鹑经常成为棕鸮的猎物，一段时间以后，这群小山鹑就少了好几只。也就是在几年前，有一窝16只的灰山鹑也是因为这个原因被其他动物吃掉了一半。虽然如此，这群小山鹑每天还是一如既往地飞到花园旁边的野生树林里栖居，经常是第二天发现它们又少了一只。从它们栖居之处地上的羽毛可以判断，猎杀就发生在那里。随后，我还在屋顶上发现过3具粘着羽毛的山鹑的骨架，它们都是仰面朝天，肉被吃得一点不剩。毫无疑问，这都是棕鸦干的。我喂养过好多次山鹑，每当它们发育到这一阶段，都会为此损失惨重。直到它们完全长大后，这种情况才不会再出现。或许是它们能高飞之后，就可以到更高更远的树林里栖居，棕鸦要想找到它们就不那么容易了，也有可能是因为这些长大后的山鹑，已经不是棕鸦所偏好的猎物了。

顺便提一下，最后幸存下来的那8只山鹑是我见过的最温顺、最惹人喜欢的鸟儿。关于它们的点点滴滴，我在15年前就已经写好了，当时是为了给一位朋友对野生山鹑所作的描写进行补充。下面的这段文字就是我发表在《大地》上的文章中的片段。

  这窝山鹑有8只，它们慢慢地长大了。它们对人类是信任的，完全没有一丁点儿害怕，它们成长的每一天，我都可以自由地观察它们做了什么。院子里有一棵高大的雪松，其茂盛的枝叶把院子里相当大的一部分都遮住了。有时候，它们中的两只鸟儿会绕着这棵雪松做反向飞行，当它们相遇时，常常还会"打斗"一番。戈登先生——我的那位朋友对此有过详细的描述。除此之外，它们还经常做其他的飞行活动。或许，这种飞行活动在它们整个生命中都是非常重要的。在晴朗的天气，它们会在花丛中追逐嬉戏，那欢快的场面常常吸引路人驻足观看。有时也会看到有一两只山鹑侧卧在草地上，睁大眼睛向天空张望。日落时，刮起了晚风，它们会一起飞落到草地上，在那里做一场欢快的游戏，然后集体飞行很长一段距离，飞过低矮的灌木丛，最后落到它们栖居的草地上。那片草地完全是自然生成的，离我的花园也很近。每到傍晚时分，这群山鹑都会以这样的方式飞回这片草地，并且十分谨慎,没有给天敌留下任何可以追踪的痕迹。如果要说这几只山鹑的生活习性及方式和野生的山鹑完全一样,对此,我没有任何异议。早晨,这窝温顺的鸟儿会飞到我的花园里来。10月之后,这群鸟儿就不会像以前一样全部待在一起了,它们中的一些已经和其他野生的鸟儿结合在了一起,显然也已经变得躁动不安起来。因此,再飞回花园的时间也没有规律了。它们身上好像有着某种强烈的向往和冲动,想要过另一种不一样的生活。即使给它们提供最爱吃的大麻的种子,也不能留住它们,它们好像更喜欢吃大自然里的食物。有一年,有一窝山鹑从我花园附近迁居到距另一家住户约600米远的地方,它们每天会偷偷地溜进住

山齿鹑

山齿鹑(Northern Bobwhite),学名Colinus virginianus,鸡形目齿鹑科。其体型较小,体长约25厘米;外形似鹑,雄雌体色相似,雄性更为鲜艳;鸣声洪亮,为"bob-white, ah"的悦耳声音;多在田野、农场中生活,繁殖期常选择灌木堆和浓密的草丛产卵,每次产卵10~12枚;食物主要为草籽和昆虫;多分布于美国东部。(下图正中为赤肩鵟)

户家中去寻找食物，直到进入交配期。所幸的是，这窝山鹑自始至终都没有遭到天敌追踪。

如果在交配期到来之前，这窝山鹑能一起留在这里；如果能有一对山鹑在我的花园里筑巢繁育，孵一窝温顺的鸟儿，那该有多好啊！我从来都没有这样的运气。事实上，我在1925年喂养的那窝山鹑，它们还会时不时地飞回我的花园里来，并从我的手上取食虫子。虽然它们在9月末离开了这里，但是后来在距此约1200米外的护林人的房子附近，我又发现了它们。后来，我逮住了它们，把它们装进笼子带回花园里。它们这次离开，像是一次"逃跑"行为，可能是源于自身迁徙的本能。此后，它们仍然会在每天的傍晚飞走，在第二天的某个时段飞回花园里。2月份，它们开始变得毫无规律，月底的时候，几乎都飞走了，只有一只鸟儿留了下来。我继续喂养着它，内心稍感欣慰。可是在4月底，当它找到配偶后，也终于弃我而去。在过了生育期以后，我所喂养的山鹑没有一只飞回来过，它们都不曾表现出对此地的某种留恋，其野性已经被它们的野性伴侣全部激发出来了。所幸的是，水禽在这一点上与山鹑不同，即便过了繁育期，它们也会飞回来，并且还像以前一样的乖巧和顺从。虽然它们也会带回一些野鸟，但是它们并没有被这些野鸟"野化"，相反，这些野鸟会渐渐地变得温顺和听话起来，并愿意接受人的喂养。

当驯养温顺的山鹑把野外的山鹑带回花园后，这种听话的鸟儿和驯养的水禽之间所表现出来的差异是如此巨大。这些驯养的山鹑的生活会被那些野生的山鹑完全打乱，并被诱导重返野外生活。在所有喂养过的山鹑中，我只对那一窝完全从幼鸟长大的山鹑念念不忘。相较而言，野外的山鹑都不是在窝群生活下发育成熟的。所以，由于对窝群生活本能的向往，它们会想尽办法诱引这些山鹑加入自己的群落。稍长的年龄和野外生活的经历会让它们在这一过程中占尽优势。

对水禽来说，没有什么群居的本能。而且许多温顺的水禽本来年龄就很大，也都有一些野外生活的经验，所以野生水禽并没有野生山鹑身上的那种影响同类的欲望，也没有能力诱导和影响已经温顺的水禽。

绿顶鹑鸠

绿顶鹑鸠（Key West Quail-Dovel），学名Geotrygon chrysia，鸽形目鸠鸽科。其体型小，比哀鸽稍大；背部和翼部均为红棕色，腹部为白色；鸣声似"whoe-whoe-oh-oh-oh"；生活在林地中，繁殖期常在地面或近地面筑巢，每次产2枚卵；多以浆果、海葡萄等为食；主要分布于中美洲。

前文说过，山鹑在傍晚时候就会飞走，这显然是出于一种自我保护的本能。它们要想安全地在野外栖居，必须确保没有天敌的追踪，而在天空飞翔的这种方式，不会给天敌留下任何可以追踪的痕迹。

对这些温顺的鸟儿来说，人类的任何一个动作都有可能吓到它们。而对于那些惊吓过它们的人，这些温顺的鸟儿唯一能记住的就是他们衣服的颜色，并以此来辨识那些"招惹"过它们的人。但是鸭在这一方面却表现得很健忘，无论什么人，不管你穿什么颜色的衣服，只要你拿出装有虫子的盒子，它都会飞过来，不管你是否曾经"招惹"过它们。那些水禽却不是这样，它们好像记得我在某个时候穿着黑色的衣服，并"招惹"过

蓝头鹑鸠

蓝头鹑鸠（Blue-headed Quail-dove），学名 Starnoenas cyanocephala，鸽形目鸠鸽科。它头顶的蓝色是其标志性特征。此鸟多分布于中美洲，在古巴和松木岛尤为常见。

它们，所以只要我穿着黑色的衣服去喂食，这些温顺的鸟儿就不像以前那么温顺了，哪怕我的手势和声音依旧"和蔼可亲"。夏天时，白天时间变长了，喂养它们的时间往往是在晚饭后，如果我晚饭时穿的是晚礼服，那我在喂养它们时，必须在晚礼服外面再罩上一件色彩明亮的外套才行，否则很难被它们注意到。

在汉普郡时，有一对燕子曾经在房前的橡木上筑巢。某天下午，我听到了巢里的幼鸟的鸣叫，于是我找来梯子爬上去，想看看这些小家伙是否安然无恙。正在这时，它们的亲鸟叼着虫子回来了，我马上从梯子上退下来并远离了巢穴。但在随后的时间里，只要我一出现在院子里，这对燕子就会在我上空盘旋，发出那种愤怒的、非常让人讨厌的叫声。它们甚至贴着我的帽檐飞过，有几次还碰到了我的帽子。第二天，我换上了另外颜色的一身衣服，这对燕子再没有对我表现出任何不满的情绪。第三天，我又穿上了原来的那身衣服，然后麻烦又来了——只要我一出现，就会立即遭到它们的骚扰，而且从不间断。对于我身旁的其他人，它们全都视而不见。

这是一次很有趣的经历，它深深地震撼了我。这些野生的鸟儿竟然对一个"招惹"过它们的人会有如此强烈而持久的愤怒，并把始作俑者当时所穿的衣服作为它们辨认的标志，真是太不可思议了！

前文中提及的那对温顺的鸲的重现

从1925年6月这对温顺的鸲离我而去，至今已经有6个月了。这期间没有它们的任何消息，甚至这里再也没有出现过另外的温顺的鸲。11月的某天，我听到一只鸲的叫声，是从远处的那片池塘传来的。我在房子前看不到它具体何在，因为此处距离它的领地足足有300米远。

11月22日，我拿着两只装着虫子的盒子出发了，我希望能成功地对这只鸟儿进行驯养。这是一只从未飞到我手上吃过虫子的鸟。我刚走出房子，突然有一只鸲主动从前面那片灌木丛飞到我的面前，并且显得十分兴奋，像是在期待着什么一样。我拿出盒子，它马上就飞到我的手上取食，并不时地发出一串颤抖的叫声，好像是对不远处的另一只鸲示威一样。当鸟儿那纤细的嫩足抓到我的手指时，我感到了一种莫大的幸福，这种感觉我已经有6个月没有体验到了。这只鸲的一举一动，和春天时那对在这片树林里筑巢的两只鸲中的雄鸟完全一样。在这段时期内，这只鸲都去了哪些地方呢？可以肯定不是在这片树林里，因为从8月到11月的今天，每当有鸲从这儿经过时，我都会拿出装有食虫的盒子来检验。但是事实证明我的努力是徒劳的，因为当我靠近时，那些鸲都会受到惊吓而飞走。但此时的这只鸲，看起来并不是因为饥饿才过来从我手中取食的。

所以我确定，这只鸲就是原来那对非常温顺、听话的鸲中的雄鸟，上次见到它是在5月，距今已经有好长一段时间了。

两天后，有另外一只鸲也出现了，它还会从我的盒子里"抢走"那些虫子。显然，它就是那只雌鸲，但是现在它和雄鸟还是没能成功配对。前文讲过，这只雌鸟是经过一番激烈的斗争才取得了对绿房子的占有权，而雄鸟的领地就在离这儿不远的西边。重新发现它们以后，雄鸟会经常随着我悄悄地溜进雌鸟的领地，但是总会遭到雌鸟无情的驱逐，无一例外。有时，当雌鸟飞进绿房子后，雄鸟会趁机飞到房子前的那棵紫杉上等着我去喂食。但是每当雌鸟在房子里发现了它，就会立即从房子的天窗中飞出，然后像一个"悍妇"一样冲过去，雄鸟每次都只能落荒而逃。在整个冬季，我只能分别喂养它们。

1926年2月9日，我发现这只雄鸟终于获得了进入这片领地的"批准"，它们一起站在这棵紫杉的树枝上，彼此之间的距离也不过1米左右，没有发生任何争斗。

  春天到来时，又有另外两只鸲来到这里。在以后的日子里，经常会看到这4只鸲在一起"混战"的场面。我也感到很迷惑，因为在新来的这2只鸟儿中，有1只雌鸟肯定是曾经被人喂养过的，所以我不敢确定这只雌鸲的配偶是不是已经换过了。4月，我开始看到它由雄鸟"伺候"了。

  如今（1927年4月24日），我这里还有一对鸲。它们把巢筑在房前小花园的常青藤中，也就是曾营建过巢穴的那一地点。此刻，它们的幼鸟已经开始吃东西了，这两只亲鸟还是像去年一样从我的手中叼走食物，去喂养嗷嗷待哺的幼鸟。

  关于"雄鸟"和"雌鸟"的辨认，我自认为很有一套。在这里，我要向大家透露一下，我是把那些唱歌持久，并且愿意给其他鸟儿喂食的鸟儿认定为雄鸟。这是我鉴别鸟儿性别的常用方法。

Part 13 戏水的精灵

在佛劳顿，我曾收集过一份关于圈养水禽的资料，这份资料于1921年被我递交到了一个自然科学家协会。在我看来，这是一份不太能让人感兴趣的偏向专业化的资料。当我得知这份资料被收集在《佛劳顿文集》中出版发行时，我虽然对这种做法颇有微词，但是从读者对该书的评价中，我却得到了出人意料的惊喜——读者对于水禽这一部分内容最感兴趣。

再去重复那本书的内容就没有多大必要了，毕竟这是5年前的事情了。但是这期间我并没有放弃对水禽的观察和了解，因此，此时我比过去拥有更多的相关知识。所以我接下来要谈的内容，相信定会比5年前的更有趣。

据说在所有水禽中，雄鸟和雌鸟的羽毛颜色都是相同的，并且雄鸟是没有什么地位可言的；还听说在抚育后代时，雄鸟不会当旁观者，它会协助雌鸟共同完成这一任务。1926年，我在佛劳顿的一次亲身观察验证了这种说法，这个例子具有很强的说服力。在距离池塘边50米远的地方，我放了一个宽大的箱子，这个箱子的一边紧挨着花坛。虽然这只箱子和我们去花园的路挨得很近，但是由于箱子上面花坛的树叶的遮掩，人们很难发现箱子的存在。不久，两只智利鸭就把巢筑在了箱子中。它们通过箱子一侧的洞进出。5月，它们开始产卵，一共有7枚，不久小鸭子就出生了。此时，雄鸭和雌鸭一样，都寸步不离地精心守护着这群刚出生的幼鸭。但是，最终还是只有4只幼鸭被抚育长大。通过亲鸟的帮助，我也成功地对这些幼鸭进行了训练，让它们可以温顺地、毫无恐惧地从我的手中取食。但是，我必须强调，我对它们的训练，从来没有采用修剪或是捆绑翅膀这种方法，这些幼鸭从来都是自由的、无拘无束的。7月，当这些幼鸭长到可以展翅高飞的时候，我发现母鸭又常常伏卧在箱子里的巢穴中，它身上原来厚厚的羽毛开始脱掉，这表明，它又将开始新一轮的生育繁殖了。这一次它产下的卵和上次相同，仍是7枚。8月5日，这些卵被全部孵育成幼鸭。在抚育幼鸭的过程中，雄鸭仍和上次一样尽心尽力。可喜的是，这一次有6只幼鸭被抚育长大。等到这6只幼鸭都能独立生活后，这个家庭才宣告解散。

绿头鸭

绿头鸭（Mallard），学名Anas platyrhynchos，雁形目鸭科。其体长约60厘米；雄性上体以暗灰褐色为主，绿色的头部及颈部略带金属光泽，下体为白色；每次产卵8～20枚，巢穴建于地面之上，内衬有绒毛；杂食性；多分布于美洲、欧洲及亚洲。中国境内的绿头鸭夏季多在东北及西北地区繁殖，冬季迁往东南沿海一带。

对于野鸭来说，一年孵育两次是极为罕见的，然而更为罕见的是雄鸭的态度，这在雄鸟地位较高的鸟类群体中是不会发生的。上述的例子一方面说明智利鸭的母鸭具有很强的生育能力，另一方面也说明雄鸭具有很强的家庭责任感。在5月到6月期间，有着较高地位的雄鸟对于雌鸟的态度大多是漠不关心、毫无兴趣的，但是智利鸭的雄鸭却不一样，它们把在春天时的充沛精力和火热激情一直延续到整个夏季。

我们可以据此得出这样的结论：雄鸟的地位低下对它们所在的物种群体而言或许是一种优势，因为这样幼鸟就可以得到额外的来自雄鸟的关心和保护，这对幼鸟的成长是极有帮助的。但是，并不是所有的野鸭都具有同样的习性，绿头鸭就是一种特例。它们遍布各大洲，即使在澳大利亚，人们也可以经常看见它们的影子。按理说，绿头鸭的不同鸭种之间都具有较为亲密的亲缘关系。绿头鸭全都是"叫鸭"，无论是雌鸭还是雄鸭都会发出响亮的鸣叫，其中，雄鸭的叫声是"嘎嘎"声，声音很柔和，和雌鸭有些相似。与其他鸭类相较而言，这一点是绿头鸭种类所特有的，因为其他的鸭类中雌鸭和雄鸭的叫声都有着明显的区别。事实上，在大多数野鸭中，处于求偶阶段的雄鸭因为兴奋可能会发出与平时不同的声音，但是，这种声音只是阶段性的，并不是它们一贯的声音。

由此可见，绿头鸭及其亲缘物种的这种特征就足以和其他种类的鸟儿，诸如赤颈鸭、针尾鸭等区别开来。但是我们还是应该注意到这些常见的野鸭在整个水禽中的种类区别是非常明显的。在水禽这个大群体内，通常是雌鸭和雄鸭全年的羽毛都相似，并且雄鸭的地位极其低下。但是在我们常见的野鸭种类中，雄鸭的地位却是高高在上的。在夏天，虽然雄鸭精力旺盛，但是抚育幼鸭的任务却完全由雌鸭独自完成。由此我们似乎可以得出这样的推断：与群体中的其他鸟儿相比，这种鸟儿的数量应该不会很庞大，因为幼鸭只受到雌鸭单方面的关心和照顾，从而会对其成长不利。然而事实却恰恰相反，这种野鸭数量庞大、分布广泛，整个鸭群也呈现出一派生机勃勃的景象。这和赤颈鸭一样，其雄鸭的地位可谓是至高无上，但是整个鸭群的数量却依旧十分庞大。由此我们又可以得出以下结论：除

绿翅鸭

绿翅鸭（Green-winged Teal），学名Anas crecca，雁形目鸭科。其体型较小，体长约35厘米；雄性头部及颈部为栗色，有绿色带斑从眼部延伸至颈部，雌鸟背部为棕黑色，布满棕黄色"V"形斑纹；雄性鸣声与"叮当"声类似；北美洲、非洲及欧亚大陆都有分布，在中国较常见，繁殖于新疆及东北地区，在中部及南部地区越冬。

了受地位高低的影响外，漂亮的羽毛对鸟儿的生存和繁殖可能起着积极的作用。

这些常见的野鸭的智力和身体能量都是很惊人的。它们每年都会不约而同地来到佛劳顿的大小池塘中。在进入繁殖期后，虽然雄鸭的羽毛依旧光彩夺目，但是和其他水禽相比，这些雄鸭仍不够高雅脱俗。此时，雌鸟的羽毛看上去更是普通，毫无美感可言，并且其行为还很邋遢。但它们的聪明在寻找虫子时却表现得淋漓尽致，胃口也出奇的大。一次，人们打算把一只母鸭及它刚出生一个星期左右的幼鸭转送到邻近的湖里。在这次捕捉行动中，有两只幼鸭逃脱了。在没有亲鸟照顾、抚育的情况下，这两只仅出生一个星期左右的幼鸭竟然靠自己活了下来。

1884年3月，我把第一只买来的水禽带回家，并把它的翅膀剪短以防飞走。我把注意力集中在它们所属的物种类别、羽毛是否漂亮、生活方式等方面，这一点也和其他的水禽爱好者相似。除此之外，我还想到了一个奇特的主意，那就是让其他的鸟儿来抚育水鸟的后代。按以前的做法，无非就是把鸭子的蛋取走放到短脚鸡的窝里进行孵化，我这样做是因为：一方面，短脚鸡的窝非常安全；另一方面，在幼鸟成长的过程中，我还可以确保它的安全。但是近几年我的想法却发生了改变。仅仅喂养剪短翅膀的鸟儿对我来说已经没有什么吸引力，这并不是因为人道主义，而是因为一些所见所闻带给我的感触。在幼鸭还小的时候，把它们的翅膀剪掉并不会造成巨大的痛楚，它们仍和以前一样地吃食、嬉戏，看不出任何痛苦和不

红胸秋沙鸭

　　红胸秋沙鸭（Red-breasted Merganser），学名Mergus serrator，雁形目鸭科。其体长约55厘米；雄性头部为黑色，有绿色光泽，具黑色羽冠，雌性喉部为淡棕色，胸部为污白色；主要以小型鱼类为食；巢穴多建于水源附近的草丛或岩石缝隙中，每次产卵8～12枚；北美洲、非洲、欧洲及亚洲都有分布，在中国多见于东北地区及东南沿海各省。

适的迹象，在日后的生活中也是如此——它们的羽毛、健康状况、精神状态看起来都很好。虽然这些鸟儿的翅膀被剪短了，但是仍然和其他同类的鸟儿组建家庭，抚育后代，一年年地生活下去，没有什么异常。虽然，它们因翅膀被剪短而被迫困在一个封闭的池塘中，只能眼睁睁地看着其他的飞鸟自由地飞翔，但是这似乎没有给它们带来什么痛苦和阴影。

不过，我现在还是更倾向于喂养那些自由的、没有任何束缚的鸟儿。我认为，那些被剪掉翅膀的鸟儿就像是囚徒一样，它们并不能按照自己的意愿去过真正属于它们的生活。有一位朋友给我讲过一位大地主的故事。他说，任何遇见这位大地主的人都必须脱帽向他致敬。这位地主对人们说道："是啊，这些人都很清楚，在这片土地上我是多么让人尊敬。"这可谓是一针见血。因此，对那些剪短翅膀的鸟儿来说，虽被困于一隅，但仍自得其乐，它们这一表现就值得我们细细推敲一番。相反，如果你能让那些自由飞翔的鸟儿变得温顺，这才值得赞扬和褒奖。

所以最近几年，我总是帮助佛劳顿的那些被剪短翅膀的鸟儿重获自由。在此过程中，我现在驯养水鸟的标准已提升到一个新的高度。在我驯养的鸟儿中，你可以看到赤颈鸭、凤头鸭、针尾鸭、赤嘴鸭、潜鸭、智利针尾鸭、切罗赤颈鸭、鸳鸯、林鸳鸯等不同的种类。需要强调的是，它们的翅膀都非常完好，全身并没有丁点损伤。这些鸟儿的数量庞大、种类繁多。你会经常看到它们从水中上岸，然后从容地在人们的手中吃食，不过琴嘴鸭得除外，它们总是很谨慎，害怕靠近人类。为了喂养这些鸟儿，我每天不得不花上好几个小时的时间。特别是6月份的时候，当一窝接一窝的幼鸭出生时，喂养加训练它们的时间就会更长，因为你必须集中精力在它们还年幼的时候完成训练。在这一过程中，亲鸟倒是表现得非常信任人类，但这些小家伙出于本能而表现出来的恐惧仍需要我花好几天的时间帮它们克服。

其实，让喂养的鸟儿处于完全自由的环境，也有一些不利的地方——它们大部分都会飞走，且一去永不复返。毋庸置疑，这些飞走的鸟儿中有一部分会被猎人射杀掉，因为对于猎人来说，无论他们的视力如何，他们

蓝翅鸭

蓝翅鸭（Blue-winged Teal），学名Anas discors，雁形目鸭科。其体型较小，长约38厘米；红褐色体羽，边缘为白色；翼部前方有灰蓝色斑点，雄性面部有白色月牙形羽毛；多栖息于淡水湖畔；巢穴为浅盆状，内铺草及芦苇，每次产卵9～13枚；以草籽、稻谷及软体动物等为食；广泛分布于美洲地区。

都不会去分辨眼前的猎物是否是一只珍稀的鸟儿。每年，因被猎杀而消失的鸟儿都会让我感到伤心，其实一对稀有鸟儿的价格也仅仅只有5英镑或6英镑，但对这些鸟儿本身的价值来说，却是一种莫大的损失。如果这些鸟儿只是迁往他处还尚可接受，真正让我伤心的是它们永远的消失并不是去装点了其他地方，而是被人们无情地猎杀了。对这种行为，我一向是非常反感的，我发誓，我从来都没有为了满足自己的欲望去猎杀过一只鸟。我曾经喂养过两只性格温顺的切罗赤颈鸭，它们很信任我，会在我手中吃食。然后在有一年的10月份，它们飞走后就再也没有回来。第二年的1月，有人为了做鉴定而送给我一只水禽的翅膀。从外观和羽毛上看，这是

长尾鸭

长尾鸭（Long-tailed Duck），学名Clangula hyemalis，雁形目鸭科。其体型中等，体长约45厘米；体色以黑、灰及白色为主，具有浓密的斑点，繁殖期雄性中央尾羽极长；鸣叫声喧闹，但较优美；主要以软体动物、鱼类及昆虫为食；分布于东西两半球的北极地区，在中国的黑龙江、河北、天津、福建等地可见。

一只切罗赤颈鸭的翅膀，年龄在1岁左右。据当事人讲，这只鸟儿是在距佛劳顿大约30千米的地方被人猎杀的。这种切罗赤颈鸭不只是在诺森伯兰，甚至在整个英格兰都是极其少见的。这使我很自然地联想到我喂养的那两只切罗赤颈鸭，我猜想，这可能是它们中的某一只的翅膀。我这样想并非毫无根据：其一，当众多南迁的鸟儿飞走时，这两只鸟儿尽管也飞走了，但是却并没有加入到这个行列中。因为这是南美的鸟儿，它们迁徙的本能在北半球的时候可能已经消失了。其二，这种鸟儿即使是在冬季也有能力寻找到虫子，因此对它们而言，返回佛劳顿并不是什么特别有价值的事情，虽然它们所停留的地方距佛劳顿并不远。

对于这种自由生活的鸟儿，还有另一个问题，就是它们往往留给我大量繁衍的后代。因为我家仅有两个池塘，最大的一个面积也不过4000多平方米，所以，我能为它们提供的生活场所面积有限，往往会出现某些种类的鸟儿数量过多的麻烦。有"恋家癖"的凤头鸭对于曾经抚育过自己的地方特别依恋，所以你会看到每一天都有20～30只不等的凤头鸭畅游在那狭窄的水面上。即使是和其他的水禽共享这一方水域，它们依然表现出足够的满足和惬意，并且安全感十足。也许你要说，这么多的凤头鸭，完全可以转移一部分到其他稍宽敞的水域里去，但是你最好不要干涉它们，尽管我们完全可以通过喂食把它们骗进笼子进而将其捉住。因为这种捕捉将给所有其他的水禽带来惊恐，把好不容易培养起来的对人类的信任破坏掉，同时也将我们长久以来努力地让这些鸟儿们相信这儿是安全的港湾和这儿的人类是值得信任的工作全部归零。

曾有10多只凤头鸭跑到我的脚下抬着头望着我，它们以这种非常迷人的姿态来获得我手中的食物。虽然此时我的大脑中不断涌出逮住它们的想法，但是望着它们，我实在舍不得，因为我不敢保证以后不会想念它们。由于我没有采取任何的限制措施，凤头鸭在这里以超常的速度繁殖下去，它们的数量增长迅猛。我没有限制它们的食物，因为这会对其他的鸟儿产生附带影响，而其他的鸟儿中有很多都是非常珍贵的、数量稀少的种类，我一心想把它们都留在这里。所以这里的鸟儿个个都衣食无忧，而我却变成了鸟儿的"奴隶"——因为害怕失去它们而劳心劳神。

与凤头鸭形成鲜明对比的是山鹑，这是一种非常体贴人的鸟儿，它会尽量减少带给人类的麻烦。每年的10月下旬，山鹑都会集体迁徙离开，但是总会有一只山鹑留下来，整个冬天都与我们待在一起。就温顺这一点来看，这一窝山鹑并没有多大的差别，但是无论它们有多么温顺，因迁徙的本能而产生的离开的念头还是占据了统治地位。在过去的两三年间，有两对山鹑在佛劳顿生育繁衍。在这期间，雌鸟自始至终都留在佛劳顿，但是雄鸟却在5月就离开了，虽然此时雌鸟正担负着孵卵的重任。今年（1926年），刚到8月我就发现有1只山鹑雄鸟飞回了这里，3个星期以后，另一只山鹑雄鸟也飞回来了。第一只雄鸟还和以前一样从我的手上取食，由此我判断，这只雄鸟就是以前从这儿飞走的那只。第二只雄鸟则显得和我有些生疏，它拒绝我亲手喂给它虫子，只在距离我1米左右的地方寻找我抛撒给它的虫子。不过从这些行为来看，它似乎对我，对这里的环境又似曾相识，所以我判定，在繁殖期它应该在这儿待过一段时间。

一般来说，山鹑和凤头鸭是在新年过后很长一段时间才开始交配繁殖的。但是其他的鸟儿，诸如针尾鸭、赤颈鸭、鸳鸯、林鸳鸯往往在秋天就完成了求偶和交配的过程，而且这些鸟儿只经过短暂冬天的间隔就很快又聚在了一起。因此，它们享受了较长时间的幸福家庭时光。

自从我喂养了这些没有剪短翅膀的自由的鸟儿以来，虽然每年它们都会给我带来一些麻烦，虽然每年我都要忍受失去它们的痛苦，但是这些自

北美黑鸭

北美黑鸭（American Black Duck），学名Anas rubripes，雁形目鸭科。其体长约52厘米；上体为黑褐色，下体为深褐色，具深褐色顶帽和眼纹；腿颜色鲜艳，雄性为鲜红色，雌性为红橙色；生活于湖泊、河流、海湾等处；每次产卵6~12枚，地面巢穴中有绒毛铺垫；杂食性；分布于北美洲。

赤膀鸭

赤膀鸭（Gadwall），学名Anas strepera，雁形目鸭科。其体长约50厘米；体色以灰棕色为主，雄性有白色细斑，雌性有棕色斑纹；性胆小，机警；以水生植物为食；巢穴常营建于近水的草丛或灌木丛中，每窝产卵8～12枚；北美洲、欧洲及亚洲都有分布。在中国境内主要繁殖于新疆天山和东北北部，越冬时迁往南方。

由自在的鸟儿也带给我越来越多的快乐，让我有信心坚持下去。

当一对对切罗赤颈鸭在天空展翅高飞的时候，当它们在空中发出自由欢快的鸣叫声的时候，当它们降落在我身旁并从我手中取食的时候，我内心的满足感是任何一只经过剪羽处理的鸟儿都不能带给我的。即使身边只留下一对这样自由的鸟儿，也足以抵消好几只飞走后就再不回来的鸟儿给我内心带来的失望和痛苦。

最近几年，一些鸟儿所表现出来的独特的个性和行为方式深深地吸引了我，但众多的记录都是针对某只具体鸟儿的。下面我给大家讲一个故事，这个故事既有快乐也有痛苦，我把它叫做"伊丽莎白的故事"。

这只叫伊丽莎白的鸟儿是一只针尾鸭，它是在1921年时由一只剪羽后的母鸭孵化出来的。那年，这些幼鸭中只有几只胆大的从我的手指尖上小心谨慎地取食，但是这当中有一只雄鸭和两只雌鸭会把它们的嘴伸到我的手心里来取食，整个冬天，这两只鸟儿都是如此，所以留给我的印象也特别深刻。1922年春天，它们的踪迹消失了，直到1922年的秋天到来时，两只雌鸭才出现，但是那只雄鸭再也没有回来，或者是已经回来了但是我却分辨不出它来。这两只雌鸭还保持着以前从我手心取食的习惯，经过这一段时间的离别，我发现它们中的一只羽毛的颜色明显要比另一只深一些。1923年春天，这两只雌鸭又消失了。繁殖期后，只有一只雌鸭——羽毛颜色较深的那只回到了这里，并且一如既往地从我手中取食。当然此时池塘中还有其他的针尾鸭，但是只有这一只是直接从我手中取食谷物。它现在很好辨认，我给它取了一个名字，叫"伊丽莎白"。

伊丽莎白不管任何时间、任何地点都会直接从我手中取食，但是它最喜欢的"晚宴"地点却是在一棵大落叶树下的长凳右侧，这棵大树的部分树根露在了外面，其高度和长凳相当，伊丽莎白就经常站在这些树根上和其他鸟儿共进晚餐。有时，我忙于给其他鸟儿喂食，以致没有注意到伊丽莎白的到来，这时候它总会发出一些叫声来吸引我的注意，那声音听起来就像是对我进行温柔的责备一样。我于是转过头，发现它正满怀期待地望着我，直到我把一大捧谷粒送到它的面前，它才心满意足。每天见到伊丽莎白已经成了我的期待，如果有一两天见不到它，我内心立刻就会感到空落落的，仿佛失去了什么宝贝一般。

1924年，当春天到来时，我喂养的这些鸟儿就不会那么准时来参加"晚宴"了，因为此时它们正忙着求偶或营建自己的巢穴。这时，伊丽莎白也只是偶尔出现在我的视线中，因为它有了自己的家，正忙着孵化幼鸭呢！我猜想，距我大概300多米的灌木丛中的那个巢穴应该就是伊丽莎白的，但是附近还有其他的针尾鸭，所以我也不是很确定。可惜的是，这一年伊丽莎白巢穴中的卵被敌害全部偷走了，所以它一只幼鸭也没有孵出。5月末，伊丽莎白离开了这里，直到11月才回来。此后，每天傍晚它都会站在长凳旁的树根上等着我喂食，当然也少不了那温柔的"责备"。在离开我的这段时间里,这只我所钟爱的鸟儿毫无音讯,我想它一定是过着一种完全自由的野外生活,有可能它还飞到了北极圈附近。它的回归让我内心充满了喜悦和满足,这一年,它和以前一样陪着我过完了整个冬天,直到1925年春天时才离开。这一次它可能飞到其他地方筑巢去了。虽然每个繁殖期都会有一只雄鸭相伴,但是由于伊丽莎白的伴侣从来没有像它一样从我手中取食,所以我无法判断伊丽莎白每年的伴侣是否是同一只雄鸭。这一年冬天,伊丽莎白早早地回来了,但是到了12月时它又突然离开了。这段时间是非常时期,因为这是猎鸭的高潮期,我内心充满着担忧。第二

针尾鸭

针尾鸭(Northern Pintail),学名Anas acuta,雁形目鸭科。其体长约60厘米;雄性背部布满暗褐色与灰白色相间的波状横斑,下体为白色,中央黑色尾羽延长;杂食性;每窝产卵6~11枚,巢穴营建于有植被覆盖的近水低地;欧洲、亚洲和北美洲都有分布,在中国繁殖于东北及新疆等地,越冬时在南方大部分地区都可见。

年1月，它回来了，不过看上去有些憔悴，眼神中透露着些许悲伤。我确定它还能够飞翔，不然不可能越过那道高高的栅栏，双腿也还完好，但是翅膀却向下耷拉着，有气无力的，步履蹒跚。在喂食的时候，它只是把头伸进我的手心里，但是已经没有力气吞咽这些谷物。第二天傍晚时，我为它特别准备了一些用水浸泡过的谷物，这一次它吃了很多。但是它还是没有真正地好起来，几天以后，它死了。

在喂养鸟儿的过程中，要想不面对这样的事情是不太可能的，我想每个养鸟人都要做好面对此事的心理准备吧。幸运的是，在我长达数年的养鸟生活中，这种伤心的事并不经常出现，更多的是鸟儿每日带给我的越来越浓的兴趣和越来越多的快乐。尽管如此，当伤心的事发生时，内心还是不免感到忧伤和痛苦。更让我痛心的是，不管伊丽莎白受到了怎样的伤害，同样的伤害完全有可能发生在那些处于自由状态的针尾鸭身上。伊丽莎白活到5岁，虽然比野生的针尾鸭的平均寿命要略短一些，但是它在佛劳顿生活的这些时间里所受到的惊吓远远要比同类鸟儿少，并且在生存条件恶劣时，比如缺少食物，它也更容易渡过难关。在其他时间里，它还可以自由地离去，满足自己过野生生活的本能愿望。

一年又一年过去了，由单只的鸟儿引发我强烈兴趣的事仍时有发生，但是，却只有伊丽莎白——那只从我手心取食，对我温柔"责备"的鸟儿，让我终生难忘。

Part 14 戏水的精灵（续）

在圈养水禽的过程中，如果哪一天有野外的鸟儿突然光临，这着实会让人感到惊喜和满足。

1925年5月，两只琴嘴鸭突然造访我的住所。起初，它们野性难改，对我充满了恐惧和疑虑。一两周以后，雄鸭飞走了，雌鸭留了下来。7月，又有超过两只的琴嘴鸭飞来，从外表和羽毛来看，显然，它们还没有完全发育成熟。它们是完全野生的，当有人靠近时，就会飞开。有一只鸟儿在这儿定居下来，性格开始慢慢地变得温顺起来。那是一只个头较小，全身长着黑色羽毛的琴嘴鸭，我猜想它是一只雄鸭（事实证明的确如此）。到了这年秋冬季节，先前留下的那只雌鸭和后来的这只雄鸭都已经变得相当温顺，它们会从容地落在我身旁吃食。每天傍晚，它们会按时到固定的地点享受我准备好的晚餐。和其他水禽一样，它们吃食时显得很急切，争先恐后地抢吃地上的谷物。对于野生的琴嘴鸭来说，这一举动让我颇感意外，因为在野外，这些干燥的谷物并不是它们常吃的食物，这一点从它们从地上取食时的生硬动作就可以看得出来。那只雄性琴嘴鸭明显更为自信，它会在你的脚边寻找食物，但还没有勇气从手上直接取食。它经常睁大眼睛看着你手里的食物，但就是不会主动来取，非要你把食物放在地上时，它才会去吃。新的一年来临了，这只雄性琴嘴鸭的羽毛开始展现出雄性的特点来，不过这一变化进行得十分缓慢。这年3月时，它的羽毛还没

琵嘴鸭

琵嘴鸭（Northern Shoveller），学名Anas clypeata，雁形目鸭科。其体长约50厘米；嘴为黑褐色，长而大；雄性体色鲜艳，头、颈为深绿色，胸白色、腹栗色，飞行时呈现五段体色；杂食性；在芦苇及沼泽中搭建巢穴，每次产卵8~14枚；美洲及欧亚大陆都有分布。在中国境内，夏季时在北方地区繁殖，冬季时迁往长江以南地区。

有发育完全，却跟着经过这儿的一只鸟儿飞走了。9月，这两只鸟儿都飞回来了，此时的雄性琴嘴鸭已经通体黑色。但是在取食这一点上它还是没有改变，仍旧只是看着你手里的食物，非要等到你丢在地上时才去吃。现在已经是1927年1月了，这两只鸟儿依旧待在这儿。此时，那只雄鸭已经披上了非常华丽的外衣，显得魅力十足。但是，它不肯直接从我手上取食的习惯却自始至终都保留着。

喂养水禽的快乐有一部分是源自这些鸟儿的有趣行为，这些鸟儿大多野性十足，对人类有着本能的猜疑和恐惧。J.C.米莱在他介绍英国鸭类的著作中曾强调过喂养针尾鸭和凫的困难。从我自身的经历来看，他的观点我是基本赞同的。不过要补充一点，与喂养针尾鸭相比，喂养凫的难度会更大一些。在佛劳顿的43年中，仅有两只凫曾在这里筑巢，繁殖后代。

关于针尾鸭，米莱曾经这样说道："即使你把它们关起来……如果喂养它们的人暂停哪怕一段时间，它们很快就会恢复本来的野性……""这是一种从来不喜欢人靠近的鸟儿，除非你把它们围起来，就象我们在动物园里看到的一样。"

这些都是野生鸟儿的本性，但是通过喂养使针尾鸭变得温顺还是可以实现的。每年秋天，大概有6~12只针尾鸭会来到佛劳顿的两个池塘，它们会一直待到第二年春天才离开。目前（1927年1月），就有不少于3对的针尾鸭生活在这里。但在1925年和1926年这两年时间里，只有一对针尾鸭在这里筑巢，而且由于那两年的5月天气都十分寒冷，以致那只母鸭和它的幼雏全被冻死了。从1924年开始，我就再也没有在佛劳顿喂养过针尾鸭，如今生活在佛劳顿的那些针尾鸭都是3年前喂养的针尾鸭留下的后代。每年，它们都会离开一段时间，去过几个月的野外生活，在这期间，它们可能会变得和其他鸟儿一样惧怕人类。但是，只要一回到佛劳顿的池塘，又会变得温顺和信任人类。现在，在佛劳顿过冬的针尾鸭只有1只会直接从我的手中取食，其余的还是和我保持着2米左右的距离，当我撒下谷物后，它们还是以一种自然的、本能的方式去争抢食物。也许它们认为佛劳顿是一个非常安全的地方，长期的野外生活并没有使它们对这片土地丧失信心。为了扭转人们头脑中固有的针尾鸭难喂养的观念，所以我必须提一提亲身经历的这个例子。在伦敦，你也会见到许多温顺的鸟儿，诸如一些水禽和鸥类的鸟儿，大概是它们觉得自己是安全的。但是，我在那里却从未见过针尾鸭也会做出和其他鸟儿一样的温顺动作。

虽然我在佛劳顿喂养的那些鸟儿已经相当温顺了，它们中的一些也会飞到我的椅子上取食我准备好的食物，但它们天生的野性却从未泯灭。一些细微的动作有时都会让它们感到惊恐，比如当它们在你旁边的时候，最好不要磕烟灰，最好不要突然撑开一把太阳伞，这些动作都会使它们避之唯恐不及。但是，当人们举起望远镜时，却不会引起它们的惊恐，这大概是它们习惯了的缘故吧。它们在我手上吃食的时候，我经常用手指去抚摸它们的腹部，但是我要指出的是，任何想去抚摸鸟儿背部的行为都不会被鸟儿所容忍。西尼·史密斯的故事大概可以说明鸟儿们对那些不熟悉的动作所感到的恐惧，这个故事在我小时候经常听爷爷讲起。在一个社团中，有一位年轻的团员接受了伦敦郎伯斯区大主教的工作邀请，准备动身前往。尽管这人从来没有去过郎伯斯区，但是此时他却表现得十分急切，并且对这次拜访显得信心满满。在即将动身时，西尼·史密斯对小伙子说："让我给你一个小小的建议吧，当你见到大主教的时候，千万不要在他身后大喊'坎特伯雷'，因为他会认为那是非常不礼貌的。"

这些水禽中有时候也会出现杂交品种。我想人们没有办法让每只鸟儿都有一个伴侣，还有就是配对的两只鸟儿中有时也会有1只死去或是遭遇其他不测。对那些珍贵的鸟儿来说，丧偶之痛并不会很快抚平，但它们最后还是会再次配对。这种情况并不具有普遍性，大自然会在这种情况出现时予以制止，令其不能长久生存下去。我曾见过这样一种杂交的公鸭，它是由没有亲缘关系的物种交配产生的，它除了能发出干巴巴的叫声外，就再也不能发出其他清晰的叫声了。

如果是亲缘关系相近的两个野鸭品种杂交，还会产生十分难看的品种。我亲眼目睹过一类，在它们的身上还发现了一些有趣的东西。

1917年，我观察到一只会飞的雄性白眼潜鸭和另一只潜鸭（同物种）配对，起初的时候，这只雄鸭对雌鸭十分忠诚。但是在雌鸭孵卵期间，雄鸭却对另一只不会飞的凤头鸭示爱。它时而陪着凤头鸭在水中嬉戏，时而又双双在岸边休息，总之整天都和凤头鸭待在一起。先前的那只雌鸭很快就孵出了两只幼鸭，但是很快就被雄鸭抛弃了。最终，雄性白眼潜鸭和凤头鸭结合在了一起，并且在秋天的时候离开过一段时间，不久后又回到了这里。此后，虽然也偶尔离开，但是它们已经是一个固定的"小家庭"了。

1918年，这只凤头鸭没有繁殖，直到1919年才开始繁殖后代。自此，每年它都会孵出一窝窝的幼鸟，与它们在水面上嬉戏。这些杂交品种也是

凤头潜鸭

凤头潜鸭（Tufted Duck），学名Aythya fuligula，雁形目鸭科。其体长约45厘米；雄鸟身体除腹部和两肋之外，均为黑色，头部有长形羽冠；雌鸟身体呈褐色，羽冠较短；主要以水生植物和鱼虾贝壳类为食；繁殖期选择在地面刨出浅坑或集中苇草筑巢；分布于欧亚大陆、非洲北部、非洲中南部地区、印度次大陆、中南半岛、中国西南和东南地区。

可以繁殖后代的，虽然它们当中的大部分都会离开这里去野外生活，但是去年至少有3只这种杂交的鸟儿留下来筑巢繁殖。这些鸟儿和那只凤头鸭一样，个头大大的，看上去精力充沛。到目前为止，这些杂交后代都是彼此配对并繁殖后代。实际上，它们繁殖出了一种新的品种、这种品种保留了上一代的一些特征。最初的那只雄鸭，也就是那只白眼潜鸭有个古怪的习性：它对人们抛给它的面包之类的食物总是无动于衷。当其他的鸟儿都争抢时，它只是在一旁观望，但当把面包抛得离它很近的时候，它也会毫不犹豫地将面包吃掉。我不能确定那只雄鸭的伴侣是否还是原来那只雌鸭，因为这只雄鸭与那些杂交后代中的雌鸭结合也是完全有可能的。在这些杂交个体中，它们都有着非常明显的白色腹部，这正是那只白眼潜鸭的特点。这些雌鸟的眼睛是黑色的,这和雌性白眼潜鸭相同,但它们的羽毛并不是明显的赤褐色,个头也显得大一些。与雄性凤头鸭相比,雄鸟的眼睛略微苍白,头部的羽毛明显少了些。它们身体的两侧有白色方格状的图案,这和雄性凤头鸭相对应,只不过颜色略浅一些。其头部黑色的羽毛在太阳下看上去略带绿色光泽,这却与雄性凤头鸭的丰富色彩不同。总体上来看,这种杂交的雄鸭羽毛的颜色有些暗淡,虽然与凤头鸭存在一些明显的区别,但与白眼潜鸭还是极为相似的。不过,这种杂交的后代已经具有了作为一个独立种类存在的特点了。

除了观察单个的鸟儿和某一种类的鸟儿所获得的乐趣外,在观察水禽的过程中往往还有其他的乐趣。华兹华斯在《致高地女孩》中曾写道:"留在人们记忆中的美景以及伴随的感受,也能给人带来强烈的愉悦。"借助回忆可以使美丽的景色重现,在此,我将为大家描述这样一幅画卷。

小潜鸭

小潜鸭(Lesser Scaup),学名Aythya affinis,雁形目鸭科。其体长约42厘米;雄性头部为铁黑色,具紫色光泽,颈、胸及尾部为有光泽的深色,背部泛白,雌性体色以棕色为主,尾基有白斑;杂食性,取食水生植物及小鱼、水生昆虫等;繁殖期时集一堆苇草或在地面刨出浅坑营巢,每次产卵9枚;分布于美洲地区。

美洲潜鸭

美洲潜鸭（Redhead），学名Aythya americana，雁形目鸭科。其体型轻小，体长约37厘米；体圆，头大，很少鸣叫；雄性头、颈部为红棕色，喙蓝色，胸部黑色，背部灰色；雌鸭以灰褐色为主，有斑纹，喙暗蓝色；杂食性；虽筑巢，但有时会将卵产在其他鸭类的巢穴中；分布于北美地区。

那是多年以前，我的视力还没有现在这样糟。那一天是圣诞节，早上的太阳直到8点才出现在天空中。早饭后，我就去给那些池塘中的水禽喂食了。那天要比平时稍晚一些，它们依旧集结在池塘边的一棵大落叶松下进食。这个地方四周都被大树和灌木包围了，显得有些阴暗。我走到200多米外的另一个池塘边，在一条花园长凳上坐了下来。这个池塘看起来十分宽阔：四周没有大树遮挡，整个水面暴露无遗。此时，池塘中一只水鸟也没有，风儿也非常轻柔，没有激起一丝涟漪，水面如镜般光滑。一会儿，那些刚进食完的针尾鸭、赤颈鸭、凤头鸭、潜鸭都到了这里，有些欢快地歌唱着，有些三五成群地聚在一起。它们一边等待着阳光的到来，一边尽情嬉戏。它们挥动着翅膀，把水溅到同伴的身上；它们在水面畅游，时而又潜入水底；它们有时会从水面飞起，在空中翻上几下再落回水中；它们有时还会进行短距离的飞行，停下来后又沿原路返回……它们的潜水本领是出神入化的，在水下自由穿行，又从某一处穿出水面，接着像是受到了什么惊吓一样，又迅速地潜入水中……此时的水面没有一处是平静的，它们的嬉戏持续了很长时间，给我带来了极大的视觉享受。终于有一只鸟儿飞向了岸边，接着其他的鸟儿也陆续飞了上来。此时，它们或站立，或俯卧，还有的成双成对地靠在一起——大概是在睡觉吧。此时水面上仍有6只鸟儿，但是它们已经安静了下来，喙搁在背上，静静地漂浮在水面上。一切都安静了下来，此时太阳升起来了，水面上、鸟背上，还有那些岸边的柳树上都洒满了阳光。在我看来，眼前的景象简直如仙境一般。或许，它们也会看到，那个坐在石凳上的人已经待了好长一段时间。他没有沉睡，而是沉醉其间。这种美景已经深深地刻在了他的心里，像"梦"一样的被保留了下来。当人们的思绪为这一幕而停顿时，就好像自己已经融入其中了一样。关于这一切，甚至可以再写上几千字。可是在他面前，"思考好像已经彻底停止，只有深深地沉醉在这美景之中"。我想，当有什么东西深深地打动你的内心的时候，你的耳畔可能会响起这样一句话："连上帝都认为它是美丽的。"

结束语

  读完本书的人可能会产生这样的疑惑：为什么这本书中没有提及作为宠物的鸟儿、海洋及海滨的鸟儿、文须雀等鸟儿，还有那些在诺福克布罗茨所出现的迷人的鸟类生活场景。我之所以没有将这些鸟儿和这些生活场景选入，并不是认为它们不值一提，而是我写作本书的目的只是针对那些给我带来快乐的以及那些在我的视线中经常出现的鸟儿和场景。即便是在这样一个小范围内，仍然还有很多东西没有叙述出来。比如说，像灰鹣鸰这样极具吸引力的鸟儿就没有讲到。凭借其美丽的羽毛和高雅的行为，它理应在众多优雅的鸟儿中占据一席之地。但是为了让读者的阅读更为顺畅，我只好有选择性地对部分鸟儿及其生活作介绍。在选择参考书方面，我也只是选择了很少的一部分，目的也只是完善我个人的知识系统。

  关于鸟儿，人们总有问不完的问题，我也不例外。我知道，通过广泛阅读其他的同类书籍，就可以回答我在本书中无法解答的问题。对于这方面的缺陷，我诚心接受大家的指正。相信这种指正也将有助于丰富的鸟类学知识得到更大范围的传播，具有积极的作用。

  下面，我将以我的几点思考作为本书的结束语。

  探索大自然的人往往会认为，在自然界中一定存在着某种普遍规律，用它可以解释大自然中常见的生命生长和繁殖活动等现象。开普勒在发现了行星运动的规律后，就曾说他已经触摸到了"上帝"的思想。照他这样来说，那些对上帝造物笃信不疑的人肯定也要尽力去探索生命和生长发育的规律，他们会认为自己是在理解超自然的造物主的意图。唯物主义者也存在同样的探索大自然的冲动，但是他们可能并不乐意去承认这世上有造物主的存在，也不会认可这个世界是不可探知的、无序的等观点。因此，他们会努力寻找这样的普遍规律来解释所见到的现象。所以，无论是有神论者还是无神论者，他们都在探索着大自然的规律和运行规则。例如，人们可以从鸟儿的身上、卵上看到一些具有保护功能的色彩，这些都是有利于该物种生存的进化成果。但是单凭人类的智慧的确很难从中提炼出可以解释一切自然现象的规律和法则。所以，我相信自然界中存在着创造无尽变化的趋势，这种趋势时刻都在发挥着作用。很多"创造的变化"也以一种美的形式呈现出来，吸引了人们的注意力。在人类文明的世界里，早就把这种大自然的美视为原本就存在的，与与生俱来的是非对错及道德观念一样。其实每个人都可以暗自揣摩一下——这种感觉是上帝造人之初就留在人们头脑中的呢，还是人们在实践中遵循生存法则进化而来的。由于这一课题涉及的范围太过广泛，我在此就不做进一步讨论了。就我个人来说，虽然对大自然无穷的变化并没有一个清晰的认识，但我仍能从中获得一定的满足。

然而，人的道德伦理是所有野生生命都无法企及的。但也正是因为在它们当中没有道德、是非观念，所以我们才能从它们身上体验到不一样的生存理念。

多年以前，有人出版过一部关于鸟与人对比的书，该书的作者给人留下的印象就是爱鸟甚于爱人。但在我看来，用人性化的观点来描述人与鸟类之间的对比是不恰当的。虽然我不赞成这种对比，但也没有对其感到愤慨，只是对这种对比感到极不习惯。人类已经完全从野生生命中独立了出来，所以这两者之间不具备任何可比性。是非对错是人类高度关注的问题，如果把这方面的思索引入到鸟类世界中去，我们将不会看到事实的真相。这些野生生命虽然让人敬佩，但是它们却缺少道德观和廉耻心。因此，我们只有以一种娱乐和消遣的态度来看待它们。

虽然在观察这些野生生命的时候，我们的自我意识会被暂时隔离，但是我们内心的兴趣仍会被唤起，甚至会随着观察的深入而兴奋。我们会焕发新的活力，摆脱不安、荣辱、羞怯和困窘。

观察鸟儿还有另一种快乐和满足，那就是我们可以体验到特权的优越感。通常，被人们所看到的很多野生动物都在逃避，因为人类的出现无疑引发了它们的恐慌。它们的眼睛时刻都在警惕地注视着我们，警报已经一个传一个地拉响。如果我们选择一处隐蔽的地方隐藏起来，很快就会在匆忙的脚步声中明白，有多少野生生命因为我们的经过而躲了起来。如果就这样继续静静地待着，或许会看到一只松鼠，听它爬树时爪子和树皮发出摩擦的声音；或许会出现一只野兔，它悠闲地散着步；说不定还会有一只豪猪东嗅嗅西嗅嗅地从我们面前经过……记得以前我在一棵紫杉树下吃饭时，一只非常罕见的锡嘴雀就在离我头顶不过一米多远的地方摘走了一枚紫杉果。不管怎样，相信只要有过这样的经历，见到过平时罕见的动物和场景，就会有一种特权般的感觉。

自然界带给人类的美丽不仅体现在这些有生命的动物上，更体现在那些没有生命的事物上，并且每个时代都有伟大的诗人对其进行赞美和歌颂，比如把阳光下的水面说成是"海洋露出的数不尽的笑容"。虽然这些景色在有些地方可能会被人为地破坏掉，但毕竟只有很少一部分会因为人类的影响而完全消失，而且这不是私有财产，人们不必为此而担忧和焦虑，所以，它能净化人类的心灵。

春天大自然里的生命萌动要比那些圣人教给人类的东西更多，大自然早已成为人类汲取灵感的源泉。